DAISY
ESTÁ NA
CIDADE

RACHEL GIBSON

DAISY ESTÁ NA CIDADE

TRADUÇÃO:
Karla Lima

Título original:
Daisy's back in town

1ª Edição – Abril de 2015

Grafia atualizada segundo o Acordo Ortográfico da Língua Portuguesa de 1990, que entrou em vigor no Brasil em 2009.

Editor e Publisher
Luiz Fernando Emediato

Diretora Editorial
Fernanda Emediato

Produtora Editorial e Gráfica
Priscila Hernandez

Assistente Editorial
Adriana Carvalho

Assistente de Arte
Nathalia Pinheiro

Capa
Alan Maia

Diagramação
Kauan Sales

Revisão
Juliana Amato
Patrícia Sotello

DADOS INTERNACIONAIS DE CATALOGAÇÃO NA PUBLICAÇÃO (CIP)
(Câmara Brasileira do Livro, SP, Brasil)

Gibson, Rachel
Daisy está na cidade / Rachel Gibson ;
tradução de Karla Lima. -- São Paulo : Jardim dos Livros, 2015.

Título original: Daisy's back in town.
ISBN 978-85-8484-004-5

1. Ficção norte-americana I. Título.

15-00812 CDD-813

Índice para catálogo sistemático:

1. Ficção : Literatura norte-americana 813

EMEDIATO EDITORES LTDA
Rua Gomes Freire, 225 – Lapa
CEP: 05075-010 – São Paulo – SP
Telefax: (+ 55 11) 3256-4444
E-mail: jardimdoslivros@geracaoeditorial.com.br

Impresso no Brasil
Printed in Brazil

Um

Ondas de calor varriam o concreto quando o Thunderbird 63 deslizou para fora da sombra da garagem. O grande motor V8 e o carburador Holley de duas bocas ronronavam como uma mulher satisfeita, toda ardente, sensual e rouca. O sol quente do Texas refletia em centenas de pontos nos aros das rodas, passeava pelo rabo de peixe cromado e banhava a pintura preta reluzente. O proprietário observava o carro se aproximando e sorria de satisfação. Vários meses atrás, o Sports Roadster era pouco mais do que um lar de ratos. Agora, totalmente restituído à antiga glória, ele estava sensacional — um lembrete da época em que Detroit estava mais interessada em quebrar a barreira do zero aos cem em oito segundos do que em quilômetros por litro, itens de segurança ou espaços para instalar o segurador de copos.

Jackson Lamott Parrish se acomodou no interior de couro vermelho do espaçoso T-Bird e apoiou um punho no volante também vermelho. A luz envolveu seus espessos cabelos castanhos e linhas finas surgiram nos cantos de seus olhos verdes, quando ele baixou as pálpebras contra o sol cegante. Ele acelerou uma última vez para aumentar o giro do motor, tirou a mão do volante e deixou que o carro deslizasse até parar. Escancarou a porta e a sola de sua bota de caubói bateu no chão. Com um movimento suave ele se pôs de pé, e o dono do Roadster recuperado deu um passo à frente e lhe entregou um cheque. Jack deu uma olhadela, notando que todos os zeros estavam nos lugares certos, e o dobrou ao meio. Em seguida, deixou-o escorregar para dentro do bolso de sua camisa branca.

— Aproveite — Jack disse, antes de girar sobre os calcanhares e entrar na loja.

Ele passou por um Barracuda 440-6, 1970, cujo enorme motor Hemi pendia de uma grua. Por cima do ruído dos compressores de ar e das ferramentas elétricas, o irmão mais novo de Jack, Billy, chamou um mecânico que estava sob um Dodge Custom Royal Lancer 59.

O espaço que o T-Bird acabara de liberar seria preenchido, no dia seguinte, por um Corvette 1954. O clássico esportivo havia sido encontrado em uma garagem destruída no sul da Califórnia, e Jack tinha voado para lá três dias antes para dar uma olhada. Quando descobriu que o carro estava com apenas 64 mil quilômetros originais, e que todos os números batiam, ele o comprou na hora por 8 mil dólares. Depois de completamente restaurado, o Vette valeria dez vezes mais. Quando se tratava de carros antigos, a Parrish American Classics era a melhor. Todo mundo sabia.

Carros esportivos de alto desempenho, que faziam o chão tremer e os ouvidos doerem, estavam no sangue dos rapazes Parrish. Desde que começaram a andar, Jack e Billy haviam trabalhado na oficina do pai. Aceleraram o primeiro motor antes mesmo de terem pelos. Eles conseguiam distinguir um V8 260 de um 289 de olhos fechados, e podiam consertar injetores de combustível enquanto dormiam. Filhos nativos e orgulhosos de Lovett, Texas, cuja população somava 19.003 habitantes, os meninos Parrish cresceram amando jogar futebol, beber cerveja gelada e queimar asfalto nas estradas — em geral, enquanto moças de cabelos longos e moral curta retocavam o batom no espelho retrovisor.

Os garotos foram criados em uma pequena casa de três dormitórios atrás da loja. A oficina original já não existia mais. Havia sido demolida e substituída por uma maior, mais moderna e espaçosa, com oito baias. O jardim atrás passara por uma limpeza. Os carros velhos e os componentes estragados tinham sido descartados muito tempo antes.

A casa, porém, ainda era a mesma. As mesmas rosas plantadas pela mãe deles, o mesmo amontoado de sujeira e grama sob o olmo alto como uma torre. O mesmo pórtico de concreto e a mesma porta de tela, ainda precisando de uma boa aplicação de WD40. A casa tinha acabado de receber uma demão de tinta, por dentro e por fora. Com a mesma cor branca de antes. A única diferença real era que, agora, Jack morava ali sozinho.

Sete anos antes Billy se casara com Rhonda Valencia e alegremente abrira mão de seus modos selvagens em troca do bem-estar doméstico. Até onde qualquer um na cidade conseguia lembrar, Jack nunca se sentira tentado a desistir de seus modos selvagens. Até onde as pessoas sabiam, ele nunca havia encontrado uma mulher que o fizesse querer um relacionamento monogâmico. Para sempre.

Mas as pessoas não sabiam de tudo.

Jack foi até seu escritório, nos fundos da oficina, e fechou a porta. Enfiou o cheque em uma gaveta e puxou a cadeira. Antes de comprar o Corvette 54, ele havia pesquisado a história do carro, então voara até a Califórnia para uma inspeção e para garantir que não havia nenhum dano grave capaz de comprometer a integridade da estrutura. Estudar o histórico de um veículo, encontrar as peças de reposição e fazer a restauração motivavam Jack e persistiam nele até que o automóvel estivesse perfeito de novo. Consertado. Melhor. Inteiro.

Penny Kribs, a secretária de Jack, entrou no escritório e lhe entregou a correspondência do dia.

— Estou saindo para fazer o cabelo — ela o relembrou.

Jack olhou para os tufos de cabelo preto no topo da cabeça dela. Ele havia feito doze anos de escola com Penny e jogado futebol no time do marido dela, Leon. Ele se levantou e jogou a correspondência na mesa.

— Vai se embelezar para mim?

Ela usava anéis em praticamente todos os dedos e tinha longas unhas cor-de-rosa que se curvavam como garras. Muitas vezes Jack havia se perguntado como ela digitava sem resvalar indevidamente em alguma tecla, ou como conseguia passar rímel sem arrancar um olho. E ele não queria nem imaginá-la colocando a mão em volta do pingolim de Leon. O pensamento fez um arrepio descer por suas costas.

— Claro — ela respondeu com um sorriso. — Você sabe que sempre foi meu primeiro amor.

É, ele sabia. No terceiro ano, Penny dissera que o amava, e então chutara-lhe o queixo com seu sapato preto de verniz. Ele calculara que não precisava daquele tipo de amor.

— Não conte ao Leon.

— Ah, ele sabe — ela acenou e foi para a porta, deixando um rastro de perfume atrás de si. — E sabe também que eu nunca me envolveria com você.

Jack cruzou os braços no peito e recostou o traseiro em um dos cantos da mesa.

— Por quê?

— Porque você trata as mulheres como um anoréxico trata os chocolates Whitman Sampler. Belisca aqui e ali. Talvez dê uma ou outra mordida, mas nunca come um bombom inteiro.

Jack deu uma gargalhada.

— Acho que nesse ponto algumas mulheres discordariam de você.

Penny não estava achando engraçado.

— Você sabe o que eu quero dizer — ela disse sobre o ombro, enquanto avançava porta afora.

É, ele sabia. Como a maioria das mulheres, Penny achava que ele deveria ser casado, ter filhos e dirigir um carrão. Mas, no que lhe dizia respeito, Jack acreditava que o irmão já tinha se ocupado dessas tarefas pelos dois. Billy tinha três filhas com idades entre seis meses e cinco anos. Eles moravam em uma casa afastada e tranquila, com um balanço nos fundos, e Rhonda dirigia um Tahoe, o carro preferido de todas as mães-motoristas. Com tanta sobrinha, Jack não se sentia nem um pouco pressionado a trazer mais um Parrish ao mundo. Ele era o tio Jack, e essa condição lhe parecia perfeita.

Retornou à cadeira e desabotoou os punhos da camisa. Enrolou as mangas até o meio dos antebraços e se concentrou. Era sexta-feira e ele tinha uma montanha de trabalho para tirar da frente antes de poder aproveitar o fim de semana. Às cinco, Billy abriu a porta para dizer que estava indo embora. Jack olhou para o relógio de Buick Riviera que ficava ao lado da tela do computador. Ele estava naquilo fazia três horas e quinze minutos.

— Estou indo ao jogo de beisebol da Amy Lynn — Billy disse, referindo-se à filha de cinco anos. — Você vai conseguir chegar até o parque?

Amy Lynn era a mais velha de Billy, e Jack tentava comparecer a seus jogos sempre que podia.

— Esta noite não — ele respondeu, e atirou a caneta na mesa. — Hoje é a despedida de solteiro do Jimmy Calhoun, no Road Kill.

Até recentemente, Jimmy era um verdadeiro farrista beberrão. Agora, estava abrindo mão da liberdade por um par de anéis de ouro.

— Eu falei para ele que daria uma passada.

Billy abriu um sorriso.

— Vai ter *strippers*?

— Imagino que sim.

— Não me diga que você prefere ver mulher pelada a um jogo infantil de beisebol.

O sorriso de Jack espelhava o do irmão.

— Pois é, é uma escolha muito difícil. Assistir a mulheres tirando a roupa ou crianças de cinco anos correndo num campo com os capacetes de trás para a frente.

Billy riu de seu jeito típico, jogando a cabeça para trás e deixando escapar uns *he-he-he*. Era tão parecido com o pai deles, Ray, que Jack acreditava ser uma coisa genética.

— Sortudo de uma figa — Billy disse, sem muita convicção. Ambos sabiam que Billy preferia ver Amy Lynn correr pelo campo com o capacete invertido. — Se precisar de alguém que busque você na volta para casa, me liga — Billy acrescentou, encaminhando-se para a porta.

— Claro.

Um motorista bêbado havia tirado a vida dos pais deles quando Jack mal completara dezoito anos. Os irmãos estabeleceram como questão de honra jamais dirigir embriagados.

Jack ainda trabalhou por mais uma hora antes de desligar o computador e sair da oficina, cruzando as baias. Todo mundo já tinha dado o dia por encerrado e ido embora, e o salto de suas botas ecoava no silêncio. Antes de pular para dentro de seu Shelby Mustang, ele trancou a porta e armou o alarme. Começou a chover enquanto dirigia até o subúrbio de Lovett. A garoa leve se misturou à poeira e ao vento, transformando a brilhante pintura preta do carro em um cinza opaco.

O Road Kill era bem parecido com outros bares espalhados por aquela região do Texas. Música *country* saía das caixas de som enquanto os clientes enxugavam as torneiras de cerveja Lone Star. Um grande cartaz em vermelho, azul e branco com a frase "Não brinque com o Texas" estava pendurado no espelho atrás do balcão, enquanto antigas placas de trânsito e cascavéis e tatus empalhados decoravam as paredes. O proprietário do bar era também taxidermista, e, se um freguês estivesse muito a fim, ou muito bêbado, poderia comprar um cinto de cobra ou uma linda bolsa de tatu por um preço bem camarada.

Quando entrou no bar, Jack puxou para cima a aba de seu chapéu Stetson e ficou parado junto à porta tempo suficiente para acostumar os olhos, antes de abrir caminho até o balcão. Trocou meia dúzia de "olás" com alguns frequentadores habituais. Por cima do Clint Black que tocava na *jukebox*, ele conseguia ouvir os sons da despedida de solteiro de Jimmy, que seguia a todo vapor na sala dos fundos.

— Uma Lone Star garrafa — ele pediu.

O vasilhame surgiu sobre o balcão e Jack entregou uma nota de cinco. Ele sentiu a mão macia no braço e olhou sobre o ombro para o rosto de Gina Brown.

— Ei, oi, Jack.

— Ei, Gina.

Gina tinha a mesma idade de Jack e era divorciada duas vezes. Ela era uma vaqueira alta e esguia que gostava de montar no touro mecânico do Slim Clem's, na saída da rodovia Setenta. Usava *jeans* agarrados, botas de cano alto e cabelo tingido de vermelho. Jack sabia que o cabelo era tingido porque ela gostava de montar nele também. Ultimamente ela havia insinuado que o considerava para o marido número três. Ele precisou esfriar as coisas para que ela tirasse aquela ideia da cabeça de uma vez por todas.

— Você veio para a despedida de solteiro lá do fundo?

Ela olhou para ele com o canto de seus olhos azuis. Ele teria de ser cego para não perceber o convite implícito no sorriso dela.

— É.

Jack suspendeu a garrafa até a boca e tomou um grande gole. Ele não tinha interesse em reaquecer as coisas entre ambos. Gostava de Gina, mas não era feito para casar. Apanhou o troco no balcão e enfiou no bolso da frente do *jeans*.

— Te vejo por aí — ele disse, e se virou para se afastar.

Mas a pergunta seguinte de Gina o congelou.

— Você já viu a Daisy Lee?

Jack baixou a garrafa e de repente ficou difícil engolir a cerveja. Ele se voltou para Gina.

— Eu a vi hoje de manhã no posto da Texaco. Colocando gasolina no Cadillac da mãe dela — Gina balançou a cabeça. — Deve fazer o quê? Uns dez ou doze anos desde que ela esteve aqui pela última vez?

Fazia quinze.

— Eu a reconheci imediatamente. Daisy Lee Brooks não mudou muito.

A não ser pelo fato de que Daisy Brooks era Daisy Monroe, e havia sido pelos últimos quinze anos. Isso havia mudado tudo.

Gina avançou um passo e começou a brincar com um botão da camisa dele.

— Fiquei triste quando soube do Steven. Sei que ele era seu amigo.

Ele e Steven Monroe foram praticamente inseparáveis desde os cinco anos, quando se sentavam lado a lado na Igreja Batista de Lovett e cantavam *Sim, Jesus me ama* a plenos pulmões. Mas isso havia mudado também. A última vez que vira Steven tinha sido na noite em que os dois lutaram até sangrar, enquanto Daisy olhava, em pânico. Tinha sido a última vez que vira Daisy também.

Como se não percebesse que Jack não estava dando sequência à conversa, Gina continuava matraqueando.

— Não consigo imaginar morrer na nossa idade. É tão horrível.

— Dá licença, Gina — ele disse, e saiu andando.

Uma velha raiva, que ele imaginava morta e enterrada, ameaçava jogá-lo de volta ao passado. Ele lutou contra o sentimento, empurrou-o para o fundo e o calou.

E não sentiu mais nada.

Com a cerveja na mão, Jack abriu caminho através da multidão que rapidamente enchia o bar e se dirigiu à lotada sala dos fundos. Ele se encostou ao batente e concentrou sua atenção em Jimmy Calhoun. O homenageado, sentado em uma cadeira no meio da sala, estava cercado por uma dúzia de homens, todos assistindo enquanto duas mulheres, vestidas como rainhas de rodeio, rebolavam e se esfregavam uma na outra ao som das Dixie Chicks, que cantavam uma música sobre um vagão do pecado. Na parte de baixo, já reduzidas a cintilantes calcinhas fio dental, as garotas começaram a arrancar as blusas de seda. Simultaneamente, as camisas escorregaram por seus ombros bronzeados e corpos perfeitos, expondo os grandes seios que transbordavam dos bustiês de lantejoulas. Jack baixou o olhar dos seios fartos para as calcinhas fio dental amarradas nos quadris delas.

Marvin Ferrell parou a seu lado junto à porta para ver o espetáculo.

— Você acha que estes peitos são de verdade? — Ele perguntou.

Jack deu de ombros e levou a cerveja aos lábios. Obviamente fazia tempo demais que Marvin estava casado, porque ele estava começando a soar como uma mulher.

— Quem se importa?

— Verdade — Marvin riu. — Você soube que a Daisy Brooks está de volta?

Ele baixou a garrafa e olhou para Marvin.

— É, ouvi dizer.

De novo ele sentiu a velha raiva, e de novo a sufocou até não sentir mais nada. Jack tornou a focar sua atenção nas *strippers* e ficou observando enquanto elas ensanduichavam Jimmy no meio de seus corpos semidespidos ao mesmo tempo em que se beijavam por cima da cabeça dele. As línguas roçando em beijos molhados e gulosos levaram os homens a gritar por mais. Jack inclinou a cabeça de lado e sorriu. Aquilo estava ficando bom.

— Eu vi a Daisy no Minute Mart — Marvin continuou. — Por Deus, ela continua tão gostosa quanto era no Ensino Médio.

O sorriso de Jack se transformou em uma linha reta, quando a lembrança não solicitada e, nem bem-vinda, de grandes olhos castanhos e lábios macios rosados ameaçou atirá-lo no buraco negro de seu passado.

— Você se lembra de como ela ficava dentro daquele uniforme minúsculo de chefe de torcida?

Jack se afastou da porta e entrou mais fundo na sala, mas não havia escapatória. Parecia que todo mundo queria fazer uma viagem ao passado. Todo mundo, menos ele.

Enquanto as *strippers* removiam os bustiês uma da outra, a conversa em volta era sobre Daisy. Entre gritos e assovios, Cal Turner, Lester Crandall e Eddy Dean Jones perguntaram se ele já a havia visto.

Contrariado, Jack saiu da sala e voltou para o bar. Era o fim da picada um homem não conseguir apreciar em paz duas mulheres praticamente peladas se acariciando a dois metros de distância. Ele não sabia quanto tempo Daisy ficaria na cidade, mas desejava do fundo do coração que fosse uma viagem curta. Assim, quem sabe, as pessoas teriam outro assunto. Acima de tudo, esperava que ela tivesse o bom senso de se manter longe dele.

Ele pousou a garrafa no balcão e saiu do Road Kill, deixando para trás a conversa e as especulações sobre Daisy Monroe. A chuva tamborilava no chapéu e lhe molhava os ombros enquanto Jack atravessava o estacionamento. Cada passo era seguido de recordações. Recordações de mergulhar em lindos olhos castanhos e de beijar lábios macios. Lembranças de sua mão deslizando pela parte de trás das coxas macias dela, escorregando sob sua saia dourada e azul de líder de torcida. Memórias de Daisy Lee usando um par de botas vermelhas de vaqueira, com coraçõezinhos brancos dos lados, e nada mais.

— Indo embora tão cedo? — Gina perguntou, caminhando até ele.

Ele olhou para ela.

— Festa chata.

— Nós podíamos fazer uma festinha particular.

Típico de Gina, não esperar que ele tomasse a iniciativa. Isso em geral o aborrecia. Mas não esta noite. Ela levou a boca até a dele e sentiu gosto de cerveja e de carência. Jack a beijou de volta. Com os seios firmes dela pressionados contra o peito, ele sentiu a primeira pontada de desejo subindo pela garganta. Ele puxou Gina contra si e esquentou as coisas até que a única coisa que sentia era a chuva empapando sua pele através da camisa. Ele substituiu todos os pensamentos sobre olhos castanhos e saias de líder de torcida pela mulher que se esfregava contra o zíper de sua calça.

Daisy Monroe ergueu a mão para a porta de tela e baixou-a de volta. Seu coração pulava no peito e o estômago se contorcia em nós. A chuva batia em todo o pórtico à sua volta e a água escorria do cano para os canteiros de flores. A oficina atrás dela estava acesa, iluminando cada canto e recanto da Parrish American Classics. Mas o lugar em que estava era um breu completo, como se a luz não se atrevesse a avançar pelo jardim.

A loja era nova, tinha sido reformada desde que ela a vira. O jardim em volta passara por uma limpeza. Os carros velhos foram removidos. Pelo que ela conseguia ver, porém, a casa continuava exatamente igual, trazendo a lembrança de uma suave brisa de verão que agitava seus cabelos e carregava um cheiro de rosas. A lembrança das muitas noites em que ela havia se sentado no pórtico, onde agora estava em pé, e se espremido entre Steven e Jack, rindo de suas piadas bobas.

Trovões ribombaram e relâmpagos rasgaram o céu, destruindo a recordação. Um presságio de que ela deveria ir embora e voltar outra hora.

Ela não era boa de confronto. Não era como essas pessoas que gostam de abordar os problemas diretamente, de frente. Era melhor nisso do que costumava ser, mas... Talvez ela devesse ter telefonado antes. Não era educado simplesmente aparecer na porta de alguém às dez da noite, e ela provavelmente estava com a aparência de um gato afogado.

Antes de sair da casa da mãe, ela se certificara de escovar adequadamente o cabelo e de fazer cachos logo abaixo dos ombros. Havia garantido que a maquiagem estivesse perfeita e que a blusa branca e a calça cáqui estivessem bem passadas. Agora, porém, Daisy tinha certeza de que o cabelo estava eriçado, o rímel, borrado, e as calças, respingadas de lama da poça em que ela acidentalmente enfiara o pé. Ela se virou para ir embora, mas então se forçou a girar de volta. Sua aparência não importava, realmente, e a ocasião nunca seria perfeita para o que ela precisava fazer. Já fazia três dias que ela chegara à cidade. Ela precisava falar com Jack. Esta noite. Já havia postergado demais. Tinha de contar o que vinha escondendo dele havia quinze anos.

Daisy ergueu a mão de novo e quase morreu de susto quando a parte de madeira da porta foi escancarada antes que ela batesse. Através da tela e do interior escuro, ela conseguia distinguir o contorno de um homem. Ele estava sem camisa, e uma luz vinda das profundezas da casa lançava um brilho incandescente por trás dele, banhando seus ombros, braços e metade do peito nu. Definitivamente, ela devia ter telefonado antes.

— Oi — ela começou, antes que sua tremedeira ficasse muito evidente. — Estou procurando Jackson Parrish.

— Ora, ora... — A voz pastosa dele se arrastava na escuridão. — Se não é a Daisy Lee Brooks.

Quinze anos haviam passado e a voz dele tinha mudado. Estava mais profunda do que a do garoto que ela conhecera, mas Daisy reconheceria aquele tom desagradável em qualquer lugar. Ninguém conseguia colocar tanto escárnio na voz quanto

Jack. Houve uma época em que ela compreendia isso, e sabia o que estava por trás. Mas ela não se enganava imaginando que ainda o conhecia.

— Oi, Jack.

— O que você quer, Daisy?

Através da tela e das sombras, ela olhou para ele, para o homem que, no passado, conhecera tão bem. O nó em seu estômago ficou mais apertado.

— Eu queria... Eu preciso conversar com você. E pen-pensei que... — Ela tomou um longo fôlego e se forçou a parar de gaguejar. Tinha trinta e três anos. Ele também. — Eu queria te contar que estava na cidade antes que você soubesse por outra pessoa.

— Tarde demais.

A chuva pingava do telhado e o silêncio entre eles se alongava. Daisy conseguia sentir o olhar dele sobre ela. Tocava seu rosto e a parte da frente de sua capa de chuva amarela. Quando ela começou a achar que ele não diria mais nada, ele falou.

— Se foi isso que você veio me dizer, já pode ir.

Havia mais. Muito mais. Ela prometera a Steven que entregaria a Jack a carta que ele havia escrito poucos meses antes de morrer. A carta estava no bolso de sua capa, então agora ela teria de contar a Jack a verdade sobre o ocorrido de quinze anos antes, e em seguida lhe estender a carta.

— É importante. Por favor.

Ele a encarou durante intermináveis segundos, então virou de costas e desapareceu nas profundezas da casa. Não abriu a tela para ela, mas também não bateu a porta de madeira em sua cara. Deixou claro que iria dificultar as coisas o quanto fosse possível. Por outro lado, quando foi que ele facilitou qualquer coisa?

A porta de tela rangeu como sempre quando Daisy a abriu. Ela o seguiu pela sala de estar rumo à cozinha. Ele sumiu numa curva, mas ela sabia o caminho.

O interior da casa cheirava a tinta fresca. Ela vislumbrou a mobília escura e um televisor grande, viu o contorno do piano da senhora Parrish encostado contra uma parede — e se perguntou por um momento quanto teria mudado desde que ela caminhara por aquela casa pela última vez. A luz se acendeu quando ela entrou na cozinha, e foi como se o espaço-tempo se alterasse. Ela meio que esperou encontrar a senhora Parrish de pé, em frente ao forno cor de amêndoa, assando pão ou o biscoito preferido de Daisy, com canela e açúcar. O linóleo verde continuava gasto em frente à pia e o tampo do balcão era do mesmo salpicado azul e turquesa.

Jack estava na frente da geladeira, a metade superior do tronco escondida pela porta aberta. Seus dedos bronzeados estavam curvados na alça cromada, e tudo o que Daisy conseguia enxergar eram a curvatura do traseiro e as longas pernas. Um dos bolsos da velha Levi's estava rasgado em três dos quatro cantos, e as costuras pareciam prestes a arrebentar.

A adrenalina corria em suas veias e ela precisou fechar as mãos para impedi-las de tremer. Então ele se endireitou e tudo pareceu se desacelerar, como se alguém tivesse mexido no interruptor de um projetor de filmes. Ele fechou a geladeira e se virou, segurando uma garrafa de leite na altura da coxa. A atenção dela foi momentaneamente atraída para a trilha de pelos escuros que nascia na cintura da calça e circundava o umbigo dele. O olhar dela subiu dos pelos na barriga plana para os músculos definidos no peito. Se Daisy tivera a menor dúvida, vê-lo assim esclarecera tudo. Este não era o menino que ela havia conhecido. Era definitivamente um homem.

Ela se forçou a olhar para cima até encontrar o queixo forte, até ver os lábios escuros e bem desenhados, até encontrar os olhos dele. Sua garganta estava ficando seca. Jack Parrish sempre fora um garoto bonito, mas agora era matador. Um cacho de seu cabelo grosso pendia da testa e tocava a sobrancelha dele.

Os olhos verde-claros dos quais ela se lembrava tão bem, e que certa vez a encararam cheios de paixão e possessão, agora a absorviam como se não tivessem mais interesse nela do que teriam em observar um cão de rua.

— Você veio aqui para ficar me encarando?

Ela avançou para dentro da cozinha e enfiou as mãos no bolso da capa de chuva.

— Não, eu vim te contar que estou na cidade visitando minha mãe e minha irmã — ele levantou o leite e bebeu direto da embalagem, aguardando que ela continuasse. — Achei que você deveria saber.

Os olhos dele encontraram os dela por cima da garrafa, e ele baixou a garrafa. Algumas coisas não haviam mudado, afinal. Jack Parrish, encrenqueiro e valentão, sempre fora um bebedor de leite.

— O que te faz pensar que eu me importo? — Ele perguntou, e limpou a boca com as costas da mão.

— Eu não sabia se você ligaria ou não. Quer dizer, eu me perguntei o que você iria pensar, mas não tive certeza.

Isto estava sendo bem mais difícil do que ela havia imaginado. E o que ela havia imaginado já era tão difícil.

— Agora você não precisa mais se perguntar — ele observou, apontando com a garrafa de leite para o outro cômodo. — Se era só isso, ali está a porta.

— Não, não é só isso — ela olhou para a ponta das botas, o couro preto respingado de chuva. — O Steven queria que eu te contasse uma coisa. Ele queria que eu te dissesse que ele sente muito... Por tudo — ela sacudiu a cabeça e se corrigiu. — Não... Que ele *sentia* muito, quero dizer. Faz sete meses que ele morreu e ainda acho difícil me referir a ele no passado. Parece errado, de alguma forma. Como se, ao fazer isso, ele nunca tivesse existido — Daisy olhou para Jack. A expressão dele não havia mudado. — As flores que você mandou eram muito bonitas.

Ele deu de ombros e colocou o leite no balcão.

— Quem mandou foi a Penny.

— Penny?

— Penny Colten. Casou com Leon Kribs. Ela trabalha para mim.

— Agradeça a Penny por mim.

Mas Penny não tinha enviado as flores e assinado o nome *dele* sem que *ele* soubesse.

— Não faça parecer que foi grande coisa.

Daisy sabia o quanto, em certa época, Steven havia significado para Jack.

— Não faça de conta que você não se importa que ele tenha falecido.

Ele ergueu uma sobrancelha escura.

— Você está esquecendo que eu tentei matar o Steven.

— Você não teria matado de verdade, Jack.

— Não. Você está certa. Acho que vocês não valiam a pena.

A conversa estava tomando a direção errada e ela precisava consertar isso.

— Não seja desagradável.

— Você chama isso de desagradável? — Ele riu, mas sem prazer. — Isto não é nada, docinho. Fique aqui por uns tempos e eu vou mostrar o quanto posso me tornar desagradável.

Ela já sabia como ele podia ser desagradável; só que, ao mesmo tempo em que era uma covarde, era também teimosa como erva daninha. Assim como Jack não era mais o garoto que ela certa vez conhecera, Daisy também já não era a garota que ele havia conhecido. Ela viera para contar a verdade. Finalmente. Antes que pudesse prosseguir com sua vida, ela precisava contar a ele sobre Nathan. Ela precisara de quinze anos para chegar a este ponto, e ele podia ser desagradável o quanto quisesse, mas teria de escutar.

Uma mancha branca entrou no campo de visão de Daisy um segundo antes de uma mulher entrar na cozinha vestindo uma camisa branca masculina.

— E aí, pessoal? — A mulher disse, parando ao lado de Jack.

Ele a encarou.

— Eu disse para você ficar na cama.

— Sem você eu fiquei entediada.

Uma onda de calor subiu e queimou as bochechas e pescoço de Daisy, mas ela parecia ser a única pessoa constrangida no ambiente. Jack tinha uma namorada. Claro que tinha. Ele sempre tivera uma namorada ou duas. Houve um tempo em que isso a teria magoado.

— Oi, Daisy. Não sei se você se lembra de mim. Sou a Gina Brown.

Mas não magoava mais, e Daisy estava um pouco envergonhada de admitir para si mesma que o que ela estava sentindo mesmo era tremendo alívio. Ela viera lá de Seattle para contar a ele sobre Nathan, e agora tudo o que ela sentia era alívio. Como se um machado tivesse sido suspenso de sua garganta. Ela pensou que era mais covarde do que tinha imaginado. Daisy sorriu e atravessou a cozinha para dar a mão para Gina.

— Claro que lembro. Nós estivemos juntas nas aulas de Governo Americano, em nosso último ano.

— O senhor Simmons.

— Exato.

— Lembra da vez em que ele tropeçou em uma borracha no chão? — Gina perguntou, como se não estivesse ali vestindo uma camisa de Jack e, Daisy podia apostar, nada mais.

— Sim, foi tão engraçado. Eu inclusive...

— Mas que porra é essa? — Jack interrompeu. — Uma maldita reunião de ex-colegas de Ensino Médio?

As duas mulheres olharam para ele e Gina disse:

— Eu estava apenas sendo educada com a sua visita.

— Ela não é minha visita e já está de saída.

Ele fixou em Daisy um olhar tão penetrante e duro como o que lançara quando ela passou pela porta de entrada.

— Foi bom ver você, Gina.

— Também gostei.

— Boa-noite, Jack.

Ele se apoiou no balcão e cruzou os braços na frente do peito.

— Vejo vocês por aí — Daisy caminhou de volta pela casa escura até chegar à porta.

A chuva tinha parado e ela saltou as poças de lama até o Cadillac da mãe, estacionado na lateral da loja. Da próxima vez, sem dúvida, telefonaria antes.

Bem quando estava chegando à porta do carro, ela sentiu a mão agarrando seu braço. Olhou para cima e encontrou o rosto de Jack. As luzes de segurança iluminavam o queixo dele e projetavam uma sobra quadrada. O olhar dele sustentava o dela e já não estava gélido, mas ardendo de raiva.

— Não sei o que você veio procurar aqui, absolvição ou perdão — ele disse, com a voz ainda mais pastosa do que antes. — Mas não vai encontrar.

Ele largou o braço dela como se não pudesse suportar o contato.

— Sim, eu sei.

— Bom. Fique longe de mim, Daisy Lee — ele falou, acentuando as vogais do nome dela. — Fique longe ou eu vou fazer da sua vida um inferno.

Ela olhou para o rosto sombrio dele, para a paixão e a ira que não haviam diminuído nem um pouco em quinze anos.

— Simplesmente fique longe — ele repetiu, ainda uma última vez, antes de girar sobre os calcanhares descalços e desparecer entre as sombras.

Daisy sabia que o mais sensato seria levar a sério o aviso dele. Era uma pena que ela não tivesse essa opção.

E, embora Jack ainda não soubesse, nem ele.

Dois

Daisy soprou o café ao levar a caneca à boca. O sol estava para nascer, e a mãe dela ainda estava dormindo no quarto no fim do corredor. A não ser pelos eletrodomésticos mais modernos, pouco havia mudado na cozinha de sua mãe. O acabamento do balcão e as placas do piso ainda eram do mesmo tom coordenado de azul, e as mesmas flores azuladas típicas do Texas estavam pintadas nos armários brancos.

Tão silenciosamente quanto possível, Daisy vestiu a capa de chuva pendurada junto à porta dos fundos na noite anterior. Enfiou um braço e depois o outro até que o impermeável cobriu as curtas calças do pijama. Meteu os pés no calçado de jardinagem da mãe e saiu para as sombras profundas do alvorecer. O ar fresco lhe roçou o rosto e as pernas nuas, e uma brisa suave tirou várias mechas de cabelo da fivela na parte de trás de sua cabeça. O ar do Texas preencheu seus pulmões e lhe trouxe um sorriso aos lábios. Ela não sabia por quê, nem como explicar, mas o ar era diferente ali. Parecia se acomodar em seu peito e irradiar para fora. Murmurava ao longo da pele e respondia a uma saudade escondida que ela nem mesmo sabia que ainda existia, nas profundezas de sua alma.

Ela estava em casa. Mesmo que por um curto período.

Durante quinze anos vivera em Seattle, no estado de Washington. Aprendera a amar o lugar. Ela adorava a paisagem verdejante, as montanhas, a baía. Esquiar na neve. Esquiar na água. O time de beisebol dos Mariners. Tanta coisa.

Mas Daisy Lee era uma texana. No coração e no sangue. Em seu DNA e nos cabelos loiros. Como a marca de nascença em forma de uma suave mordida de amor, acima do seio esquerdo. Tal qual sua mordida de amor, Lovett não mudara nos quinze anos anteriores. A população crescera em algumas centenas; havia uns poucos empreendimentos novos e uma nova escola de Ensino Fundamental. Recentemente, um campo de golfe de dezoito buracos e um clube de campo haviam sido incorporados à paisagem, mas, ao contrário do restante do país e das áreas mais urbanas do Texas, Lovett ainda se movia em um ritmo próprio.

Daisy perscrutou as sombras do quintal da mãe. O contorno do moinho de vento de um metro e meio de altura, uma estátua da artista de variedades Annie Oakley e mais ou menos uma dúzia de flamingos se destacavam contra a escuridão. Ao longo da infância e adolescência, o gosto de sua mãe para a decoração externa tinha sido uma constante fonte de constrangimento para ela e a irmã mais nova, Lily. Agora, o desfile de flamingos lhe provocava um sorriso.

Deu um gole no café e se sentou no degrau cimentado superior, perto de um tatu de pedra com vários filhotinhos presos às costas. Ela não dormira nada bem. Seus olhos estavam inchados, e a mente, devagar. Daisy tremeu e apoiou a caneca no joelho. Antes de encontrar Jack na noite anterior, seu plano estava claro. Ela viria a Lovett para visitar a mãe e a irmã por uns dias, então conversaria com Jack e contaria sobre Nathan. Tudo em doze dias. O que, até a noite anterior, parecia tempo mais do que suficiente.

Ela sabia que seria difícil, porém claro e direto. Ela e Steven haviam conversado sobre o assunto antes de ele falecer. Em seu bolso, ela ainda tinha a carta que Steven escrevera, antes de perder a capacidade de ler e escrever. Quando aceitou que iria morrer, que não haveria cura para seu caso, novas drogas experimentais ou tentativas de cirurgias loucas, ele decidiu consertar as coisas com as pessoas com quem acreditava ter agido mal. Uma dessas pessoas era Jack. No começo Steven pensou em mandar a carta, mas depois, quanto mais ambos conversavam sobre o assunto, mais se convenciam de que ela deveria ser entregue pessoalmente. Por Daisy. Porque, em última instância, era ela que teria de lidar com Jack Parrish, e era ela quem mais havia errado com ele.

Eles nunca haviam realmente planejado manter Nathan como um segredo para ele. A mãe dela sabia. Assim como a irmã. O próprio Nathan também sabia. Ele sempre soubera que tinha um pai biológico chamado Jackson que vivia em Lovett, Texas. Haviam lhe contado assim que ele atingira idade suficiente para entender, mas nunca manifestara nenhum interesse em conhecer Jack. Steven sempre tinha sido um bom pai para ele.

Já era hora. Talvez até já tivesse passado da hora de contar a Jack que ele tinha um filho. Um gemido escapou de seus lábios quando ela tomou mais um gole do café. Um filho de quinze anos com um moicano verde espetado, *piercing* no lábio e tantas correntes presas ao corpo que ele parecia ter fugido de um abrigo para animais.

Nathan havia enfrentado tanta coisa nesses últimos dois anos e meio. Quando Steven foi diagnosticado, deram-lhe cinco meses de vida. Ele afinal sobrevivera por quase dois anos, mas não tinham sido anos fáceis. Testemunhar a luta de Steven pela vida havia sido difícil para ela, mas para Nathan fora muito pior. E ela odiava admitir isto, mas em certos momentos não dera suficiente atenção ao filho. Houve noites quando ela não soube que ele havia saído até que chegasse de volta. Ele entrava e ela lhe dava uma bronca por não ter dito para onde estava indo.

Ele então olhava para ela com seus olhos azul-claros e dizia: "Eu falei que estava indo à casa do Pete, e você deixou". E ela era forçada a reconhecer que era perfeitamente possível que ele tivesse mesmo dito, só que estava cem por cento concentrada no remédio de Steven ou em sua próxima cirurgia — ou talvez isso tivesse acontecido no dia em que Steven perdera a capacidade de usar a calculadora, de dirigir ou amarrar o cadarço dos sapatos. Tinha sido avassalador assistir ao esforço do marido para manter a dignidade e tentar se lembrar de como desempenhar funções básicas que ele executava desde os quatro ou cinco anos. Houve ocasiões em que ela simplesmente se esqueceu de blocos inteiros de conversas com Nathan.

O dia em que Nathan entrara em casa com aquele moicano tinha sido um verdadeiro alarme. De repente, ele não era mais o garotinho que jogava bola, amava futebol e assistia ao Nickelodeon enrodilhado no sofá com seu cobertor favorito. Mas não fora a cor do cabelo o que mais a espantara. Fora a expressão perdida dos olhos dele. Seu olhar vazio e perdido havia arrancado Daisy da depressão e do luto nos quais ela nem percebera que havia mergulhado, pelos sete meses seguintes ao falecimento de Steven.

Steven estava morto. Ela e Nathan sentiriam falta dele para sempre, como de uma parte arrancada de suas almas. Ele havia sido o melhor amigo dela e um bom homem. Ele havia sido um refúgio, um conforto, alguém que tornara sua vida melhor. Mais fácil. Ele havia sido um marido e pai muito amoroso.

Daisy e Nathan jamais o esqueceriam, mas ela não podia continuar vivendo no passado. Precisava viver no presente e começar a olhar para o futuro. Por Nathan e por si mesma. Só que, para poder seguir em frente, ela precisava cuidar do passado. Tinha de parar de se esconder dele.

Os primeiros raios de luz se derramavam sobre o jardim, fazendo brilhar o orvalho na grama. O sol da manhã provocava sombras compridas na relva úmida, atingia o moinho de vento e fazia cintilar a ponta do rifle prateado de Annie Oakley. Daisy desejou estar com sua Nikon e as lentes grande-angulares. O equipamento estava em seu quarto, e ela sabia que, se corresse lá para buscar, perderia o nascer do sol e a foto. Dali a poucos segundos a alvorada rompeu, banhando os pés dela, suas pernas e o rosto; Daisy fechou os olhos e absorveu intensamente a sensação.

Morando no noroeste do país, Daisy perdera quase todo o sotaque, mas jamais perdera o amor pelos espaços amplos e abertos, pelo imenso céu azul que se estendia, contínuo, até o horizonte, sem uma linha de interrupção sequer. Ela abriu os olhos e desejou que Steven estivesse ali para ver. Ele teria apreciado tanto quanto ela.

Daisy olhou para baixo, para o calçado emborrachado em seus pés. Ela desejava uma série de coisas. Por exemplo, mais tempo até ter de enfrentar Jack de novo. Não estava com a menor pressa de ver a raiva no rosto dele. Ela sabia que ele não a receberia de volta de braços abertos, mas ficou surpresa ao constatar que, depois de todos aqueles anos, ele claramente ainda a odiava tanto quanto da última vez que haviam se visto.

"Você chama isso de desagradável?", ele tinha dito. "Isto não é nada, docinho. Fique aqui por uns tempos e eu vou mostrar o quanto posso me tornar desagradável."

Ela se perguntava se Jack teria percebido que a havia chamado de "docinho". O antigo apelido dele para ela. O apelido pelo qual ele a chamara no primeiro dia na Escola Elementar de Lovett.

Daisy se lembrava de estar nervosa e amedrontada naquele dia, tantos anos antes. Tivera medo de que ninguém fosse gostar dela e uma suspeita de que a grande tiara vermelha em sua cabeça parecesse idiota. A mãe a havia tirado de uma cesta de boas-vindas cheia de cupons promocionais, um livro de receitas e um pacote de chili da Wick Fowler. Daisy não quisera usar a tiara, mas a mãe havia insistido que era bonita e combinava com o vestido vermelho.

Durante toda aquela primeira manhã, ninguém falou com ela. Na hora do almoço ela estava tão aborrecida que não conseguiu comer o caprichado sanduíche de queijo. Finalmente, no intervalo, Steven e Jack vieram em sua direção, até o alambrado onde ela estava encostada.

— Qual o seu nome? — Jack havia perguntado.

Ela olhara para aqueles olhos verdes dele, rodeados de longos cílios, e sorrira. Finalmente alguém estava lhe dirigindo a palavra, e seu pequeno coração pulou de alegria.

— Daisy Lee Brooks.

Ele tinha recuado e se apoiado no salto das botas, olhando-a de cima a baixo.

— Bom, docinho, esta é a tiara mais idiota que eu já vi — ele disse, com a voz arrastada, antes de cair na gargalhada com Steven.

Ouvir que a tiara era idiota havia confirmado os piores medos dela, e o fundo de seus olhos começou a pinicar.

— É, e vocês são tão burros que precisam tirar o sapato para fazer contas — ela respondera, orgulhosa por saber se defender; e em seguida havia estragado tudo, ao cair no choro.

A recordação daquele dia trouxe um sorriso de melancolia a seu rosto. Ela havia jurado a si mesma odiar aqueles dois garotos pelo resto da vida, uma promessa que sobreviveu até que Jack a convidou para jogar no time dele de *softball*, três semanas depois. Foi Steven quem ensinou a ela como jogar na segunda base sem ser atingida no rosto pela bola.

No começo, Jack a chamava de docinho para provocá-la, porém, anos mais tarde, ele havia sussurrado isso enquanto beijava a lateral do pescoço dela. A voz dele havia ficado mais grave e rouca enquanto ele descobria maneiras totalmente novas de provocá-la. Houve um tempo em que a simples lembrança do beijo dele disparava um calafrio quente pelo peito dela, mas já fazia anos que Daisy não sentia nada morno nem trêmulo por ele.

Ela pensou na aparência dele na noite anterior, parcialmente nu e totalmente zangado. As pálpebras semicerradas sobre os olhos verdes tão sensuais, e o riso sarcástico curvando seus lábios. Ele tinha ficado ainda mais bonito do que era quando ela o viu pela última vez, mas Daisy estava mais velha e mais sábia, livre de cair na tentação de homens bonitos de modos feios.

Nathan não se parecia muito com Jack. Exceto, talvez, na parte da atitude. Ele tinha ficado com a irmã de Steven em Seattle enquanto Daisy estava em Lovett, mas sabia a razão por trás da viagem dela. Ela havia aprendido direitinho a lição sobre mentiras, não importando quão bem-intencionadas fossem, e jamais mentira para Nathan. Contudo, escolhera de propósito a última semana de aulas, para que ele não pudesse vir junto. Não era possível saber como Jack reagiria quando ela lhe contasse sobre Nathan. Ela acreditava que ele não seria cruel, ao menos não contra Nathan, mas não tinha certeza. Não queria Nathan por perto se Jack se tornasse realmente desagradável. Nathan já tivera sua cota de sofrimento na vida.

De dentro da casa, chegaram ruídos de sua mãe se movimentando de um lado para outro. Daisy se levantou e entrou.

— Bom dia — ela disse, pendurando o casaco.

O aroma morno da cozinha de sua mãe lhe penetrou nas narinas. O perfume de pão assado e de comida caseira a envolveu como se fosse um antigo cobertor.

— Eu vi o nascer do sol e foi absolutamente maravilhoso.

Ela descalçou os sapatos e olhou para a mãe, que estava misturando creme ao café. Louella Brooks estava usando uma camisola azul de náilon, e seu cabelo loiro estava empilhado no alto da cabeça como algodão-doce.

— Como foi sua festa ontem à noite? — Daisy perguntou.

Toda segunda sexta-feira do mês, o clube de solteiros de Lovett promovia um baile, e Louella Brooks não faltara a um só encontro desde que se tornara sócia, em 1992. Ela pagava cinquenta dólares por ano para fazer parte do clube, e acreditava que valia a pena.

— Verna Pearse estava lá. Juro que ela parece ter dez anos a mais do que tem — Louella colocou a colher na pia e levou a bebida aos lábios. Por cima da caneca seus olhos castanhos observavam a filha. — Ela estava toda flácida, descaída e ressecada.

Daisy sorriu e completou a própria caneca. Verna trabalhara com Louella no restaurante Wild Coyote. Durante algum tempo, as duas haviam sido amigas. Enquanto estava no Ensino Médio, Daisy também trabalhara lá, mas não conseguia se lembrar do que havia provocado a ruptura entre as amigas.

— O que houve entre você e a Verna? — Ela perguntou.

Louella pousou a caneca no balcão e apanhou um pedaço de pão.

— A Verna Pearse é mais lisa do que um nó corrediço — a mãe respondeu. — Ela passou um ano me dizendo que ganhava dez centavos por hora a mais do que eu porque era uma garçonete melhor. Ela anunciava isso aos quatro ventos e me esfregava na cara, mas depois eu vim a descobrir que ela ganhava esse dinheiro de outro jeito.

— Como?

— Com o Bob Grandalhão Jenkins.

Daisy se lembrava do proprietário do restaurante, e ele não era chamado de Grandalhão à toa.

— Ela transava com ele?

Louella sacudiu a cabeça e apertou os lábios.

— Gratificação oral no estoque.

— Sério? Mas isso é crime.

— Sim, é como um tipo de prostituição.

— Acho que era mais como uma espécie de trabalho escravo. A Verna chupava o Bob Grandalhão pelo equivalente a, não sei, uns oito centavos por dia? Isso não está certo.

— Daisy — a mãe a repreendeu, enquanto pegava a torradeira. — Não fale imundícies.

— Mas foi você que trouxe o assunto à roda! — Ela não conseguia entender a mãe. "Gratificação oral" podia, mas "chupar", não.

— Você mora no norte há tempo demais.

Talvez morasse mesmo, porque não conseguia ver a diferença. Embora tivesse havido uma época em que ela jamais usaria essa palavra neste contexto.

Louella abriu a embalagem do pão.

— Quer uma torrada?

— Eu não como de manhã.

Daisy deu um gole no café e se afastou para um canto da cozinha. O sol matutino incidia sobre a mesa amarela, parecendo acendê-la.

— Você saiu ontem à noite? — Louella perguntou, enquanto tostava uma fatia de pão, querendo dizer "Você conseguiu controlar seus nervos e ir à casa do Jack?".

— Sim, eu fui até lá.

— E contou para ele?

Daisy sentou em um dos bancos e olhou para as próprias mãos envolvendo a caneca. Havia um canto lascado em seu esmalte vermelho.

— Não. Ele não estava sozinho. A namorada estava lá, não era um bom momento.

— Talvez seja um sinal de que você deve deixar isso de lado.

A mãe sempre gostara mais de Steven do que de Jack, apesar de gostar de Jack também. Quando o trio se metia em confusão, Jack era com frequência apontado como culpado. Ao mesmo tempo em que costumava ser ele quem começava a confusão, também era verdade que Daisy e Steven o acompanhavam alegremente.

— Não posso fazer isso — Daisy respondeu. — Eu tenho que contar.

— Ainda não entendo por quê — a torrada de Louella pulou e ela a colocou em um pequeno prato.

— Eu já te disse.

Daisy não estava a fim de discutir de novo suas motivações. Ela pegou o vidro de esmalte que havia deixado sobre a mesa no dia anterior e começou a consertar o estrago da unha.

— Bem, se você está determinada a levar isso adiante, não deveria ir lá durante a noite — Louella espalhou manteiga pela torrada. — Pessoas falam sobre viúvas. Dizem que você está desesperada.

O pai de Daisy morrera quando ela estava com cinco anos, mas jamais ouvira uma só fofoca sobre sua mãe estar desesperada.

— Eu não ligo — ela cobriu a unha do indicador com o esmalte vermelho e atarraxou o pincel de volta no frasco.

— Mas deveria — Louella pegou o prato e o café e se sentou à mesa de frente para Daisy. — Você não quer que as pessoas pensem que você está indo lá para ter relações.

Daisy soprou a unha molhada para não rir. Fazia dois anos desde que ela tivera "relações", e não tinha certeza de ainda saber como fazer. Depois do diagnóstico de Steven e da primeira cirurgia, eles haviam tentado levar uma vida matrimonial normal e saudável, mas ficara difícil demais. No começo, ela realmente havia sentido falta de fazer sexo com o marido. Depois, quanto mais tempo passava sem, menos falta sentia. Agora, de verdade, ela já nem pensava mais nisso tanto assim.

— E aquele monte de flamingos no quintal? — Daisy falou, para mudar de assunto.

— Acho que são bonitos — a mãe respondeu.

Enquanto Daisy crescia, a mãe tinha sido muito fã da Disney. O quintal era coalhado com a Branca de Neve e os sete anões e com diversos personagens de *Alice no país das maravilhas.*

— O flamingo grande, com um livro de bolso no bico, eu consegui com a Kitty Fae Young. A neta dela, Amanda, faz sob encomenda. Você se lembra da Amanda, não?

Como se voltasse a ser criança, Daisy sentiu seus olhos vidrarem. A mãe sempre tivera uma tendência para desatar a falar sobre pessoas que Daisy não conhecia, nunca tinha visto, e com quem não se importava minimamente. Enquanto cresciam, ela e Lily haviam sido vítimas involuntárias desse falatório, obrigadas a ouvir as fofocas mais quentes envolvendo o restaurante, que em geral nem eram tão quentes assim. Ainda que muitas vezes elas deixassem claro que não se interessavam pelo Buick novo de um, pelos biscoitos caseiros de outra nem pela artrite de sabe-se lá quem, Louella era como uma agulha presa em um disco riscado, absolutamente incapaz de parar até que chegasse ao fim. Ela sacudiu a cabeça e respondeu um "não" baixinho.

— Claro que se lembra — a mãe replicou. — Era aquela bem dentuça, que parecia um castorzinho.

— Ah, sei — ela respondeu, embora não fizesse a menor ideia. Havia muitas crianças dentuças no oeste do Texas.

Daisy saiu de trás da mesa e ficou em pé. Enquanto a mãe continuava a falar sobre Amanda e sua arte de jardim, ela foi até a pia e enxaguou a caneca. Daisy olhou para o porta-retratos de vidro roxo e verde que lançava sombras no peitoril. Havia sido ela quem tirara a foto que estava na moldura. Eram Steven e Nathan no aniversário de quatro anos de Nathan, e ela usara uma lente grande-angular para distorcer o enquadramento. Ambos estavam usando chapéus de festa e rindo como doidos recém-saídos de um hospício, com os olhos enormes. Ela havia tirado a foto assim que começara a ter aulas, e ainda estava fazendo testes. Eram todos tão felizes, então.

Franziu as sobrancelhas em uma careta e desviou o olhar. Hoje ela não queria pensar no passado. Não queria ficar encalhada em um pântano emocional. Ao colocar a caneca no lava-louça, seu olhar pousou sobre a lista de compras presa ao suporte de receitas com um pregador de roupas.

— ... Mas é claro que você não morava aqui na época — sua mãe estava dizendo. — Isso foi no ano em que um ciclone destruiu o rebocador do Red Cooley.

— Você vai à mercearia? — Ela interrompeu.

— Estou precisando de algumas coisas — a mãe respondeu, ao se levantar da mesa e colocar o pão de lado. — Amanhã, depois da igreja, Lily Belle e Pippen vêm para o jantar, e pensei em oferecer um bom presunto.

Lily era três anos mais nova do que Daisy, e Pippen era seu filhinho de dois anos. O marido de Lily fugira com uma vaqueira, e eles estavam no meio de um confuso processo de divórcio. Lily estava passando por um período difícil e, em consequência disso, homens em geral eram seus alvos preferidos.

— Eu vou até a Albertsons para você — ela ofereceu.

Dessa forma, poderia escolher algo além de presunto. Daisy nunca fora grande fã de carne de porco, e depois do funeral de Steven, várias pessoas bem-intencionadas haviam aparecido trazendo presunto defumado. Alguns ainda estavam em seu congelador em Seattle.

Ela tomou banho e vestiu um *jeans* e uma camiseta azul. Secou os cabelos e pôs uma maquiagem leve. Com a lista no bolso de trás, saltou para o Cadillac da mãe. O carro tinha vários pontos amassados em virtude da miopia de Louella. Um dispensador de odores em formato de flamingo pendia do espelho retrovisor, e o veículo rangia quando fazia curvas.

Dentro da Albertsons, a música ambiente era *Mandy*, de Barry Manilow, uma abominação em qualquer estado, mas especialmente no Texas. Ela atirou ao carrinho um pacote de chá e um pote de café, antes de rumar para a seção de carnes. Estava em um clima carnívoro, e pegou três bistecas de boi.

— Ora, ora, olá, Daisy. Ouvi dizer que você estava de volta.

Daisy levou o olhar de seus tênis para o alto. A mulher à sua frente parecia ligeiramente familiar. O cabelo dela estava enrolado para cima em grandes bobes cor-de-rosa. Ela trazia em uma das mãos uma embalagem imensa de laquê superforte, e, na outra, um pacote de grampos.

Daisy precisou de alguns segundos para associar um nome àquele rosto.

— Você é a Shay Brewton, irmã mais nova da Sylvia.

Daisy e Sylvia haviam sido líderes da mesma torcida no Colégio Lovett. Eram boas amigas, mas tinham perdido contato quando Daisy e Steven se mudaram.

— Como vai a Sylvia?

— Vai bem. Ela mora em Houston, com o marido e os filhos.

— Houston? — Ela devolveu as carnes e apoiou o pé na barra de ferro que unia as rodas posteriores do carrinho. — Ah, que pena que ela se mudou. Eu pretendia fazer uma visita antes de ir embora.

— Ela está na cidade este fim de semana, para o meu casamento.

Daisy sorriu.

— Você vai se casar? Quando? Com quem?

— Com o Jimmy Calhoun, na Igreja Batista Whiley, hoje, às seis.

— Jimmy Calhoun?

Daisy estudara com Jimmy durante toda a vida escolar. Ele tinha cabelos ruivos flamejantes e um dente prateado. Havia seis meninos Calhoun, todos encrenqueiros. Se fosse para arriscar um palpite, ela apostaria alto que, a esta altura, muitos deles estariam na prisão de Huntsville, cobertos de tatuagens de cadeia. Shay deu uma risada.

— Ei, não olhe para mim como se eu tivesse perdido um parafuso.

Daisy não havia percebido que estava boquiaberta, e fechou a boca de supetão.

— Parabéns — ela disse. — Tenho certeza de que vocês serão muito felizes.

— Venha para a recepção depois da cerimônia. Vai ser no clube de campo, a partir das oito.

— Ir de penetra ao seu casamento?

— Vai ser uma festança. Muita comida e bebida, e nós contratamos o Jed e os Rippers para tocarem para nós. A Sylvia vai estar e sei que vai amar ver você. E a mamãe e o papai também.

A senhora Brewton havia sido orientadora e conselheira do time. O senhor Brewton fabricava a própria bebida no barracão dos fundos. Daisy sabia por experiência própria que o líquido era capaz de abrir um buraco no esôfago.

— Talvez eu apareça.

Shay assentiu.

— Ótimo. Vou dizer a ela que te encontrei por acaso e que você vai à festa. Ela vai ficar saltitante de alegria.

Daisy não trouxera nada para vestir em uma festa de casamento. O único vestido que tinha era um branco sem mangas, nem de longe adequado. Talvez ela só mandasse um presente.

— Você fez uma lista de casamento em algum lugar?

— Ah, não se preocupe com isso — ela sorriu. — Mas, sim, minha lista está na Presentes Donna, na rua Cinco.

Claro. Todas as listas de casamento ficavam na Presentes Donna.

— Te vejo à noite — disse Shay, enquanto se afastava.

Daisy observou-a desaparecer em uma curva e sorriu de novo. A pequena Shay Bewton ia se casar com Jimmy Calhoun. Ao longo da adolescência, não tinham existido garotos mais insanos do que Jimmy e os irmãos dele.

Exceto, talvez, o Jack.

Jack sempre fora doido varrido. Para ele, nunca bastara dirigir a bicicleta tão rápido quanto ela fosse capaz de ir; ele precisava tirar as mãos do guidão, ou ficar de pé no banco. Não era suficiente correr atrás de pequenos redemoinhos de vento, poeira e folhas; ele tinha que brincar ao ar livre quando o serviço de meteorologia previa um tornado de força máxima. Ele pensava que era invencível, como o super-homem.

Steven sempre fora mais abusado do que Daisy, mas mesmo ele não havia tentado metade das coisas que Jack fizera. Nunca pulara do telhado sobre uma cama de folhas e quebrado a perna. Nem acoplado um motor de moto em um carrinho de rolimã e dirigido pela cidade como se estivesse no autódromo de Talladega.

Jack fizera isso. Mesmo sabendo que o pai lhe daria uma surra. E Ray Parrish de fato deu, mas para Jack valeu a pena.

Steven Monroe sempre tinha sido o prudente, o confiável, enquanto Jack corria pela vida a toda velocidade, como se seu cabelo estivesse pegando fogo.

Sair com o cara mais louco da escola tinha sido muito divertido. Envolver-se emocionalmente com ele tinha sido um erro gigantesco.

Um erro pelo qual ela, Steven e Jack haviam pago um alto preço.

Três

O Clube de Campo de Lovett ficava em uma das extremidades do campo de golfe de dezoito buracos. Olmos margeavam o caminho desde os portões até a entrada do prédio. Era preciso atravessar uma ponte para chegar até as portas principais. Um riacho corria sob a ponte e desembocava em um tanque repleto de carpas, com seus corpos vermelhos e brancos oscilando no lento fluxo d'água.

Às oito e meia, Daisy estacionou em uma vaga ao lado de um Mercedes. Esta era a primeira vez que ela saía sozinha depois do falecimento de Steven, e era realmente estranho. Como se ela houvesse esquecido algo em casa. O tipo de sensação de pânico que ela geralmente sentia quando estava na fila de embarque de um aeroporto, como se tivesse deixado as passagens na mesa de jantar, apesar de saber muito bem que elas estavam em sua bolsa. Daisy se perguntou quanto tempo levaria até a sensação de pânico desaparecer. Até que ela estivesse habituada a sair sozinha.

Encontros amorosos? Esqueça. Ela não acreditava que jamais estaria pronta para isso.

Daisy cruzou as portas duplas de vidro e notou o próprio reflexo distorcido na balaustrada de latão polido, enquanto atravessava o restaurante e seguia pelo corredor até o salão de festas. Estava usando um vestido longo vermelho e sem mangas que pegara emprestado de Lily. Daisy era alguns centímetros mais alta do que o um metro e sessenta de sua irmã e também um pouco mais larga no tronco. Vermelho talvez não fosse a cor mais adequada para uma festa de casamento, mas aquele era o único vestido de Lily que não ficava curto demais e nem agarrado aos seios de Daisy.

Botões forrados de seda corriam pela lateral direita desde a bainha até a cava, e uma pequena bolsa vermelha de Louella, com corrente dourada, pendia de seu ombro.

Ela colocou sobre a mesa ao lado da porta o presente que havia comprado mais cedo e se aventurou só um pouquinho para dentro do salão. As madrinhas da noiva estavam na pose clássica, em frente a uma cortina drapeada em tons verde-azulados e dourados, enquanto um fotógrafo tirava fotos com uma câmera digital.

Cerca de duzentas pessoas brindaram ao feliz casal com taças de champanhe. Verde-azulado e dourado decoravam todo o ambiente; em cada mesa revestida de toalha branca tremulava a chama de uma vela colorida. À esquerda de Daisy, uma fileira de rechôs oferecia o que pareciam ser frango grelhado, rosbife, legumes e chili. A maioria dos convidados já estava sentada, enquanto outros ainda perambulavam pelo ambiente.

O fotógrafo não estava usando um refletor para capturar o brilho do salão, o que Daisy achou uma pena. Se ela tivesse sido contratada para fotografar, teria trazido sua maleta com uma variedade de câmeras e lentes. Neste caso, em especial, usaria um filme colorido de 1600 em uma câmera com *flash* embutido, além de uma fonte externa de iluminação, para realçar a luz ambiente do fundo. Por outro lado, cada profissional trabalhava de um jeito. As fotos deste provavelmente acabariam dando certo também.

"... Para Jimmy e Shay Calhoun", alguém estava brindando. Daisy apanhou uma taça de champanhe e voltou sua atenção do fotógrafo para as madrinhas. Conforme observava o alinhamento de moças, levou o copo à boca, com cuidado para não borrar o batom. Por trás da taça, Daisy sorriu, quando seus olhos pararam na amiga do Ensino Médio. Sylvia estava usando uma espécie de roupa de odalisca de tule verde-azulado e cetim dourado. Estava grande como uma casa. Não gorda. Muito grávida. Parecia cansada, mas estava bonita como nunca, e continuava baixinha como Daisy se lembrava; também usava ainda o mesmo cabelão comprido e a mesma franjinha com laquê dos tempos de escola.

Shay, linda, tinha mechas cacheadas balançando na altura dos ombros e um véu diáfano flutuando ao seu redor como uma nuvem. Jimmy Calhoun estava mais bonito do que quando Daisy morava aqui. Ou, talvez, apenas parecesse mais aprumado dentro de um *smoking*. Ela não poderia jurar, mas parecia-lhe que o cabelo ruivo dele tinha ficado um ou dois tons mais escuro, e todas as sardas haviam desaparecido.

— Com licença, *madama* — uma voz que ela reconheceu de imediato falou, exatamente atrás dela.

Daisy deu um passo para o lado para liberar a passagem junto à porta, e por cima do ombro deslizou o olhar pelo contorno definido da boca de Jack Parrish e por seus lindos olhos.

O olhar dele sustentou o de Daisy quando ele passou, e a manga do paletó cinza chumbo roçou o braço nu dela. Por uma fração de segundo, o espanto interrompeu os passos dele e, durante este momento fugaz, algo vivo e quente brilhou em seus olhos. Desapareceu na mesma velocidade, e Daisy não tinha certeza de ter sido efeito dos candelabros suspensos ou das chamas bruxuleantes das velas. Ele se afastou, e ela ficou observando os ombros largos e a parte de trás da cabeça, enquanto ele abria caminho pela multidão em direção à noiva e ao noivo. O cabelo escuro encostava no colarinho e aparentava ter sido ajeitado com os dedos, como se ele tivesse acabado de tirar o chapéu e atirá-lo no banco do carro, e se penteado com a mão. Naquele paletó, Jack parecia recém-saído de uma revista de moda. E, como sempre, caminhava daquele jeito arrastado que demonstrava, para além de qualquer dúvida, que ele não tinha a menor pressa de chegar a lugar algum.

O estômago de Daisy foi tomado por uma palpitação que não tinha nada a ver com a aparência dele, mas tudo a ver com quem ele era para ela e o filho.

— Daisy Lee Brooks! — Sylvia chamou, e Daisy olhou na direção da amiga. — Vem já aqui.

A voz de Sylvia sempre fora maior que tudo o mais nela. Isso havia feito dela uma excelente líder de torcida.

Daisy riu e andou para a frente. Ela parou ao lado de Jack, que estava conversando com o noivo. Abraçou a amiga e o senhor e a senhora Brewton. Sylvia a apresentou ao marido, Chris, e disse:

— Você se lembra do Jimmy Calhoun.

— Oi, Daisy — Jimmy sorriu. O dente prateado sumira, substituído por um de porcelana. — Você está linda.

— Obrigada.

Ela olhou para cima em direção a Jack, que estava fazendo um bom trabalho ao fingir que ela não existia. Ela baixou o foco para os ombros dele e para a camisa azul entre as lapelas de seu paletó. Ele não estava usando gravata. Ela voltou a se concentrar no noivo.

— Você também está ótimo, Jimmy. Mal posso acreditar que se casou com a pequena Shay Brewton. Eu me lembro de quando a Sylvia e eu tentamos ensiná-la a andar de bicicleta e ela atropelou uma árvore.

Shay deu risada e Jimmy disse:

— Aposto que você pensou que eu estaria preso a esta altura.

No sétimo ano, Jimmy e seus irmãos haviam se espremido no Chevrolet Monte Carlo do pai, com os traseiros nus encostados aos vidros, e circulado perto da escola. No décimo ano, Jimmy dera um falso alarme de bomba para sair da aula mais cedo. Foi pego porque o telefone público que usara ficava bem do lado de fora do escritório do diretor. "Isso nunca entrou na minha cabeça."

Sylvia deu risada, porque conhecia bem aquelas histórias. Daisy se sentiu relaxada. A palpitação em seu estômago acalmou. Agora não era hora e nem lugar de contar a Jack sobre Nathan. Ela não precisava pensar nisso. Podia relaxar. Divertir-se com velhos amigos. Fazia um bom tempo desde que ela se divertira pela última vez.

— Jack, lembra aquela vez que você, Steven e eu fomos presos por fazer racha na estrada velha? — Jimmy perguntou.

— Claro — ele suspendeu um pouco o punho da camisa e olhou para o relógio.

— Você estava junto naquela noite, Daisy?

— Não — ela mais uma vez olhou para cima, para o homem ao seu lado. — Eu nunca gostei que o Steven e o Jack fizessem racha, sempre tive medo de alguém acabar machucado.

— Eu nunca perdi o controle — Jack baixou a mão para a lateral do corpo e na descida seus dedos roçaram o vestido dela. Ele olhou para ela, e não havia nenhuma expressão em seus olhos quando disse: — Eu sempre fui prudente.

Não. Estar com ele raramente tinha sido prudente.

— Eu realmente lamentei muito quando soube do Steven — Jimmy estava dizendo, e ela olhou para ele. — Era um cara muito bacana.

Daisy nunca sabia o que responder nessas horas, então levou a taça à boca.

— A Shay me falou que ele morreu de câncer no cérebro.

— Foi — e o câncer tinha um nome, glioblastoma. Era horrível e sempre fatal.

— Eu estava planejando ir falar com a sua mãe para perguntar de você — Sylvia disse.

— Eu estou bem — e era verdade. Ela estava bem. — Meu Deus, para quando é este bebê? — Daisy perguntou a Sylvia, deliberadamente mudando de assunto.

— Mês que vem — ela alisou o barrigão. — E estou mais do que preparada. Você tem filhos?

— Tenho — ela estava muito consciente de Jack, da manga do paletó dele tão perto do braço dela que, se Daisy se mexesse um milímetro, sentiria a textura do tecido em sua pele nua. — Um filho, Nathan — ela completou, e de propósito não mencionou a idade. — Ele está em Seattle com a irmã do Steven, Junie, e o marido dela, Oliver — ela olhou para Jack e a expressão impassível não estava mais lá. A surpresa havia tomado seus olhos verdes e ele ergueu uma sobrancelha. — Você se lembra da Junie, não?

— Claro — ele respondeu, e desviou o olhar.

— Eu me lembro dela — Sylvia contribuiu. — Ela era um pouco mais velha do que nós. Lembro que os pais do Steven eram bem idosos, também.

Steven havia sido uma verdadeira surpresa quando seus pais estavam na casa dos quarenta e poucos anos. Os dois tinham sessenta e três anos quando o filho se formou no Ensino Médio. A mãe já era falecida, e o pai morava em uma comunidade de aposentados no Arizona.

— Shay e eu vamos nos esforçar para fazer um bebê esta noite mesmo — Jimmy riu. — Não quero esperar demais para ter um filho.

Jack enfiou a mão por dentro do paletó e tirou um charuto do bolso da camisa.

— Parabéns — ele disse, e o entregou a Jimmy, que o girou entre os dedos.

— Meu favorito. Obrigada.

— Eu não ganho? — Shay protestou, sorrindo.

— Eu não sabia que você fumava charutos — Jack disse, e puxou a mão de Shay das entranhas e dobras do vestido dela, e levou-a à boca. — Parabéns, Shay. O Jimmy é um cara de muita sorte — ele beijou os dedos dela e disse, apenas um pouco mais alto do que um sussurro: — Se ele não tratar você direito, me avise.

Shay sorriu e com a mão livre fez carinho nos cabelos cacheados dele.

— Você armaria um barraco por mim?

— Por você, eu armaria vários — ele soltou a mão dela e pediu licença.

Daisy olhou para seus ombros largos enquanto ele se afastava rumo ao bar montado em um dos cantos.

— Ele sempre foi o maior sedutor — Sylvia suspirou. — Desde o quinto ano.

Ela focou sua atenção em Sylvia conforme os outros ao redor começaram a conversar sobre futebol. Enquanto eles debatiam se os Cowboys precisavam melhorar a defesa ou o ataque, Daisy inclinou a cabeça para se aproximar de Sylvia.

— O que aconteceu entre você e o Jack no quinto ano? — Ela perguntou à amiga.

O sorriso melancólico encurvou os lábios de Sylvia, e as duas ficaram observando Jack enquanto ele pedia uma cerveja no bar.

— Conta, vai — Daisy insistia.

— Ele me convenceu a mostrar o traseiro.

No quinto ano? Ela, Jack e Steven brincavam de *videogame* de corrida, no quinto ano. Não de médico.

— Como ele fez isso?

— Ele falou que me mostraria o dele se eu mostrasse o meu.

— Simples assim?

— Eu não tenho irmãos, e ele não tem irmãs. Nós estávamos curiosos para saber como era a bunda um do outro. Nada de ruim aconteceu. Ele foi bem gentil.

Ela nunca soubera que, enquanto Jack a atazanava com estatísticas sobre o piloto de corridas Richard Petty, estava por aí conferindo os traseiros de outras garotas. Daisy se perguntou o que mais ela não saberia.

— Não me diga que você foi amiga do Jack Parrish durante todos esses anos e nunca mostrou o traseiro para ele.

— Não no quinto ano.

— Querida, cedo ou tarde, todo mundo mostrou a bunda para o Jack — ela alisou a barriga enorme. — Era só questão de tempo.

Daisy tinha dezessete anos e praticamente precisou implorar para que ele olhasse sua bunda. Se lembrava bem, as palavras dele tinham sido "Daisy, para com isso, eu não me envolvo com virgens". Mas ele havia se envolvido, e os dois começaram um relacionamento sexual selvagem, que esconderam de todos. Até de Steven. Especialmente de Steven. Tinha sido louco, emocionante e intenso. Uma viagem na montanha-russa do amor, do ciúme e do sexo. E havia terminado muito mal.

Memórias há muito esquecidas passaram voando pela cabeça de Daisy, como se estivessem se libertando. Uma aqui, outra ali. Um emaranhado de recordações confusas e emoções caóticas, como se tivessem sido jogadas em uma caixa apressadamente lacrada. Como se houvessem esperado todos esses anos por alguém que rasgasse a fita adesiva e desdobrasse as abas.

Ela recordou o próprio casamento. Ela e Steven no cartório. A mãe dela e os parentes dele ali com eles. Steven apertando sua mão para que ela não tremesse. Ela havia amado Steven Monroe por muitos anos antes de se casar com ele. Talvez não um amor do tipo ardente. Talvez ela não tivesse necessidade dele como de uma droga, mas amores assim não duravam. Consumiam-se e se acabavam. O amor que ela sempre sentira por Steven era calmo e tranquilo, como chegar em casa cansado e com frio e se aninhar em frente à lareira. Esse tipo de amor durava, e duraria por muito tempo depois do falecimento de Steven.

Ela se lembrou de estar com Steven no carro dele, a caminho de irem contar a Jack sobre o casamento de ambos. A gravidez a deixava enjoada. O que eles estavam prestes a fazer deixava seu peito oprimido. Ela começara a chorar ainda antes de chegarem à rua de Jack. De novo, Steven apertara sua mão.

Ela e Steven haviam passado por muita coisa juntos, e tudo o que enfrentaram só serviu para aproximá-los ainda mais. Os primeiros anos do casamento, enquanto ele ainda estudava, tinham sido financeiramente difíceis. Depois, quando Nathan fez quatro anos, Steven encontrou um bom trabalho e eles decidiram acrescentar mais uma criança à família; e então descobriram que ele sofria de baixa contagem de espermatozoides. Eles haviam tentado todos os métodos de concepção, mas nenhum funcionara. Cinco anos depois, resolveram desistir e estavam felizes com as próprias vidas.

O salão ficou escuro subitamente, e Daisy foi arrancada do passado. Um foco de luz brilhou no centro da pista de dança, e ela se livrou de todos os pensamentos de antigamente. Jed e os Rippers pegaram seus instrumentos e Jimmy e Shay fizeram sua primeira dança como marido e mulher.

Quando decidiu vir para casa e contar a Jack sobre Nathan, Daisy não previu que seria tomada pelas lembranças. Nem imaginou que elas estivessem lá, trancafiadas, à sua espera.

Daisy se afastou da pista de dança e pousou a taça vazia sobre uma mesa. Ela se dirigiu ao banheiro do bar no fim do corredor, e enquanto lavava as mãos observou o próprio reflexo no espelho. Ela já não era uma menina assustada e de coração partido. Estava muito mais durona do que na adolescência. Se, por um lado, não estava ali para reviver suas recordações, tampouco iria se esconder delas. Ela estava ali para contar a Jack sobre Nathan. Ela lhe diria que sentia muito e esperava que ele compreendesse. Apesar de ter certeza de que ele não compreenderia, e que tornaria as coisas bem difíceis, ela ainda tinha de fazer a coisa certa. Nada de continuar adiando. Nada mais de esconder segredos.

Ela reaplicou o batom vermelho e o jogou na bolsa. Que Jack agisse mal. Ela talvez até merecia um pouco, mas sobreviveria. Daisy já convivera com o que de pior a vida tinha a apresentar, e nada que Jack fizesse poderia ser tão ruim.

Ela fez uma parada no bar para pegar uma taça de vinho e em seguida se encaminhou de volta ao salão de festas.

Jack estava parado no corredor, com um dos ombros apoiado contra a parede. Tinha um celular em uma das mãos e a outra enfiada no bolso da calça. Ele olhou para Daisy enquanto ela se aproximava.

— Combinado — ele disse, ao telefone. — Vejo vocês na segunda-feira cedinho.

Seu primeiro impulso foi passar depressa, mas em vez disso, ela parou na frente dele.

— Oi, Jack.

Ele desligou e enfiou o telefone no bolso.

— O que você quer, Daisy?

— Nada. Só estou sendo amigável.

— Eu não quero ser "amigável" com você — ele se endireitou e se afastou da parede, tirando a mão do bolso. — Pensei ter deixado isso bem claro na noite passada.

— Ah, você deixou — ela deu um gole no vinho e perguntou: — Como vai o Billy?

Tudo que lembrava sobre o irmão de Jack era um par de olhos azuis brilhantes e seu cabelo cor de areia. Fora isso, não havia muito de que recordasse. Ele olhou por cima da cabeça dela e respondeu:

— Billy está bem.

Ela esperou que ele continuasse, mas ele não continuou.

— Casado? Filhos?

— Sim.

— Onde está a Gina?

O olhar dele encontrou o dela; naquele paletó, seus olhos pareciam mais cinzas do que verdes.

— No Slim Clem's, imagino.

— Ela não está aqui?

— Eu não estou vendo.

Daisy tomou mais um gole. Ela seria simpática mesmo que isso a matasse. Ou matasse Jack.

— Você não a trouxe junto?

— Por que eu faria isso?

— Ela não é sua namorada?

— Por que você acha isso?

Ambos sabiam por que ela pensaria nisso.

— Ah, talvez porque ontem à noite ela estava usando uma camisa sua e mais nada.

— Quanto a isso, você está enganada. Ela estava usando uma calcinha preta de renda — um dos cantos de sua boca se elevou, para provocar Daisy, de propósito, *o babaca.* — E um sorriso de satisfação. Você se lembra daquele sorriso, não, Daisy?

Ela *não* iria perder as estribeiras e dar a Jack o que ele queria.

— Não se gabe, Jack Parrish. Você não foi assim tão memorável.

— Que foi? Eu estava falando sobre o sorriso da Gina ontem à noite — o outro canto de sua boca também subiu, e rugas de riso surgiram em torno dos olhos dele. — Do que *você* estava falando, docinho?

Ambos sabiam que não estavam falando do sorriso de *Gina.*

— Você não mudou nada desde o colégio — Daisy lhe deu um olhar de reprovação e saiu andando, antes de perder a cabeça e dizer algo de que se arrependeria mais tarde.

Jack observou-a se afastar. O sorriso desapareceu e seu olhar deslizou pelo cabelo loiro dela, liso e lustroso; dali para as costas do vestido vermelho, para o traseiro e a parte de trás das coxas dela. Quem diabos era ela para julgá-lo? Ela havia sido muito sacana. Dissera que o amaria para sempre e então se casara com o melhor amigo dele, na mesma semana em que ele havia enterrado a mãe e o pai. Segundo seus critérios, isso fazia dela uma grande filha da puta.

Ela sumiu no salão, e Jack esperou um pouco antes de ir atrás. Aos trinta e três anos, Daisy era ainda mais bonita do que aos dezoito. Ele havia visto, na noite anterior, em sua cozinha. E via de novo, agora. Tanta coisa havia mudado, mas ela continuava a mesma. O cabelo ainda era do mesmo tom claro de loiro, só não era grande, cacheado e cheio de laquê. Agora, era liso e o cúmulo da sensualidade. Ela crescera alguns centímetros e ele calculava que medisse em torno de um metro e sessenta e cinco, mas ainda caminhava como se fosse a rainha do Festival das Rosas de Lovett. Seus grandes olhos ainda exibiam a mesma tonalidade encorpada do mogno, mas haviam perdido a inocência e a paixão que tempos antes ele achara tão fascinantes.

Ele percorreu o corredor e entrou no salão de festas à meia--luz. Marvin o parou para contar sobre o Ford Fairlane 1967 que havia comprado recentemente.

— E ainda estava com o motor original — ele disse, enquanto Jed e os Rippers cantavam uma música de Tim McGraw sobre uma garota de minissaia.

Como que atraído por um ímã, o olhar de Jack encontrou Daisy. Ela estava na ponta oposta do ambiente, conversando com J. P. Clark e a esposa dele, Loretta. O vestido vermelho de Daisy se ajustava às curvas de seu corpo sem parecer muito apertado. Ela claramente não havia engordado. Não tinha tornozelos grossos nem um traseiro caído. O que era uma pena, no que dizia respeito a Jack.

Durante anos ele havia se esquecido dela e de Steven. Ele enterrara ambos no passado e seguira adiante com sua vida. E agora ali estava ela, trazendo tudo de volta à superfície.

Cal Turner se aproximou de Daisy e ela o acompanhou até o centro da pista de dança. Todo mundo sabia que Cal era um tarado, e que naturalmente interpretaria aquela fileira de botões laterais do vestido dela como um convite para que seus dedos os abrissem. Talvez fosse isso o que ela desejava. Ter alguma coisa com Cal. Não tinha importância, porém. Não era da conta de Jack.

— A capota de vinil precisa ser substituída — Marvin estava dizendo, e começou a discursar sobre a parte interior.

Cal envolveu o braço em torno da cintura de Daisy e ela sorriu para ele. A luz do globo deslizava por sua bochecha e pelos cabelos. Seus lábios vermelhos se afastaram e ela riu. Daisy Lee Brooks, a fantasia de todos os tarados do Colégio Lovett, estava de volta à cidade, virando cabeças e seduzindo os homens com um sorriso.

Algumas coisas nunca mudavam.

Exceto que ela não era Daisy Lee Brooks. Era Daisy Monroe e tinha um filho. Um menino. Um bebê com Steven. Jack não sabia por que isso o espantava. Não deveria. É claro que eles tinham tido um filho. Pensando melhor, o mais espantoso era que tivessem tido só um.

Inesperada e indesejada, a lembrança da barriga lisa dela cruzou a memória dele. A boca dele saboreando a pele nua dela exatamente acima do umbigo, enquanto ele olhava para cima, para o rosto dela. A expressão de entrega ardente e apaixonada nos olhos dela conforme ele ia descendo. Os lábios dela úmidos e esfolados dos beijos dele.

— Com licença — ele disse, quando Marvin estava se empolgando ao falar sobre os carburadores duplos do Ford.

Ele caminhou em direção ao sinal de saída e dali seguiu porta afora, vencendo o corredor e deixando para trás as portas duplas do clube de campo. A noite morna de junho o atingiu no rosto e no pescoço. O som dos insetos tornava o ar mais espesso. Havia um tipo de tanque à direita de Jack e, no curso d'água à frente, vaga-lumes piscavam como luzes de Natal. Uma cena de caça ao vaga-lume com Steven e Daisy cruzou sua mente. Isto tinha sido antes que os inseticidas reduzissem sua quantidade, e ainda era fácil capturar os insetos em potes de vidro. Ele, Steven e Daisy esmagavam os insetos em seus braços, criando riscos fluorescentes que duravam bons dez minutos.

Ele tirou um charuto do bolso do paletó e andou até um banco de pedra um pouco além das luzes do clube. Ele se sentou e removeu a fita de papel que envolvia o charuto. Prendeu-o no canto da boca e bateu nos bolsos à procura da caixa de fósforos que havia pego na tabacaria. Ele não fumava muito, mas vez por outra gostava de apreciar um charuto caro.

Seus bolsos se revelaram vazios e ele guardou o charuto de volta no bolso. Uma fileira de janelas do restaurante jogava luz sobre o tanque. Ele passou os dedos no cabelo, recostou a cabeça na parede do edifício e observou a noite. Sua vida era boa. Ele tinha mais negócios do que podia administrar e ganhava mais dinheiro do que precisava. Havia assumido a Parrish American Classics e a tornado maior e melhor do que seu pai jamais sonhara. Era dono de sua casa e de seu negócio. Dirigia um Mustang que valia setenta paus e uma caminhonete Dodge Ram que puxava seu barco de seis metros e meio de comprimento.

Ele estava feliz. Por que Daisy tinha de surgir agora e escavar velhas lembranças que deviam continuar enterradas? Lembranças dele e dela. Dele e Steven. Dos três juntos.

Desde praticamente o primeiro dia na escola elementar, ele e Steven haviam se apaixonado um pouco por Daisy Brooks. O começo tinha sido inocente. Dois garotos olhando para os brinquedos do pátio e vendo uma garotinha de cabelos dourados e grandes olhos castanhos. Uma garota que sabia jogar beisebol, balançar no trepa-trepa e correr mais do que eles. A atração fora pura e ingênua.

No terceiro ano, quando Daisy se preocupara com quem se casaria quando crescesse, os três haviam concordado que ela deveria se casar com ambos. Viveriam todos juntos em uma casa na árvore que eles iriam construir, e Jack ficaria rico e famoso como piloto da associação nacional de automobilismo. Steven se tornaria advogado como o pai, e Daisy seria rainha da beleza. Eles nunca tinham ouvido falar de poligamia, e nem Jack nem Steven pensavam em Daisy de um jeito sexual. Não que ele e Steven não conversassem sobre sexo. Eles apenas não pensavam no sexo em relação a Daisy.

Mas tudo aquilo mudara no verão do oitavo ano. Daisy fora trabalhar no rancho de sua tia em El Paso e, ao voltar, tinha um par de seios perfeitos. Ela partira como a garota que eles conheciam desde sempre, magra e com o peito reto, mas voltara transformada. As pernas estavam mais longas. Os seios, maiores do que as mãos deles. Os lábios ficaram mais cheios. Até o cabelo parecia mais brilhante.

Naquela época, o corpo de Jack sequer precisava de um motivo para exibir uma ereção. Era simplesmente algo que acontecia a todos os meninos na puberdade, e era ridiculamente embaraçoso. Às vezes, ocorria quando ele estava em uma atividade nem um pouco mais excitante do que a aula de geometria ou aparando a grama.

Porém, naquele verão, ele dera uma olhada para Daisy, e seu corpo reagira aos dois bons motivos pressionados contra a camiseta dela. Os pensamentos dele haviam imediatamente descido até a virilha, e ele ficara tão duro que quase desmaiara pela ausência de sangue no cérebro. Ela viera para contar sobre o rancho da tia e, enquanto esteve sentada a seu lado no pórtico, tagarelando, rindo e descrevendo os cavalos que havia montado, ele estava apenas tentando não encarar os peitos dela. *U-huuuuuuu!*

Naquele verão, ele e Steven souberam, sem trocar uma palavra a respeito, que cada um sentia por Daisy uma atração que não tinha mais nada de inocente. Estava lá, entre eles. Pela primeira vez na história daquela amizade eles tinham um problema realmente grande. Um problema que não poderia ser resolvido com um pedido de desculpas nem com um soco extra que os deixassem quites.

Mais tarde eles conversaram sobre isso, sobre como se sentiam em relação a Daisy. Decidiram que nenhum dos dois poderia tê-la. Para continuarem amigos, eles prometeram conter as respectivas mãos. Daisy estava além de seus limites. Jack quebrara esta promessa, mas havia sido Steven quem acabara ficando com ela.

A porta frontal do clube se abriu, e, como se os pensamentos dele a tivessem atraído, Daisy surgiu. Ela ajeitou no ombro a correntinha dourada da bolsa e perscrutou o entorno como se não conseguisse lembrar onde estacionara o carro. O olhar dela encontrou o dele e ela o encarou a distância. A luz da frente do clube iluminava metade de seu rosto e deixava o resto em variados graus de sombra.

— A Shay vai atirar o buquê daqui a pouco — ela disse, como se ele tivesse perguntado. — Não quero fingir que vou pegar.

— Você não quer ser a próxima a se casar?

Ela balançou a cabeça e seu cabelo roçou os ombros.

Ele não perguntou o porquê. Estava cagando para o motivo. Seu olhar passou pelos seios dela, pressionados contra o tecido vermelho do vestido, e deslizou para baixo até o traseiro de perfil.

— Hoje de manhã eu estava pensando no meu primeiro dia na Escola Elementar de Lovett — ela disse, e deu um passo na direção dele. — Você lembra?

Ele se pôs de pé e olhou de volta para o rosto dela.

— Não.

Os lábios vermelhos dela se curvaram em um sorriso.

— Você falou que a minha tiara era idiota.

E ela havia caído no choro.

— Foi minha mãe que me fez usar aquela coisa.

Ele olhou o rosto dela, a pele suave e perfeita, o nariz reto, os lábios cheios e vermelhos. Ela estava tão linda como sempre tinha sido, ou talvez mais, e ele estava se saindo muito bem em sua missão de não sentir nada. Nenhuma raiva. Nenhum desejo. Nada.

— O que você está fazendo aqui?

Ela deu mais um passo. Se ele esticasse o braço, poderia tocá--la. Os grandes olhos de Daisy o encararam e ela disse:

— A Shay me convidou para a festa hoje de manhã, quando a encontrei comprando um frasco de laquê na Albertsons.

Não fora isso que ele quisera dizer.

— Por que você está em Lovett? Remexendo o passado?

Ela baixou os olhos para o peito dele, mas não respondeu.

— O que você quer, Daisy?

— Que sejamos amigos.

— Não.

— Por quê, Jack? — Ela voltou a erguer o rosto, seu olhar analisando o rosto dele. — Nós já fomos amigos, uma vez.

Ele riu.

— Fomos?

Ela assentiu.

— Fomos.

— Acho que fomos mais do que amigos.

— Eu sei, mas eu quis dizer antes daquilo tudo.

— Antes daquele sexo todo?

Jack não podia ter certeza, mas achou que ela ficara corada.

— Isso.

— E antes que você fizesse sexo com o meu melhor amigo?

Ele cruzou os braços em frente ao peito. Talvez sentisse alguma coisa. Talvez estivesse um pouco mais irritado do que havia imaginado, porque disse:

— Você está aqui para recomeçar as coisas? Retomar de onde paramos?

Ela desviou o olhar.

— Não.

— Sei que não devo me gabar, mas tem certeza de que não quer dar uma rapidinha no meu carro? — Ela sacudiu a cabeça, mas ele não parou. — Em nome dos velhos tempos?

Ela o encarou.

— Jack, não — ela ergueu a mão entre ambos e pressionou os dedos contra os lábios dele. — Não diz mais nada.

O toque dela o desestabilizou. Ele captou uma nuança de perfume, mas, por baixo, sentiu o aroma dela. Daisy. Ela podia mascarar o próprio cheiro com perfume e ficar afastada por quinze anos, mas não havia mudado. Mesmo quando tinha dezessete anos e trabalhava no Wild Coyote, mesmo sob o odor de galinha frita e churrasco, ela havia sempre cheirado como uma suave brisa de verão.

Com os dedos dela ainda encostados à sua boca, ele a encarou durante longos momentos. Algumas vezes ele precisara procurar muito o aroma dela, entre o cheiro de toda aquela gordura, mas sempre havia encontrado. Geralmente, na curva do pescoço. Ele agarrou o pulso dela e deu um passo para trás.

— O que você quer de mim?

— Eu já te disse. Ser amigos.

Tinha de haver algo mais.

— Nós nunca poderemos ser amigos.

— Por quê?

Ele soltou o pulso dela.

— Você casou com o meu melhor amigo.

— Você tinha terminado comigo.

Não. Ele tinha pedido um tempo para pensar.

— E daí, para se vingar de mim, você casou com o Steven.

Não era uma pergunta. Era a constatação de um fato.

Ela abanou a cabeça.

— Você não entende. Não foi bem assim.

Tinha sido exatamente assim.

— Você e eu éramos namorados. Fazíamos tudo juntos. Daí, um dia, você acordou e se casou com o meu melhor amigo na mesma semana em que enterrei meus pais. Qual parte eu entendi mal?

Através da escuridão ele a viu aproximar as sobrancelhas e formar uma ruga.

— É, o momento foi ruim.

Uma sonora gargalhada sacudiu o peito dele.

— É, pode acreditar.

— Eu sinto muito, Jack.

Ela parecia lamentar, mesmo. Ele não ligava a mínima.

— Não sinta. Acabou sendo melhor.

— Eu vim a Lovett porque preciso conversar com você.

Não havia absolutamente nada que ela tivesse a dizer que ele gostaria de ouvir.

— Poupe o fôlego, Daisy — ele disse, enquanto passava por ela em direção à ponte que separava a entrada do estacionamento.

— É o motivo que me trouxe aqui — ela gritou, na direção dele.

— Então você perdeu seu tempo.

— Não me obrigue a correr atrás de você.

Isso o fez parar e olhar para trás. Ela estava com as mãos no quadril, e, embora ele não conseguisse discernir com clareza, parecia sentir o olhar dela em si, analisando-o de alto a baixo. Era como ver a antiga Daisy.

— Estou tentando ser legal, mas na verdade você não tem escolha e vai ter de me escutar. E, se você ficar desagradável como falou, vou me tornar o seu pior pesadelo.

Uau, mas era mesmo a antiga Daisy. Pavio curto e irritação agressiva embrulhados numa aparência tão suave e feminina. Ele quase sorriu. Quase.

— Tarde demais, docinho — ele disse, conforme girava para ir embora. — Você se tornou meu pior pesadelo anos atrás.

Quatro

Daisy pendurou o vestido no guarda-roupa, depois de tirá-lo puxando pela cabeça, e vestiu a pequena camisola. Em seguida, lavou o rosto. Passava um pouco das dez e sua mãe já estava dormindo.

Ela se sentou no canto da cama e discou o número do filho em Seattle. Ainda eram oito, em Washington, e ela estava certa de que Nathan estaria acordado. Tinha razão.

— Ei, filhote — Daisy disse, depois que Nathan atendeu, no quarto toque.

— Mãe.

Bem, não era exatamente o começo mais extraordinário para uma conversa, mas ainda assim era bom ouvir a voz dele.

— Como estão as coisas por aí?

— Bem.

— Estou com saudade de você.

— Então volta para casa.

— Vou voltar, em uma semana a contar de domingo.

— Mãe, eu *não* quero ficar aqui durante uma semana.

Ela tivera esta conversa com ele antes mesmo de partir. Junie e Oliver não eram os parentes favoritos dele. Não eram péssimos, apenas enfadonhos. Especialmente para um garoto de quinze anos.

— Não pode ser tão ruim.

— Como você pode saber? Você nunca morou com a tia Junie e o tio Oliver Sabe Tudo.

— Nathan, eles vão escutar!

Infelizmente, Oliver era um desses homens que gostam de impressionar as pessoas com seus saberes ilimitados a respeito de qualquer assunto do conhecimento humano. Steven começara a chamá-lo de Oliver Sabe Tudo muitos anos antes.

— Não vão escutar não, eles nem estão em casa. Eles saíram e me deixaram tomando conta da Michael Ann e do Richie.

Daisy prendeu o telefone entre o queixo e o ombro.

— A Michael Ann é só um ano mais nova do que você.

— Eu sei, e ela é um pé no saco. Ela fica andando atrás de mim e me perguntando se a comida fica presa no meu *piercing*.

Daisy havia perguntado isso também, e achava que era uma dúvida bem razoável.

— Acho que ela tem uma quedinha por você.

— Ai meu Deus! Mãe, isso é tão nojento — ele disse, com a voz estridente de indignação. — Como você pode dizer uma coisa dessas? Ela é minha prima.

— Você nunca ouviu falar de beijo entre primos? — Daisy o provocou.

— Eca. Ela ainda come meleca do nariz!

Daisy riu e a conversa mudou para o assunto da escola. Faltavam apenas cinco dias, e então chegariam as férias de verão. Ele completara quinze anos em dezembro e, desde o primeiro ano, vinha contando os dias até poder tomar aulas de direção. Ainda faltava um ano, mas ele já escolhera que carro queria. Ao menos por esta semana.

— Eu vou ter um Nova Super Sport. E um quatro por quatro também. Nada daquelas porcarias fracotes de menina. De que adianta ter um carro que não corre? O meu vai ser potente.

Ela nem mesmo fingia saber do que estava falando. Havia nascido louco por carros. Nada a fazer. Daisy supunha que estivesse no DNA. Além disso, havia uma boa chance de que ele houvesse sido concebido no banco de trás de um Chevy. Nathan estava predestinado a ser um fã de automóveis.

— De que cor? — Ela perguntou, sem um pingo de preocupação de que ele viesse, de fato, a dirigir um Nova SS em alta velocidade. Nathan nem tinha um emprego.

— Amarelo, de capota preta.

— Como uma abelha?

Houve uma longa pausa antes que ele respondesse:

— Branco, de capota preta.

Eles conversaram por alguns minutos sobre o tempo e a respeito de para onde Nathan gostaria de viajar quando ela voltasse. Ele acabara de ver um filme erótico e pensou que Fort Lauderdale, na Flórida, seria uma boa escolha. Ou o Havaí.

Ao desligarem, tinham mais ou menos acertado de irem à Disney, embora, em se tratando de Nathan, isso pudesse ser alterado até a conversa seguinte. Ela colocou na mão um pouco de hidratante com essência de amêndoas e espalhou-o pelo braço. Uma finíssima linha branca mal lhe marcava a pele no dedo esquerdo, onde sua aliança estivera durante quinze anos. Ela havia depositado o solitário de dois quilates dentro do bolso do paletó fúnebre de Steven, ponderando que fazia sentido que o anel repousasse sobre o coração dele.

Enquanto esfregava o hidratante nas mãos, olhou em volta, para o quarto onde estava hospedada. Era seu antigo quarto, mas nada havia restado a não ser a cama. Cartazes emoldurados de moinhos de vento, do Forte Álamo e do rió Walk, em San Antonio, pendiam das paredes, em substituição aos certificados que ela ganhara em concursos de fotografia, seus broches de líder de torcida e um pôster de Rob Lowe que ela havia pendurado na época de *O primeiro ano do resto de nossas vidas.*

Ela se levantou e abriu a porta do guarda-roupa. Estava vazio, exceto por alguns velhos vestidos de baile, seu antigo par de botas vermelhas de vaqueira, com coraçõezinhos brancos dos lados, e uma grande caixa com seu nome escrito em preto na diagonal. Ela arrastou a caixa pelo chão até a cama, então se sentou e ficou olhando para ela por um longo tempo. Ela sabia o que encontraria ali dentro. Cacos e pedaços de sua vida, as lembranças que havia empacotado e lacrado tantos anos antes. Mais cedo, durante a festa, Daisy havia empurrado as recordações para longe de sua mente, mas agora cá estava ela, com o olhar fixo nelas. Será que Daisy queria mesmo olhar o próprio passado?

Não. De verdade, não.

Ela rasgou a fita adesiva e abriu a caixa.

Um bracelete de flores ressecadas, seu chapéu de formatura e alguns crachás com a frase "Oi, meu nome é Daisy" estavam por cima de tudo. Ela não sabia por que havia guardado os crachás, mas reconhecia o bracelete. Ela tocou os ressecados botões de flor que um dia foram cor-de-rosa e brancos e hoje eram de um amarelo desmaiado. Ela aproximou o pálido bracelete do nariz e inspirou fundo. Tinha cheiro de poeira e de velhas recordações. Ela o colocou a seu lado na cama, então retirou um pequeno cobertor de quando era bebê e sua roupa de batismo. Em seguida, encontrou uma caixa em formato de coração contendo a gargantilha que ganhara do avô paterno, e mais alguns anuários escolares. Ela identificou o álbum do décimo ano e o abriu. Percorreu as páginas e parou em uma fotografia coletiva do grupo de professores, em pé diante do prédio da escola. Daisy havia tirado a foto durante seu primeiro ano de curso, antes de ter aprendido sobre composição e iluminação.

Ela voltou sua atenção para as imagens que mostravam ela própria, Sylvia e as demais líderes de torcida do time. A foto as mostrava em seus uniformes dourados e azuis fazendo acrobacias, dando pulos e saltos ornamentais. Aquele fora o ano em que ela cortara o cabelo curto como o da princesa Diana. Só que, enquanto Diana tinha ficado linda, Daisy parecia um garoto de saia plissada.

Ela avançou até a foto de sua classe e gemeu. Seu grande sorriso exibia um grande aparelho ortodôntico, e os olhos pareciam os de um guaxinim, de tanta maquiagem que ela havia passado no rosto.

Ela virou algumas páginas até que seu dedo percorreu uma fileira de fotos e parou em Steven. Ela tocou o papel suave e sorriu. Ele sempre havia sido um belo garoto tipicamente norte-americano, com seu cabelo loiro ondulante, olhos castanhos sorridentes e um traço de ironia texana, como se não tivesse uma só preocupação nesta vida. Ele jogara futebol e basquete e se envolvera com o centro acadêmico, tornando-se representante de classe em seu último ano.

Daisy avançou mais algumas páginas e olhou para a foto de Jack. Ao contrário de Steven, Jack nunca ria ou sorria como se não tivesse preocupações. Não que ele fosse mais sério do que Steven; ele simplesmente não desperdiçava energia rindo e sorrindo quando não tinha vontade.

Naquele ano, Jack completara dezesseis, um ano a mais do que Nathan tinha agora. Os dois possuíam a mesma cor escura de cabelo e o mesmo tom de pele, e talvez os narizes fossem parecidos. Ela procurou outras similaridades e não encontrou nenhuma.

Aquele foi também o ano em que Jack parou com o futebol, porque seu pai precisava dele na oficina depois da escola. Até o segundo ano, Jack sempre fora o atacante titular do time. Quando ele parou, Steven entrou em seu lugar. Até onde ela conseguia se lembrar, Jack nunca tivera nenhum tipo de sentimento negativo em relação a Steven por isso, apenas uma tristeza por não poder mais jogar bola.

E foi também o ano em que ela começara a se apaixonar por ele. Ela sempre amara Jack do mesmo jeito como amava Steven, mas pareceu que em um instante ela olhou para ele como sempre tinha olhado e, no instante seguinte, tudo havia mudado.

Naquele dia em particular, ele estava sentado na caçamba da caminhonete do pai enquanto esperava Steven sair do treino de futebol. Ela ficara até mais tarde na escola fazendo cartazes para um baile de veteranos e viu Jack no estacionamento, sentado, assistindo, em vez de jogar.

Talvez tenha sido uma ilusão de óptica causada pela luz, ou um entardecer antecipado de outono a banhá-lo de dourado. Ela não sabia o que era, só sabia que estava percebendo mais do que a costumeira boa aparência dele. Mais do que seus cílios, que eram mais longos do que os dela. Mais do que a barba incipiente em seu queixo. Mais do que os braços cruzados sobre o peito, as esferas definidas dos bíceps e o feixe de músculos de seu antebraço. Jack não levantava peso. Ele levantava motores de automóveis.

— Ei — ele a chamou, batendo de leve no espaço vago a seu lado na caçamba.

— O que você está fazendo? — Daisy perguntou, ao se sentar. Ela acomodou os livros escolares no colo e olhou para o campo, enquanto os Lovett Mustangs encerravam o treino e os jogadores se dirigiam aos vestiários.

— Esperando o Steven.

— Você sente saudade de jogar.

— Nem. Mas sinto falta das garotas bonitas.

Claro que era verdade que os jogadores conseguiam as garotas mais bonitas. Mas não era verdade que só por não jogar mais ele não conseguisse atraí-las.

— Agora você deve ir atrás das feias — ela o provocou e o observou pelo canto do olho.

— Daisy, você não sabe que não existem garotas feias de verdade no Texas?

Ele parecia tão convencido disso.

— Onde você ouviu isso?

Ele deu de ombros.

— É fato. Como o Álamo e o rio Grande, só isso.

Ele pegou sua mão e passou o polegar pelas juntas, conforme estudava os dedos dela.

— Mas você ainda vai andar comigo, não vai?

Ela o encarou pronta para dar uma resposta irreverente, mas ele ergueu a cabeça e algo em seus olhos a impediu. Por cerca de meio segundo, ela viu algo ali, alguma coisa no jeito como ele a olhava de volta, alguma coisa que a fez pensar que a resposta dela era importante para ele. Como se ele não tivesse certeza. Ela teve um vislumbre do interior de Jack como nunca tivera antes. Talvez as coisas não passassem simplesmente por ele, como se ele fosse o super-homem. Talvez ele tivesse sentimentos como todo mundo. Ou talvez mais.

Então ele abriu um sorriso e a coisa desapareceu.

— Claro que sim, Jack — ela respondeu. — Eu sempre vou andar com você.

— Eu sabia que podia contar com você, docinho.

Pela primeira vez a voz dele deslizou para dentro do peito dela, e a aqueceu com um arrepio morno. Foi tão inacreditável e fantástico que a deixou chocada. E aquilo não poderia acontecer, absolutamente. Ela não podia se apaixonar por Jack. Ele era um amigo e ela não queria perdê-lo. Mesmo que ele não fosse seu amigo, ela seria uma idiota se deixasse isso acontecer.

Ele apertou sua mão e se levantou.

— Você precisa de uma carona para casa?

Ela olhou para cima, para Jack em pé diante dela, com as mãos enfiadas nos bolsos da Levi's, e concordou com a cabeça. Jack Parrish tinha muitas qualidades maravilhosas. Ser fiel a uma garota não era uma delas. Ele partiria seu coração como se fosse de vidro. Se isso acontecesse, eles não poderiam mais ser amigos. E ela sentiria uma falta terrível dele.

Quando Steven saiu do vestiário com o cabelo molhado penteado para trás, ela havia convencido a si mesma de que não estava se apaixonando por Jack. Ele apenas a confundira, momentaneamente. Como quando eles eram crianças e andavam no carrossel durante muito tempo. Jack costumava girar o mecanismo tão depressa que momentos depois ela não conseguia enxergar e nem pensar direito.

Mas ela superara isso. Estava de novo pensando com clareza. Graças a Deus.

— Vocês estão indo a algum lugar? — Ela perguntou.

— Vamos para Chandler — Jack respondeu, referindo-se a uma cidade do tamanho de Lovett e a cerca de oitenta quilômetros para o oeste.

— Por quê?

— Tem um Camaro Z-28 1969 que eu quero ver.

— Um 69?

Ela nunca compreendera a fascinação de Jack por carros velhos. Ou, como ele os chamava, "clássicos". Ela preferia carros novos cuja tapeçaria não rasgasse suas meias de náilon. Com Jack, a questão não era não ter dinheiro para um carro novo. Embora ele certamente não tivesse. Quanto a isso, Daisy e ele tinham muito mais em comum do que qualquer um dos dois tinha com Steven, cujo pai era advogado e a família tinha dinheiro. A maior responsabilidade de Steven era manter as notas altas. Em contraste, a mãe dela era uma garçonete que dependia dos benefícios do governo, e a família de Jack tinha uma loja de carros que parecia nunca faturar o suficiente. Ela e Lily eram responsáveis por manter a casa limpa e começar a preparar o jantar, enquanto Jack ajudava o pai no negócio da família.

— E esse carro anda? — Ela perguntou.

— Ainda não.

Pois é.

— Ei, Daisy — Steven disse, quando se aproximou. — O que você está fazendo na escola tão tarde?

— Preparando cartazes para o baile dos veteranos. Você vai?

— Vou, e estou pensando em convidar a Marilee Donahue. Você acha que ela iria comigo?

Steven sorriu e não havia a menor dúvida de que Marilee aceitaria. Daisy deu de ombros.

— Você vai, Jack? — Ela perguntou, embora tivesse razoável certeza sobre a resposta.

— Nem. Você sabe que só visto paletó quando minha mãe me força a ir à escola dominical e a enterros — ele fechou a caçamba e andou até o lado do motorista. — E eu detesto dançar.

Daisy suspeitava que o problema não era Jack detestar dançar, mas não saber dançar. E ele sempre havia sido o tipo de pessoa que, se não sabe fazer algo bem, não o faria de jeito nenhum.

— Você pode colocar uma camisa bacana e uma gravata — ela disse, porém, por alguma razão, o fato de que Jack não iria levar nenhuma garota para o baile da escola aquecia seu coração mais do que deveria, considerando que ela havia superado sua confusão anterior.

— Nem a pau.

Os três entraram na velha caminhonete e Jack deu a partida.

— Alguém já convidou você? — Jack perguntou, saindo do estacionamento, com ela sentada entre os dois, como sempre.

— Já — eles eram tão estranhos quando se tratava de rapazes com quem ela saía que ela não queria contar.

— Quem? — Steven quis saber.

Ela olhou fixamente para a frente, para o painel do carro e para a estrada que se estendia além. Steven deu-lhe um encontrão com o ombro.

— Vai, Daisy Lee, conta. Quem convidou você?

— Matt Flegel.

— Você vai com o Besouro?

— Ele não gosta mais de ser chamado assim.

Jack olhou para Steven por cima da cabeça dela.

— O que há de errado com o Besouro... Digo, com o Matt? — Ela ergueu a mão antes que qualquer um dos dois conseguisse responder. — Esqueçam que eu perguntei. Eu não ligo para o que vocês acham. Eu gosto do Matt.

— Ele sai bastante por aí.

— Ele é o tipo errado de cara para você — Jack completou.

Ela cruzou os braços e permaneceu muda pelo resto do caminho até sua casa. Aqueles dois eram namoradores seriais, para dizer de um jeito delicado. Ela não queria ouvir a opinião deles, e se havia um "tipo errado de cara" para ela ou qualquer outra garota, era o Jack. O que a fez duplamente feliz por não estar realmente se apaixonando por ele.

Daisy passou o resto de seu segundo ano saindo com rapazes que nem Jack nem Steven aprovavam, mas ela não se importava. Como a maioria das garotas de sua idade, ela aprendeu a fingir e a enlouquecer os garotos. E, mais que isso, aprendeu onde parar antes que as coisas fossem longe demais. Em consequência, ganhou a reputação de ser uma provocadora. O que ela não considerava nem um pouco justo. Garotos a beijavam. Ela os beijava de volta. De seu ponto de vista, uma garota podia ser uma puritana, o que significava que não beijava e ponto. Podia ser uma provocadora, ou seja, beijava e talvez fazia alguma coisinha além. Ou uma vadia. E isso todo mundo sabia o que queria dizer.

Naquele verão, ela permitira que Erik Marks tocasse seu seio por fora da camiseta. Jack e Steven ficaram sabendo e fizeram uma expedição especial até sua casa para terem uma conversinha. Ela ficara furiosa e batera a porta na cara deles.

Os hipócritas.

No terceiro ano do Ensino Médio, ela recebeu um destaque como líder de torcida. Seu cabelo havia crescido até os ombros e ela fez uma permanente. Steven ainda estava no futebol, no basquete e, claro, no centro acadêmico. Jack estava correndo com seu Camaro nas estradas planas do Texas, e ela ainda estava dizendo a si mesma que não se sentia atraída por ele. Ela dizia a si mesma que o amava, mas que não estava apaixonada por ele, e que seu coração não doía quando ele passava dirigindo com o braço em volta de alguma garota. Ele era seu amigo, como sempre tinha sido. Nada mais. E não se permitiria sentir mais nada, também.

Tudo isso mudara algumas semanas antes do Natal de seu quarto ano, quando ela fora convidada para o baile de Natal por J. T. Sanders. J. T. era maravilhoso e dirigia um Jeep Wrangler novo. Preto. Daisy trabalhava à noite no Wild Coyote e conseguira economizar o suficiente para comprar o vestido perfeito. De cetim branco. Sem mangas, com pedraria no corpete e saia de tule. Era a coisa mais linda que ela já possuíra. Na noite anterior ao baile, em sua pausa para o jantar, ela fora buscar o arranjo floral para a lapela de J. T. Quando chegou em casa, ele havia telefonado e cancelado. Disse que a avó tinha morrido e que ele teria de ir ao enterro em Amarillo. Todo mundo sabia que ele começara a sair com outra garota na semana anterior. Daisy tinha levado um toco. Direto e reto.

E todo mundo sabia.

No sábado do baile, Daisy fez o turno do almoço no Wild Coyote. Ela se manteve firme e fingiu não se sentir humilhada. Fingiu que não estava triste nem ofendida. Brincou com os colegas dizendo que, fosse como fosse, o J. T. era um bundão.

Ninguém acreditou. Ser dispensada na noite anterior a um baile com base em uma desculpinha esfarrapada era a pior coisa que poderia acontecer a qualquer garota.

E todo mundo sabia.

Ao fim do turno, ela foi para casa e se trancou no quarto.

Com o vestido ainda pendurado na porta do guarda-roupa, ela se jogou na cama para uma longa sessão de choro. Às quatro, sua mãe enfiou a cabeça no cômodo e perguntou se ela queria sorvete de chocolate com menta. Ela não quis. Lily preparou um sanduíche de caubói, mas ela não conseguiu comer.

Às cinco e meia, Jack bateu à porta do quarto, mas ela não o deixou entrar. Sua cara estava amassada, e seus olhos, inchados; e ela não queria que ele a visse naquele estado.

— Daisy Lee — ele chamou, através da porta. — Sai daí.

Ela se sentou na cama e tirou Kleenex da caixa.

— Vai embora, Jack.

— Abre.

— Não — ela assoou o nariz.

— Tenho uma coisa para você.

Ela encarou a porta.

— O quê?

— Não posso contar. Tenho que mostrar.

— Eu estou horrível.

— Eu não ligo.

Bem, mas ela ligava. Então deslizou para fora da cama e abriu a porta só um pouquinho. Pôs a mão para fora.

— O que é?

Ele não respondeu e ela foi obrigada a espiar pela fresta. Jack estava no meio do corredor, a luz do quarto de Lily se refletindo nele como em um anjo ou, no mínimo, um garoto de coral. Ele estava vestindo seu paletó marinho de domingo e uma camisa creme. Uma gravata vermelha pendia, frouxa, em volta do pescoço.

— O que houve, Jack? Você foi a um enterro?

Ele riu e trouxe para a frente a mão que estava escondida atrás das costas. Jack depositou na palma da mão dela um bracelete de flores brancas e cor-de-rosa.

— Você aceita ir ao baile comigo?

— Você detesta dancinhas de escola — ela disse, pela abertura.

— Eu sei.

Ela aproximou o bracelete do nariz e inspirou profundamente. Mas seu nariz estava entupido, então não foi tão profundamente assim. Ela mordeu o lábio inferior para impedi-lo de tremer. Quando olhou para ele, parado no meio do corredor da casa dela, usando um paletó que detestava e convidando-a para uma festa que ele odiava, ela se apaixonou perdidamente por Jack Parrish. O amor expandiu seu coração, inundou seu peito e a assustou de morte. Todos aqueles anos combatendo o sentimento foram reduzidos a menos que nada.

Ela havia se apaixonado por Jack e não havia nada que pudesse fazer a respeito.

Naquela noite, Jack a beijou pela primeira vez. Ou melhor, ela o beijou. Durante a dança, enquanto ela estava se apaixonando pela primeira vez na vida, ele a tratou como sempre, como uma amiga. Enquanto ele tornava o corpo dela quente e cheio de vida, ele próprio permanecia impassível. Tinha sido tudo maravilhoso e horrível, e após o baile, quando ele a acompanhou até a porta de casa, ela pôs os braços em torno do pescoço dele e o beijou.

Primeiro ele ficou parado, com as mãos caídas ao longo do corpo. Depois, agarrou os ombros dela por cima do casaco e a afastou, bravo.

— O que você está fazendo?

— Me beija, Jack — se ele a rejeitasse, ela estava segura de que morreria ali mesmo. Na entrada de casa.

O aperto dele se intensificou e ele a trouxe para perto de si e pressionou os lábios quentes na testa dela.

— Não, não me trata como amiga — ela engoliu a dor em seu peito com dificuldade. — Por favor — ela sussurrou, olhando para ele. — Quero que você me beije como você beija as outras garotas. E quero que toque em mim como toca nelas.

Ele se afastou e seus olhos verdes deslizaram até a boca de Daisy.

— Não me provoque. Eu não gosto disso.

— Eu não estou te provocando — ela correu os dedos pelos ombros dele até a curva do pescoço. — Por favor, Jack.

Então, como se não quisesse beijá-la, mas não conseguisse mais evitar, ele lentamente baixou a boca até a dela. O contato com os lábios dele roubou o fôlego dela. Ela jogou a cabeça para trás e mergulhou no peito dele. Até aquele momento, ela pensara que sabia o que era beijar um menino. Jack mostrou que, na verdade, ela não tinha a menor ideia. O beijo foi quente, molhado e tão cheio de fome que a modificou para sempre.

Mesmo agora, depois de todos esses anos, Daisy ainda se lembrava de estar no pórtico da casa da mãe enquanto Jack virava seu mundo de cabeça para baixo. Ela se agarrara a ele como se ele fosse alimentá-la daqueles beijos líquidos que faziam seus seios doerem e seu corpo tremer. As mãos dele jamais foram além dos ombros dela, o que só aumentou a necessidade dela pelo toque dele. Ela queria que ele tocasse seu corpo todo. Em vez disso, ele havia partido, deixando-a zonza e desejosa por mais.

Cinco

No dia seguinte, Daisy telefonou para Jack, mas ele não atendeu. Quanto mais ela adiasse contar a ele sobre Nathan, mais difícil ficaria. Ela sabia disso, tendo adiado já por quinze anos. O que ela não havia percebido até chegar era que, quanto mais ela adiasse, mais as lembranças de sua vida naquela cidade a jogariam de volta ao passado. Antes de chegar, ela havia planejado contar a Jack, entregar-lhe a carta de Steven e lidar com os desdobramentos: se não era fácil, ao menos era direto. Agora, nem direto parecia mais. Mas precisava ser feito. Ela partiria em sete dias.

Antes do meio-dia, ela tentou o número de Jack mais duas vezes, mas ele não respondeu. Ela imaginou que ele não estava atendendo de propósito. Ela foi à igreja com a mãe e depois as duas foram lanchar com Lily e Pippen. Philip "Pippen" Darlington tinha dois anos e um *mullet* loiro porque sua mãe não suportava a ideia de cortar seus cachinhos. Ele tinha grandes olhos azuis como os de Lily e adorava o seriado *Thomas e seus amigos.* Também adorava colocar o chapéu de rabo e pele falsa de animal e berrar NÃO! alto o bastante para ser ouvido no condado vizinho. Ele odiava comida com textura, aranha e o tênis do Barney.

Daisy olhou para o menino, sentado no cadeirão à mesa de jantar de Louella, e tentou não fazer careta enquanto ele esguichava suco de uva de sua mamadeira para dentro da batata assada em seu prato. A mãe de Daisy e Lily estavam sentadas do outro lado da mesa, em frente a Daisy, e pareciam não se importar que Pippen estivesse fazendo uma bagunça nojenta.

— É um canalha! — dizia Lily referindo-se, é claro, a seu futuro ex-marido, Canalha Ronald Darlington. — Alguns meses antes de fugir com uma namoradinha menor de idade, ele tirou todo o dinheiro da nossa conta e colocou em outro lugar.

Louella abanava a cabeça em triste concordância:

— Provavelmente no México.

Enquanto eram adolescentes, se qualquer uma delas dissesse "idiota" durante uma refeição, seria expulsa da cozinha.

— O que o seu advogado está fazendo? — Daisy perguntou.

— Não há muito o que fazer. Podemos provar que o dinheiro estava na conta, mas não para onde foi. O juiz pode mandar que ele me devolva metade, mas isso não significa que ele vá devolver. Fora isso, durante muitos anos, o Ronnie recebeu o pagamento por debaixo dos panos, para não pagar tanto imposto de renda, então agora é como se ele só ganhasse 20 mil por ano, em vez dos setenta e cinco que ele recebe de verdade.

Lily cortou uma fatia de carne com ímpetos de vingança. Mesmo sendo irmãs e tendo crescido juntas, elas não eram muito próximas. Enquanto cresciam, estavam geralmente brigando uma com a outra ou se ignorando mutuamente. Lily estava no Ensino Médio quando Daisy se mudara, e elas não haviam mantido um relacionamento depois disso. Perder Steven fez Daisy perceber o quando sua família era importante. Ela precisava trabalhar na relação com a irmã.

— Ele falou que, se eu contar sobre isso à Receita Federal — Lily continuou —, ele vai pedir a guarda do Pippen. O que posso fazer?

Quando tanto Louella quanto Lily olharam para ela, Daisy percebeu que não era uma pergunta retórica. Lily tinha olheiras escuras como se há muito tempo não tivesse uma boa noite de sono. Seu cabelo loiro era curto e emoldurava o rosto dela com suaves ondas, mas, no momento, ela parecia qualquer coisa menos suave. Não; ela parecia assustadíssima.

— Você está perguntando para mim? Mas como é que eu vou saber?

— Darren Monroe é advogado — a mãe esclareceu.

— O pai do Steven está aposentado e mora no Arizona. Além disso, ele era advogado de defesa da área criminal. O Steven criava programas de computador. Eu não sei nada sobre as Varas de Família.

Daisy reconhecia o medo nos olhos azuis de Lily. Era o medo de se ver subitamente sozinha com a responsabilidade de criar um filho. Ao contrário de Daisy, Lily não estava financeiramente segura, nem tinha uma carreira com a qual pudesse contar. Não que o trabalho de Daisy tivesse alguma vez proporcionado grandes entradas de dinheiro, mas ela era uma boa fotógrafa e tinha contatos. Se precisasse sustentar a si e a Nathan apenas com seu salário, poderia. Lily havia sido mãe e dona de casa, o que são coisas admiráveis, mas não contam como habilidades profissionais. Ela estava aterrorizada.

— Vou tentar pensar em alguma coisa — Daisy disse, embora já tivesse os próprios problemas e fosse ficar ali somente por mais uma semana.

Lily sorriu.

— Obrigada, Daisy.

— Encontrei Darma Joe Henderson outro dia — a mãe delas disse, enquanto atacava o quiabo, as preocupações de Lily momentaneamente resolvidas. — Vocês se lembram da Darma Joe.

Ela trabalhava na Trusty Hardware em frente ao Wild Coyote. O filho dela, Buck, sofreu aquele acidente de carro alguns anos atrás e eles precisaram amputar a perna dele abaixo do joelho. Bem, ele tem uma filha que canta no coral da igreja. Talvez vocês tenham visto a menina hoje — Louella fez uma pausa para uma garfada antes de mergulhar na história. — Ela parece um pouco com o Buck, a pobrezinha, mas tem uma voz bonita e é muito educada. Ela estava saindo com aquele rapaz... Ah, como era mesmo o nome dele? Acho que começava com G, George ou Geoff ou algo assim. Seja como for...

O olhar de Daisy foi da mãe para a irmã. Os olhos de Lily estavam vidrados e sua mente vagueava. As coisas realmente não haviam mudado muito desde que ela partira. Ela sabia que seria inútil pedir à mãe que fosse ao ponto da história, porque ela já sabia que não havia ponto nenhum e jamais haveria.

Daisy começou a rir. Os olhos de Lily voltaram a ter foco e ela olhou para Daisy. Começou a rir também. Pippen atirou o boné ao chão e irrompeu em gargalhadas como se entendesse a piada. Ele só tinha dois anos, mas tinha estado tempo suficiente com a avó para, talvez, entender mesmo.

Louella ergueu os olhos do prato.

— Do que vocês duas estão rindo?

— Da neta de Darma Joe que se parece com o Buck — Lily mentiu, sorrindo. — Pobrezinha.

— É uma infelicidade — Louella fez uma careta. Elas continuaram a rir e ela abanou a cabeça. — Bem, vocês duas perderam um parafuso e levaram o pobre Pippen junto na loucura.

Depois da refeição, Daisy reuniu coragem para ligar para Jack pela quarta vez naquele dia; ele não atendeu, mas desta vez ela deixou um recado: "É a Daisy. Eu não vou a lugar nenhum até que você fale comigo".

Ele não retornou a chamada, então no dia seguinte ela telefonou para a loja. Ela e Penny Kribs conversaram sobre os velhos tempos e Daisy agradeceu pelas flores que Penny enviara ao funeral de Steven. Então pediu para falar com Jack.

— Não diga que sou eu, quero fazer uma surpresa — ela pediu.

— Uma surpresa seria uma coisa bem boa — Penny disse. — Ele está de péssimo humor, hoje.

Que ótimo. Daisy foi posta em espera e, depois de ouvir metade da música *The night the lights went out in Georgia*, Jack entrou na linha.

— Jack Parrish — ele atendeu.

— Oi, Jack — ele não respondeu, mas também não bateu o telefone. — Surpresa! Sou eu, Daisy.

— Não me persiga no trabalho, Daisy Lee — ele disse, afinal, marcando acentuadamente as vogais. Sim. Definitivamente, de péssimo humor.

— Então não me obrigue. Me encontre mais tarde.

— Não posso. Vou para Tallahassee hoje à tarde.

— Quando volta?

Ele não respondeu e ela foi forçada a chantageá-lo.

— Se você não me disser, eu vou ligar todo dia. O dia todo — e, como isso também não resultou em uma resposta: — E à noite.

— Isso é assédio.

— Verdade, mas dar queixa é tão trabalhoso — ela não acreditava nem por um minuto que ele fosse realmente processá-la por assédio. — Vamos nos encontrar no dia da sua volta.

— Não dá. É aniversário da Lacy Dawn.

— Lacy Dawn? *Stripper* ou prostituta?

— Nenhum dos dois.

— Parece um nome artístico.

— Daisy Brooks também é um telhado de vidro. Talvez alguém com este nome não devesse atirar pedras.

Era um bom ponto.

— Então me encontra depois da festa.

— Não. Essas festas temáticas acabam comigo.

— Jack...

— Tchau.

O som de ligação interrompida preencheu o ouvido de Daisy enquanto ela se perguntava o que fazer em seguida. *Festas temáticas?* No que será que Jack andaria metido, hoje em dia?

— Mãe — ela chamou, da cozinha para a sala. Por cima do barulho de sirenes que vinha da televisão, perguntou: — Tem algum lugar na cidade onde façam festas a fantasia?

— Festas a fantasia? — As sirenes se calaram, e a mãe enfiou a cabeça na cozinha. — O único lugar que conheço é a Showtime.

— Isso é um clube de *strip*?

— Não, é uma pizzaria, mas eles também fazem festas infantis. A Lily fez o aniversário do Pippen lá, no ano passado. Ele ainda não tinha idade para entender que aqueles grandes ursos não iam machucar ninguém. Ele gritou até arrancar a tinta das paredes. Juanita Sanchez estava lá com o neto, Hermie. Você se lembra da Juanita, não? Ela morava no fim da rua numa casa de estuque cor-de-rosa, coitadinha. Um dia...

Daisy não perguntou por que morar em uma casa de estuque cor-de-rosa merecia um "coitadinha", e nem iria perguntar. Ela ligou para o serviço de informações e pensou em um plano. Conseguiu o número da Showtime e ligou. Depois de ser transferida para vários adolescentes que não sabiam de nada, ela finalmente foi passada para o planejador de festas.

— Oi — Daisy começou. — Eu perdi meu convite para a festa de aniversário de uma garotinha chamada Lacy Dawn. Não tenho certeza do último sobrenome, mas se eu perder a festa minha filha vai ficar arrasada. Você poderia por favor me informar a que horas começa?

O planejador parecia mais velho do que os jovens que trabalhavam lá, e ela só precisou esperar trinta segundos até obter uma reposta.

— Não tenho nenhuma Lacy Dawn, mas tenho uma Lacy Parrish.

— É esta.

— A mãe dela reservou a mesa da frente das seis às sete e meia.

— No sábado?

— Não. Na quarta.

— Nossa! Ainda bem que eu telefonei. Muito obrigada.

Então, Lacy Dawn era Lacy Parrish. Obviamente, a sobrinha de Jack, e ele estaria de volta à cidade na quarta.

Ela telefonou para Lily e não se sentia minimamente culpada pelo que planejava fazer a seguir. Ela avisara Jack que se tornaria o pior pesadelo dele. Na ocasião, ela estivera mais blefando do que qualquer outra coisa. Mas não estava blefando agora, e não iria embora. Ela não planejava contar a ele sobre Nathan durante a festa da sobrinha, mas ele precisava saber que não teria sossego até que concordasse em encontrar com ela.

Quando Lily atendeu, Daisy perguntou se ela e Pippen gostariam de ir com ela à Showtime na quarta-feira à noite. A irmã quis saber por quê, e ela explicou a situação.

— Isso vai ser ótimo — Lily disse. — Não apenas Pippen vai ser sua desculpa, mas eu estudei com o Billy e a Rhonda. E a irmã da Rhonda, Patty Valencia, tinha a sua idade.

— Era uma garota hispânica superbonita, com um cabelo preto bem comprido?

— Isso. As duas são bem bonitas. Embora eu tenha ouvido falar que a Rhonda e o Billy estavam fazendo um filho depois do outro, então pode ser que ela esteja com uma aparência meio doida, atualmente.

— É provável — Daisy olhou para o calendário de paisagens texanas da mãe. — Tem certeza de que quer fazer isso comigo? A mamãe falou que da última vez o Pippen gritou até arrancar a tinta das paredes.

— Ele não faz mais isso — ela afastou a boca do telefone e disse: — Pippen, você agora é um garoto grande. Você não é o garotão querido da mamãe?

— Não!

Que ótimo. Daisy desligou e passou o resto da tarde ajudando a mãe a semear as floreiras. Ela pegou a Nikon e se ajoelhou entre os flamingos cor-de-rosa, apoiando o cotovelo no joelho para firmar a câmera. Ela se posicionou em direção à sombra de Louella, de modo que a luz do sol a atingia a metade do rosto. Daisy desejou ter colocado filme preto e branco na máquina, para que o rosa dos flamingos não tivesse mais destaque do que sua mãe. Ou, se tivesse trazido a Fuji digital, poderia descarregar a imagem no computador assim que chegasse em casa, e manipular a imagem até obter o impacto que queria.

Ela se deitou de barriga para baixo e didiviu o peso da câmera nos dois cotovelos. Fotografou a mãe enquadrando também a Annie Oakley no fundo.

— Daisy Lee — a mãe disse, com uma careta —, não enche.

Ela suspirou e se sentou. Já fazia algum tempo que sentia a necessidade de pegar as câmeras e voltar a fazer algo que adorava. Daisy precisara parar de trabalhar com Ryan Kent, um fotógrafo de Seattle, para poder cuidar de Steven.

Ela começara a se interessar por fotografia durante o Ensino Médio, e, quando Nathan completou quatro anos, ela se matriculara em um curso na Universidade de Washington. Quatro anos mais tarde, obtivera o diploma e começara a estagiar com fotógrafos de primeira linha. As fotos dela estavam em exposição em alguns estúdios e galerias da cidade. E uma foto que tirara de um homem de pé em cima de um carro destruído, depois do terremoto de 2001, havia sido publicada em uma revista local.

Imaginara que, uma vez que as coisas se acomodassem, ela voltaria a trabalhar para Ryan, mas ultimamente ela vinha pensando em abrir o próprio estúdio. Um dos fotógrafos mais bem-sucedidos com que ela trabalhara certa vez dissera que a chave para o sucesso era encontrar um lugar de boa visibilidade e ficar ali por no mínimo cinco anos. Talento importava, mas visibilidade tinha mais peso, no começo.

Quanto mais ela pensava nisso, mais achava que era o que faria. Uma vez que deixasse o passado para trás, estaria livre para recomeçar do zero. Talvez ela vendesse a casa. Com o falecimento de Steven, o seguro do proprietário havia quitado a hipoteca. Talvez Daisy vendesse o imóvel, e ela e Nathan se mudassem para um apartamento em Belltown.

Ela deu de ombros e focou a lente em uma rosa em tons de alaranjado e amarelo.

— Estou pensando em vender a casa quando voltar — ela contou à mãe depois de fazer a foto.

— Não se precipite — a mãe aconselhou. — Colleen Forbus vendeu a casa assim que o marido, Wyatt, fez a viagem para o céu, e se arrepende até hoje.

Talvez ela pudesse esperar mais alguns meses, só para ter certeza. Ela sondaria os sentimentos de Nathan a respeito, claro. Mas ultimamente vinha sentindo que muitas coisas de seu passado estavam ligadas àquela casa. Não era preciso decidir hoje. Mas era algo em que pensar. Um item a ser acrescentado ao rodapé de sua lista de afazeres.

Ela apoiou o cotovelo no joelho e ajustou a abertura para colocar em foco as rosas e os flamingos atrás da cabeça de Louella, dando à fotografia uma textura rica e boa profundidade de campo. Daisy fez a foto e pensou como seria bom se tudo em sua vida pudesse ficar mais nítido com um simples girar de anel de foco.

Seis

Jack estava atrasado. Ele havia esperado até aquela manhã para telefonar a Rhonda e perguntar o que deveria comprar de aniversário para Lacy. Rhonda lhe disse que ela queria uma coisa chamada Kitty Magic, e acrescentou que ele se certificasse de que fosse realmente a Kitty Magic e não a Fur Real Friends. De acordo com Rhonda, esta última não amamentava os bebês. Então lhe desejou boa sorte na procura.

Ele havia telefonado às poucas lojas em Lovett que vendiam brinquedos e acabara indo até Amarillo. Tinha gasto a tarde toda procurando o maldito presente e finalmente encontrara em uma das últimas lojas em que entrou.

Ele ficara no meio do corredor lendo o verso da embalagem, para se certificar de estar com a versão certa, sentindo a parte de trás da cabeça doer. A gata mãe, cor-de-rosa, usava roupa de pele e tinha dois filhotes fofinhos. Os três carregavam algum brinquedo e usavam tiaras que combinavam com seus mais que bregas óculos de sol em forma de coração.

Ele continuara a ler e a gemer um sofrido "Pelo amor de Deus". De acordo com a caixa, a gata mãe ronronava, dizia "Eu amo você" e fazia ruídos maternais quando um dos gatinhos estava ao lado dela.

"Que diabos são ruídos maternais?", ele perguntava a si mesmo.

O presente foi embrulhado em um papel cor-de-rosa com estampa de fadas. Uma grande tiara iridescente quase do tamanho da cabeça de Jack foi presa ao pacote. A tiara era mais do que chamativa, mas as garotas de Billy adoravam aquele tipo de bobagem.

O tipo de coisa de meninas que tinha sido totalmente estranha a ele e ao irmão enquanto cresciam. Eles haviam brincado de carrinho e de revólver e dizimado exércitos. Tinham sido verdadeiros diabos sobre rodas, porém, assim que sua primeira filha nascera, Billy havia mergulhado em bonecas, tênis da Barbie e saias de bailarina como um pato na água. Ele fazia tudo parecer fácil e natural, enquanto Jack ficava só olhando e se perguntando de onde teriam vindo os instintos paternais do irmão. Jack não tinha nenhum. Ao menos achava que não tinha. Embora estivesse aprendendo depressa, ele não sabia muita coisa sobre garotinhas. Talvez porque, até Amy Lynn, ele nunca tivesse convivido com garotinhas. Exceto por Daisy, mas, se ela brincava de boneca e se vestia de princesa como as filhas de Billy, fazia isso com as amigas. Não com ele e Steven.

Ele abriu a porta da Showtime e entrou. Fazia quatro dias que não via Daisy. Com sorte, ela teria desistido do plano de encurralá-lo e forçá-lo a reviver o passado. Com sorte, teria saído da cidade.

O interior da Showtime era uma confusão de luzes brilhantes e ruídos — de máquinas de fliperama piscando bem na altura dos olhos e de grandes tubos plásticos que as crianças escalavam por dentro. De sinos e sirenes e gritos infantis. Jack estivera lá uma vez antes, no aniversário de Amy Lynn, e tinha se perguntado como alguém poderia trabalhar ali sem enlouquecer.

Ele foi até o salão e descobriu que estava relativamente tranquilo, por enquanto. Ele sabia que isso mudaria assim que a apresentação começasse. Jack encontrou seu irmão, Rhonda e as meninas sentados a uma mesa redonda próxima do palco.

E Daisy.

A cerca de três metros da mesa, ele estancou. Daisy Monroe conseguira ser convidada para a festa de sua sobrinha.

Ela o havia rastreado. Ela dissera que se tornaria o pior pesadelo dele. Não havia sido uma ameaça vã. A raiva cresceu, mas Jack a reprimiu. Controlou-a, por enquanto. Daisy não pertencia a este lugar, com a família dele.

Seu olhar se voltou para a mulher sentada ao lado de Daisy. Ele reconheceu Lily, e supôs que a criança de *mullet* pertencia a uma delas. O garoto tinha um tipo de pudim espalhado no rosto, como se alguém o tivesse alimentado usando um estilingue. Jack se perguntou se o pequeno seria de Daisy e Steven.

— Tio Jack! — Amy Lynn gritou.

A menina de cinco anos pulou da cadeira e correu até ele. Lacy, a aniversariante, que estava completando três anos, correu para ele também. Lacy tendia a olhar para os pés enquanto corria, e ele a pegou com o braço livre para impedi-la de dar uma cabeçada nas bolas dele.

— Ei — ele falou. — Parece que alguém está fazendo três anos, hoje.

— Eu — ela respondeu, e ergueu três dedinhos.

— Eu ainda tenho cinco — Amy Lynn disse, e pôs os braços em torno da perna dele.

Conforme Jack se aproximou da mesa com Lacy no braço e Amy Lynn agarrada à perna, Billy desviou o olhar do bebê de cabelo escuro que tinha no joelho e sorriu para ele.

— Jack, olha quem está na cidade.

Daisy olhou para ele com os olhos castanhos brilhando. Ela havia prendido o cabelo em um rabo de cavalo e a boca carnuda estava pintada de rosa suave. Ela estava vestindo uma regata verde justa com o nome Ralph Lauren em preto escrito sobre os seios.

— Você não contou ao Billy que eu estava de volta — ela o repreendeu, com um sorriso curvando seus lábios.

Jack colocou Lacy em uma cadeira. O irmão não sabia de sua história com Daisy. Billy ainda era muito jovem, e aquilo não era algo sobre o que Jack jamais quisera conversar. Nem mesmo com o irmão. Billy provavelmente se lembrava dela, porém. Enquanto cresciam, ela estivera na casa deles muitas vezes. Ele provavelmente achava que os dois ainda eram amigos. Provavelmente pensou que Jack ficaria felicíssimo por vê-la.

— Devo ter esquecido — ele disse, enquanto Amy Lynn soltava sua perna e se sentava.

Daisy riu, divertida, e a raiva dele aumentou um grau.

— Você se lembra da minha irmã, Lily? — Ela perguntou.

— Claro. Como vai?

Ele pousou o presente e Lily deu a volta na mesa e lhe deu um grande abraço.

— Já estive melhor.

Ela se parecia muito com Daisy, só que tinha olhos azuis. Bem parecida com o que era quando mais jovem, apenas agora, por alguma razão, ela parecia terminantemente muito brava.

— Como você está, Jack?

Ele olhou para Daisy por cima da cabeça da Lily.

— Já estive melhor.

— Este é o filho da Lily, Pippen.

Então o menino era da Lily. Por alguma razão, ele ficou aliviado por a criança de *mullet* não ser de Daisy e Steven. Mas não conseguia nem começar a entender por que haveria de se importar. Lily deu um passo para trás e sacudiu a cabeça.

— Você está bonito como sempre.

— Obrigado, Lily. Você também — ele disse, e falava sério. — Ei, Rhonda — sua cunhada tinha olheiras de *eu não dormi direito nos últimos cinco anos* sob os olhos castanho-escuros. — Você está bem, moça? Billy me contou que suas noites vêm sendo difíceis.

— Fiquei acordada por causa da Tanya. Ela está com dor de ouvido, mas hoje nós conseguimos um frasco do remédio cor-de-rosa, então ela está melhor.

Billy esticou a meia do bebê, puxando-a pela perna gorducha acima.

— Hoje, enquanto você estava fora, nós colocamos o motor do Vette para funcionar.

Ele puxou uma cadeira entre Lacy e Rhonda, de frente para Daisy e Lily.

— Você deu uma olhada na embreagem?

— Você tinha razão — Billy disse. — Precisa ser totalmente substituída.

— Eu encontrei uma em Reno — Jack disse ao irmão.

— Como foi em Tallahassee? — Daisy perguntou.

— Quando você esteve em Tallahassee? — Billy quis saber.

— Ano passado.

Os olhos de Daisy se arregalaram e ela ficou boquiaberta.

— Você mentiu para mim!

Ele sorriu, inclinou-se e se serviu de um pouco de refrigerante Dr. Pepper de um jarro. Ela lhe deu o mesmo olhar de "Ora, cresça!" da outra noite, e em seguida voltou-se para o irmão dele.

— Você se importa se eu segurar a Tanya?

— De jeito nenhum.

Billy passou o bebê para ela, e Daisy sustentou Tanya de pé em seu colo. Jack meio que esperava que a criança de seis meses começasse a gritar, mas, em vez disso, ela riu e beliscou a bochecha de Daisy.

— Olha, Pippen — Daisy disse para o garoto no cadeirão ao lado dela. — A Tanya não é uma coisinha fofa, linda e cheirosa?

— Não!

— Posso *abí* o *pesente* do tio Jack? — Lacy perguntou, em sua vozinha fina de três anos.

— Por mim pode, desde que ele também deixe — Rhonda respondeu.

— Vai fundo, garota — Jack disse.

Ele teria preferido que Daisy não estivesse sentada do outro lado da mesa quando aquele cretino presente de gatos fosse aberto. Por que ele se importava, porém, ele mesmo não sabia.

Lacy arrancou a tiara da caixa e a prendeu no ombro. Então rasgou o papel e engasgou, enquanto atirava ao chão os pedaços rasgados.

— Kitty Magic! A coisa que eu mais amo no mundo!

— Ei, isso foi o que você disse hoje cedo quando ganhou o Barbie Power Wheels — Billy a relembrou.

Lily se inclinou sobre a mesa e ela e Rhonda ficaram conversando sobre o que tinham feito desde o Ensino Médio. Enquanto Lacy e Amy Lynn tiravam a gata e os gatinhos de dentro da caixa, as duas mulheres falaram sobre crianças e suas vidas; quando Lily disse algo sobre "o canalha do Ronnie", Jack entendeu que ela estava se separando. Isso também explicava por que ela parecia terminantemente muito brava.

Ele deu um grande gole no Dr. Pepper e puxou um cubo de gelo para dentro da boca. Olhou de relance sobre a mesa em direção a Daisy, Tanya e Pippen. Tanya ainda estava no colo de Daisy, soprando a língua para fora. O garotinho estava rindo e Daisy também. O olhar dele se deslocou para as mãos dela e as unhas pintadas de vermelho-sangue. Uma pulseira fininha circundava o punho delicado dela, e um pequeno coração repousava em seu pulso. A pulseira refletia a luz, e, como se tivesse sentido o olhar dele sobre si, ela olhou para ele por cima da cabecinha escura de Tanya. O sorriso dela se atenuou e as sobrancelhas se aproximaram ligeiramente. Ela o encarou com aqueles olhos castanhos que ele costumava pensar que pareciam chocolate derretido. Mas isto fora quando ele tinha dez anos e pensava que chocolate era a melhor coisa do mundo. Então, havia envelhecido e descoberto algo melhor naqueles olhos. Algo escuro e mais encorpado. Um nó pinçou a parte inferior de sua barriga. Ele não chamaria aquilo de desejo, mas tampouco era desinteresse.

Billy abasteceu a gata mãe com pilhas e a colocou na mesa. Lacy estava na cadeira de novo, e Jack voltou sua atenção para a sobrinha. Ela aproximou os gatinhos da gata mãe e não é que a coisa começou a fazer estranhos ruídos de sucção?

— É uma... Bem, é uma gata que amamenta! — Daisy olhou para a gata persa cor-de-rosa e o riso iluminou seus olhos. — Jack, ah, isto é tão fofo.

— Isto aí tem mamilos? — Billy quis saber.

— Parece que ela tem corações no lugar de mamilos — Jack falou.

— Por quê? — Amy Lynn quis saber.

Eles tinham uma gata de verdade em casa, então a menina sabia que mães gatas não tinham corações naquele lugar. Nem Billy nem Jack conseguiram pensar em uma resposta. Daisy olhou para Amy Lynn e respondeu:

— Porque corações são mais fofinhos do que mamilos.

Se eles estivessem sozinhos, Jack talvez lhe dissesse exatamente por que ela estava enganada a este respeito. Mas, em vez disso, ele partiu o cubo de gelo ao meio e o empurrou contra uma bochecha.

— E eles têm óculos de sol, Lacy — Amy Lynn observou.

As cortinas centrais do palco se abriram e três ursos mecânicos ganharam vida, dançando e fingindo tocar instrumentos. Uma música sobre um sapo feliz tomou conta do salão, e Lacy batia palmas.

O filho de Lily berrou com toda a força de seus pulmões. Daisy devolveu Tanya para Billy e pegou o menino do cadeirão. Ela disse algo para Lily e saiu do salão com o garoto ainda gritando. O olhar de Jack percorreu as costas dela e desceu até o traseiro dentro do *short jeans.*

— Você viu o *Monster garage* na outra noite? — Billy perguntou, por cima da música.

Enquanto Jack assistia ocasionalmente ao seriado, Billy era um fã ardoroso.

— Não, esse episódio eu perdi.

— Eles transformaram um ônibus escolar em um barco! — Ele completou, mas o barulho que vinha do palco impossibilitou que ele continuasse falando.

Jack esperou cerca de cinco minutos antes de ir atrás de Daisy e do sobrinho dela. Ele encontrou os dois na área dos brinquedos. Ela havia limpado o rosto de Pippen e ele estava brincando em um tanque de bolas coloridas cercado de uma rede que subia até o teto. Ela estava de pé do lado de fora da rede e o observava através das bolas como se estivesse nadando rio acima.

— Como você conseguiu ser convidada para a festa de aniversário da Lacy? — Ele perguntou, enquanto se aproximava dela.

Ela olhou para o rosto dele.

— A Lily, o Pippen e eu já estávamos aqui quando eles chegaram.

— E foi uma surpresa completa?

Ela sacudiu a cabeça e o rabo de cavalo roçou seus ombros nus.

— Não. Eu sabia que você viria para cá. Mas não esperava que a Rhonda e o Billy nos convidassem para sentar com eles.

— O que é preciso acontecer para que você me deixe em paz?

Ela voltou a concentrar sua atenção no sobrinho. Ele pegou uma bola de plástico e a atirou. Passou a um palmo de distância de uma garotinha.

— Você sabe o que eu quero.

— Conversar.

— Isso. Tem uma coisa importante que nós precisamos discutir.

— O quê?

Sirenes de um fliperama irromperam ao fundo.

— Uma coisa importante demais para ser falada no meio da Showtime.

— Então por que você está aqui hoje? Perseguindo a minha família e me perseguindo.

— Eu não estou perseguindo você. Só queria te relembrar que estou aqui e que não vou a lugar nenhum até que você converse comigo — ela olhou para baixo, para os próprios pés. — Tenho uma carta que o Steven escreveu para você. Infelizmente não está comigo agora.

— O que diz?

Ela abanou a cabeça de novo e fixou o olhar à frente.

— Eu não sei. Nunca li.

— Mande para a garagem.

— Não posso fazer isso. Ele me pediu para entregar para você em mãos.

— Se é tão malditamente importante, por que ele mesmo não me entregou, em vez de mandar você?

— Pippen, não joga isso — ela disse ao sobrinho, antes de virar o rosto para Jack.

Luzes vermelhas e azuis vindas de uma máquina de jogos brilhavam em seu ombro nu, na lateral do pescoço e no canto da boca.

— Acho que no começo era o que ele pretendia. Durante o primeiro ano da doença, ele acreditava que venceria o câncer. Nós sempre soubemos que ninguém jamais sobreviveu ao glioblastoma, mas ele era jovem e saudável e os tratamentos iniciais pareciam estar funcionando. Ele lutou tanto, Jack — ela se virou em direção a Pippen e entrelaçou os dedos na corda de rede. — Quando ele aceitou que ia morrer, já era tarde demais para conversar com você pessoalmente.

O pequeno coração da pulseira pendia do pulso dela. Jack olhou para ele querendo não sentir nada por Steven nem por ela. Querendo não se importar minimamente. Mas ele tinha uma pergunta.

— Por quanto tempo ele ainda viveu, depois de aceitar que ia morrer?

— Uns oito ou nove meses.

Era o que ele imaginara. Steven sempre quisera que alguém "fosse na frente" — não importa se para dizer a Daisy que a tiara dela era idiota, se para pular de um telhado ou atirar tomates podres nos carros. Enquanto cresciam, isso nunca o incomodou, mas isso tinha sido muito tempo antes.

— Então houve tempo mais do que suficiente para ele vir conversar comigo antes de morrer. Ele não precisava mandar você.

Ela deu uma risada cruel.

— Você obviamente nunca viu ninguém que estivesse em um tratamento radical contra o câncer. Se tivesse visto, jamais diria isso — uma de suas mãos caiu ao longo do corpo, e lágrimas brilhavam na raiz dos cílios quando ela olhou para ele. — Ele estava irreconhecível, Jack.

Uma lágrima escorreu pela bochecha dela e Jack precisou fechar as mãos para se impedir de secá-la com a ponta dos dedos.

— Perto do fim — ela continuou —, ele esqueceu como amarrar o sapato. Então eu dava o laço para ele, todos os dias. Como se fizesse alguma diferença. Mas fazia, porque dava a ele alguma dignidade, eu acho. Algum sentimento de ele ainda ser um adulto. Um homem.

Um pedaço do coração de Jack se desprendeu e caiu em seu estômago, junto com a respiração dele.

— Para, Daisy.

— Jack...

— Não.

Ele sabia que ela não pararia até que ele estivesse arrasado. Exatamente como antes. Mas ele não deixaria isso acontecer. Não de novo. De jeito nenhum.

— Não quero ouvir mais nada.

Ele lamentava por Steven. Lamentava mais do que julgaria possível apenas dois minutos antes, mas não iria permitir que ela o retalhasse em tiras.

— Eu não pretendia falar sobre isso agora — ela secou a lágrima da bochecha. — Encontre comigo mais tarde para ouvir a história inteira.

— A única coisa que eu quero ouvir de você, Daisy Monroe, é a palavra "tchau" — ele disse, e se afastou.

Ele voltou ao salão e disse ao irmão e a Rhonda que estava indo embora. Pelo menos desta vez, estava grato pelos malditos ursos dançarinos e a música alta e irritante deles, que impediam que se fizessem perguntas. Ele deu às sobrinhas algum dinheiro para as fichas de brinquedos e partiu. Ele não viu Daisy quando foi para fora, mas, também, não estava procurando por ela.

Ele inspirou profundamente e avançou. Não voltou a tomar um fôlego completo até que estivesse em casa. Fechado na própria casa. Trancado em segurança contra as lembranças de Daisy, de Steven e de si mesmo. Mas as recordações o seguiram até lá dentro, e ele se jogou na banqueta do piano da mãe e apoiou as mãos nos joelhos.

Ele odiara Steven por quase tanto tempo quanto o amara como um irmão. Porém, mesmo em seu ódio inicial, ele nunca desejara que Steven morresse. Não de verdade. Talvez tivesse havido uma época em que a ideia de Steven ser varrido do planeta carregasse certo apelo, mas Jack nunca desejara que ele morresse do jeito como Daisy descrevera. Não assim. Nem mesmo quando sua ira queimava na temperatura máxima.

No fundo, no fundo, nunca tinha desejado que ele morresse, fosse como fosse. Porque, no fim das contas, ele compreendia Steven. Entendia que havia traído Steven exatamente tanto quanto Steven o traíra.

Tinha sido Steven quem contara a ele sobre Daisy ter sido largada na mão naquele maldito baile do Ensino Médio. Tinha sido ideia de ambos que Jack a levasse, uma vez que Steven já tinha companhia. Parecera tão simples, na hora. Levar a Daisy para que ela não passasse a noite chorando até secar. Nada demais, mas aquela noite mudara a vida deles.

Jack não se lembrava da dança em si, a não ser que ficava tentando encostar em Daisy o mínimo possível. O que ele se lembrava muito bem, por outro lado, era de estar em pé no pórtico da casa dela, olhando para baixo, em sua direção, desejando-a tão ardentemente que chegava a doer, enquanto dizia a si mesmo para ir embora. Para entrar no carro e dirigir para longe.

Daí ela o beijou.

Comparados aos beijos que ele havia trocado com outras garotas, aquilo não havia sido grande coisa, de verdade. Apenas os lábios fechados dela pressionados contra os dele, mas aquilo o atingira como um soco direto no peito. Ele ficara surpreso e bravo e a empurrara. Então ela tocara a lateral do pescoço dele e olhara para ele como se o desejasse na mesma medida em que ele a desejava. Na mesma medida em que ele sempre a desejara.

"Por favor, Jack", ela dissera — e, enquanto baixava a boca para continuar, ele dizia a si mesmo que aquilo era um erro. Enquanto estava ali de pé, beijando-a e saboreando sua boca, ele dizia a si mesmo para parar. Mesmo quando agarrou os ombros dela e a puxou contra si, sentindo a pressão dos seios dela contra seu peito. Mesmo quando dizia a si mesmo que aquilo não poderia acontecer de novo, ele sabia que aconteceria. Ele a desejara por anos, e uma única, pequena degustação não havia bastado.

Nem um pouco.

Ele ordenou a si mesmo para se manter afastado, no entanto, mesmo que tivesse sido capaz de controlar o tesão de seus dezoitos anos, Daisy não ajudava. Na festa de Jimmy Calhoun, na noite seguinte, ela o puxara para dentro de um quarto escuro e pusera a mão dele sobre seu seio.

"Me pega, Jack", ela havia sussurrado dentro da boca dele, e ele quase ejaculara na cueca.

Alguns dias mais tarde ele dissera a Steven que não poderia sair porque estava exausto. Em seguida, pulara em seu Camaro, buscara Daisy em casa e dirigira até uma estrada deserta. Ao encostar o carro, ele lhe contara sobre Steven, sobre os dois sentirem atração por ela, e explicara por que ele e Daisy precisavam parar com aquilo.

Ela respondeu que compreendia. E concordava. Então havia beijado a orelha dele e murmurado que Steven não precisava saber.

"Eu amo o Steven. Ele é meu amigo", ela dissera. "Mas eu não penso nele do mesmo jeito que penso em você. Estou apaixonada por você, Jack. De você, eu quero mais. Quero que você me ensine a fazer amor."

Naquela noite ele havia tirado a camiseta dela e aberto o sutiã. Branco, de bolinhas azuis. Os seios dela eram as coisas mais lindas que ele já havia visto. Firmes e claros, com mamilos rosados que se encaixavam perfeitamente na boca dele.

Ele não fizera amor com ela naquela noite. Não, ele tentara ser nobre. Afirmara a Daisy que não se envolvia com virgens. Jack dissera a si mesmo que estaria tudo bem desde que ele não enfiasse a mão na calcinha dela e a tocasse lá. Dissera a si mesmo para ir devagar, mas a resolução desaparecera tão depressa quanto balas na mão de uma criança. Então ele passara a dizer a si mesmo que não havia nada errado desde que ele não lhe rompesse o hímen.

Depois de duas semanas de carícias e beijos e muita esfregação um contra o outro, ele a tinha apanhado e dirigido até um hotel no subúrbio de Amarillo. Eles foram até o fim naquela noite, e ele aprendera a diferença entre fazer sexo e fazer amor. Aprendera a diferença entre o sexo em que apenas seus genitais estavam envolvidos e o sexo que envolvia também a alma. Aprendera que estar dentro de Daisy Lee o queimava por dentro e deixava seu peito dolorido. E, durante todo o tempo, ele tivera consciência de que estava errado. Soubera o tempo todo que Steven a amava tanto quanto ele, mas tinha dito a si mesmo que Daisy estava certa. Estaria tudo bem desde que Steven não descobrisse.

Em público, ele e Daisy agiam como sempre tinham agido, como amigos, mas não havia sido fácil. Ver e não tocar quase o tinha levado à loucura. Observá-la andando pelos corredores da escola, ou saltando por ali em sua saia de líder de torcida, tornara-o insanamente ciumento.

Ele não fora o único a ficar doido com a situação. Daisy sempre o desejara tanto quanto ele também a desejava, e quando ele não podia encontrá-la, o que era raro, ela o acusava de não amá-la. Ou de estar com outras garotas. Ela dizia que não o amava mais e então, no encontro seguinte, eles arrancavam as roupas um do outro e satisfaziam a luxúria que os queimava por dentro.

Nenhum dos dois queria magoar Steven, e decidiram juntos que esperariam até que ele partisse para a faculdade para então falarem mais abertamente sobre o relacionamento de ambos. Steven havia sido aceito na Universidade de Washington e, depois de colar grau no Ensino Médio, pretendia morar com a irmã e o cunhado até que pudesse ter o próprio apartamento. Jack e Daisy planejavam seguir com os estudos na West Texas A&M, mais de cem quilômetros ao sul dali. Combinaram contar a Steven que estavam apaixonados quando ele voltasse para casa no Natal daquele ano.

Jack se levantou da banqueta do piano e foi para a cozinha escura. Acendeu a luz e abriu a geladeira. Afastou para o lado uma garrafa de leite e em vez dele pegou uma Lone Star.

Ficar com Daisy tinha sido como ter um longo orgasmo andando em uma montanha-russa. Absurdamente excitante, mas não para quem quisesse um pouco de tranquilidade.

Ele abriu a cerveja e atirou a tampinha no balcão. Duas semanas depois que ele se formou no Ensino Médio, seus pais foram mortos em um acidente de carro. Eles estavam dirigindo o Bonneville 1959 quando foram atingidos por um motorista bêbado. O velho Pontiac poderia ter sido construído como um tanque de guerra, mas não tinha muitos itens de segurança. O pai morrera instantaneamente. A mãe, a caminho do hospital. E, com dezoito anos, ele subitamente ficara responsável não apenas por si mesmo, mas também por Billy.

Jack levou a garrafa à boca e deu um gole. Sempre que se lembrava desta época em sua vida, ele tinha dificuldade em se lembrar dos detalhes. Ele fora rasgado, retalhado, estava confuso e assustado. Em carne viva. Toda sua vida mudara em um instante, e parecia que, quanto mais ansiava por espaço para pensar, mais sufocante Daisy se tornava. Quanto mais ele a empurrava para conseguir respirar, mais apertado ela se agarrava a ele. Ele ainda se recordava da noite em que dissera a ela que precisava dar um tempo, que precisava se afastar para conseguir pensar. Que não queria vê-la durante um período. Ela ficara histérica. Daí, quando a encontrou da vez seguinte, ela era esposa de Steven.

Ele lembrava exatamente o que ela estava vestindo naquela noite. Um vestido de verão azul com flores brancas. Ela e Steven apareceram no jardim dele e pediram que ele saísse. Ele se lembrava de andar na direção deles e de Daisy estar tão linda que ele quis agarrá-la ali mesmo, abraçá-la e dizer-lhe que ficasse com ele para sempre.

Em vez disso, Steven dissera que os dois haviam se casado naquela tarde. Primeiro, ele não tinha acreditado. Daisy não amava Steven. Ela amava Jack. Mas bastou olhar para a expressão culpada no rosto dela para saber que era verdade. Ele a tinha agarrado e dito que ela pertencia a ele, não a Steven. Ele tentara beijá-la, tocá-la e fazê-la admitir que o amava. Steven então entrara entre os dois, e Jack lhe dera um soco na cara. Eles começaram a se esmurrar violentamente, mas Steven Monroe jamais havia sido um bom lutador, e acabara levando a pior no combate.

Jack levou a cerveja até os lábios de novo e engoliu com dificuldade. Naquela noite, ele havia perdido não só Daisy, mas também Steven. Ele perdeu a garota que amava, de quem precisava e com quem queria passar o resto da vida.

Ele perdeu o melhor amigo. O garoto que estivera a seu lado durante as mais tresloucadas aventuras. Steven podia ser do tipo "você vai na frente", mas Jack sempre soube que o amigo estava ali bem atrás dele. Dando-lhe cobertura. Pronto para ir na sequência. Então, no decurso de uma noite, os dois haviam ido embora, e Jack ficou sozinho.

Na noite em que perdeu tudo, Jack aprendeu uma lição valiosa. Aprendeu que ninguém pode tirar de você algo que você não tenha dado para esta pessoa. Ninguém poderia fatiar você por dentro se você não lhe entregar uma faca. Ele não achava que isso o tornava amargo, fazia dele apenas um homem que aprendia com os próprios erros. E não fazia dele um desses caras com fobia de compromisso, como Rhonda sempre o acusava de ser.

Com todos os diabos, ele ainda poderia se casar, algum dia. O casamento não era algo que ele tivesse riscado de sua vida, embora também não fosse uma coisa que ele procurasse. Se tivesse de acontecer, aconteceria. Billy e Rhonda e as meninas bastavam para ele, mas havia espaço em sua vida para mais alguém. Ele só tinha trinta e três anos. Havia tempo.

Exceto para Daisy. Jamais haveria espaço para Daisy Monroe. Ela não só havia fatiado Jack por dentro, como havia atirado suas entranhas no chão. Ele jamais admitiria Daisy em sua vida de novo.

Não. Ele aprendera bem a lição da primeira vez.

Sete

Daisy baixou até o nariz seus óculos de sol Vuarnet com hastes de casco de tartaruga e olhou para Lily, que escondia os olhos atrás de um par cor de lavanda, da marca Adrienne Vittadini.

Como policiais em uma diligência, Lily parou o Ford Taurus entre um caminhão e uma minivan e estacionou o carro na vaga. Os últimos acordes de *Earl had to die* chegou ao fim, e as derradeiras notas de um teclado elétrico preencheram o espaço entre as duas irmãs. Normalmente, Daisy não tinha nada contra as Dixie Chicks, e até possuía dois CDs delas, mas se Lily apertasse o botão de voltar do rádio do carro mais uma vez, Daisy não seria responsável por seus atos.

— Você o vê em algum lugar? — Lily perguntou, enquanto perscrutava o estacionamento de um condomínio na rua Eldorado.

A mão dela baixou do volante, vagueou um pouco e depois chegou ao rádio, onde apertou o botão de voltar.

— Ah, mas não é possível! — Daisy reclamou, à beira da loucura. — Esta é a quinta vez que você põe essa música para tocar.

Lily olhou para Daisy do outro lado do banco. Suas sobrancelhas baixaram e rugas surgiram em sua testa.

— Você está contando? Que doentio.

— Eu, doente? Não sou eu que estou me acabando de ouvir *Earl had to die* enquanto fico parada em frente ao apartamento do meu futuro ex-marido.

— Este não é o apartamento dele. Ele está alugando uma casa em Locust Grove, perto do hospital. É o apartamento *dela.* Kelly, a piranha — Lily respondeu, voltando a atenção para o complexo residencial.

As Dixie Chicks começaram a entoar o primeiro verso *de novo*, e Daisy se inclinou e apertou o botão de desligar. O carro mergulhou em um silêncio abençoado. Depois de sair da Showtime na noite anterior, Lily havia feito um desvio e passado pelo apartamento de Kelly. Ela dera três voltas, como um perseguidor obcecado, antes de deixar Daisy na casa da mãe de ambas.

Na manhã de hoje ela surgira cedo, cheia de vitalidade e disposição, para deixar Pippen, de modo que pudesse ir "procurar emprego". Daisy deu uma olhada em direção à irmã e soube que ela estava armando alguma coisa. Disse a Lily que iria junto. Vestiu um *short jeans* e uma camiseta preta e meteu os pés em um par de chinelos de dedo, enquanto apanhava o cabelo em um coque e o prendia com uma fivela.

— Há quanto tempo você faz isso? — Ela perguntou.

As mãos de Lily se apertaram no volante cinza.

— Algum.

— Por quê?

— Preciso ver os dois juntos.

— Por quê? — Ela perguntou, de novo. — Isso é loucura.

Lily deu de ombros, mas não afastou o olhar dos apartamentos.

— O que você vai fazer se conseguir? Atropelar?

— Talvez.

Ela não acreditava que a irmã fosse realmente esmagar Ronnie, mas o fato de estar ali pensando nisso já era um pouco preocupante.

— Lily, você não pode matar os dois.

— Talvez eu só os pegue de raspão, com o para-choque. Ou quem sabe eu acerto as bolas do Ronnie, para que ele fique inutilizado para a namorada.

— Você não pode esmagar as bolas do Ronnie Darlington. Você vai para a cadeia.

— Talvez eu não seja pega.

— Você vai ser pega. A ex-mulher sempre é apanhada — ela fez um carinho no ombro da irmã, por cima do agasalho esportivo. — Você precisa parar com isso.

Lily sacudiu a cabeça e uma lágrima escapou de trás dos óculos e correu por sua bochecha.

— Por que ele vai ficar feliz? Por que ele vai simplesmente seguir com a vida ao lado da namorada e ser feliz, enquanto eu sinto como se tivesse um ácido devorando o meu coração? Ele deveria ter de sentir o que fez a nós, Daisy. Ele deveria sofrer como o Pippen e eu.

— Eu sei.

— Não, você não sabe. Ninguém jamais partiu seu coração. O Steven morreu, não fugiu com outra mulher e destruiu seu coração.

Daisy pousou a mão no assento.

— E você acha que testemunhar o Steven morrendo não destruiu meu coração?

Lily olhou para Daisy e secou as lágrimas que deslizavam bochecha abaixo.

— Sim, acho que sim. Mas é diferente. O Steven não te deixou porque quis — ela inspirou fundo e acrescentou: — Você tem sorte.

— O quê? Que coisa horrível isso que você falou.

— Eu não quis dizer que você tem sorte porque o Steven morreu, só que você não precisa imaginar o Steven fazendo sexo com outra mulher. Você não fica se perguntando se ele está beijando, tocando ou fazendo amor com ela.

— Você tem razão. Eu só tenho que imaginar o Steven morto e enterrado — ela cruzou os braços abaixo dos seios e encarou a irmã. — Eu vou deixar passar isso porque você está tendo um dia difícil — mas Daisy achava que não estava totalmente pronta a deixar passar, porque não conseguiu se impedir de acrescentar: — Sei que você não tem intenção de ser um monstro insensível. É só o seu jeito.

— E eu tenho certeza de que você não tem intenção de ser tão egoísta. É só o *seu* jeito.

Daisy ficou boquiaberta. Ela estava sentada no carro da irmã, para impedir que Lily fizesse alguma besteira, e *ela* era egoísta!

— Ah, claro, e eu quero ficar sentada aqui olhando para o apartamento do Ronnie porque não tenho mesmo nada melhor para fazer.

— E você acha que eu quis ficar sentada na Showtime ontem à noite enquanto você perseguia o Jack Parrish?

— Não é a mesma coisa. É importante que eu converse com o Jack. Você sabe — ela olhou pela janela do passageiro em direção a uma senhora idosa que, trajando um casaquinho doméstico cor-de-rosa, passeava com seu Beagle pela calçada oposta. — Além do mais, eu não o estou perseguindo.

— Acho que ele não concordaria.

Não. Ele não concordaria. Depois da noite anterior, Daisy supunha que ele tivesse motivos para pensar assim. Ir à Showtime de penetra na festa de aniversário da sobrinha dele talvez não tivesse sido uma ideia brilhante, mas ela estava ficando sem tempo. Restavam-lhe uns poucos dias, e se Jack não tivesse mentido sobre estar fora da cidade, ela não teria perdido quatro desses dias. Era como ter uma arma apontada para a cabeça, e ela sentia a pressão aumentando.

— Você viu como ele agiu com as meninas do Billy? — Ela perguntou. Ao vê-lo se aproximar com as duas garotinhas agarradas a si, ela sentiu uma surpreendente pinçada no coração. — Ele foi muito bom para as duas, e dava para ver que elas realmente amam o tio. Não se pode falsear uma coisa dessas com crianças.

— Isso fez você pensar que deveria ter ficado com ele, e não com o Steven?

Daisy afundou no assento e olhou para fora.

— Não, mas me fez pensar que, quando eu contar sobre o Nathan, ele provavelmente vai ficar muito mais bravo comigo do que eu tinha calculado. Não que eu achasse que ele não fosse se zangar, mas uma parte de mim sempre esperou que ele fosse entender — ela tirou a fivela do cabelo e voltou a encostar a cabeça contra o banco. — O Jack não estava preparado para ter uma família. Ele tinha acabado de perder pai e mãe, não teria sido capaz de lidar com a notícia de que eu estava grávida. Eu fiz a coisa certa.

— Mas...? – Lily a estimulou a continuar.

— Mas eu nunca me permiti imaginar que tipo de pai ele teria sido — Daisy atirou a fivela no console do meio. — Nunca me autorizei a pensar nisso.

— E você está pensando nisso agora?

— É — embora fosse melhor continuar evitando, ela não conseguia pensar em outra coisa a não ser justamente nisso.

A porta de acesso a um dos apartamentos superiores se abriu e Ronnie deu um passo para fora. Estava com um braço em volta de uma mulher de cabelos escuros. Daisy o encontrara apenas duas vezes, quando ele e Lily a visitaram em Seattle, mas reconheceu-o de imediato. Ele era bonitão, usava o cabelo loiro estrategicamente bagunçado e tinha um sorriso encantador que entontecia algumas mulheres. Ao contrário de Lily, Daisy nunca se deixara impressionar, que dirá entontecer.

— Desliga o carro — Daisy disse à irmã.

Naquela manhã, o chapéu Stetson de Ronnie encobria seu rosto e lançava uma sombra nos ombros de sua camisa vermelha de caubói. Ele usava um cinto com uma fivela tão grande quanto um prato de sobremesa, e vestia uma calça tão apertada que parecia pintada em seu corpo.

— Eu não vou provocar um atropelamento.

— Desliga, Lily.

Eles estavam longe demais para que Daisy conseguisse enxergar direito o rosto de Kelly, mas mesmo àquela distância era possível ver que o cabelo estava preso em um rabo de cavalo e que seu grande traseiro estava coberto por um *short* preto de Lycra.

O motor foi desligado e Daisy se esticou e tirou a chave da ignição. Ela agarrou o braço de Lily para impedi-la de abrir a porta.

— Não vale a pena, Lily.

Os dois avançaram até uma enorme caminhonete branca com chamas vermelhas pintadas nas laterais com tinta metalizada. Ronnie ajudou "Kelly, a piranha" a subir, então ligou o carro e os dois partiram. A raiva em solidariedade à irmã queimava o estômago de Daisy, enquanto ela os observava saindo do estacionamento. Lily cobriu a boca, mas um grito agudo e penetrante escapou de seus lábios. Daisy venceu o console central e puxou a irmã para si do melhor jeito que conseguiu.

— Lily, ele não merece suas lágrimas — Daisy disse, enquanto alisava seus cabelos.

— Eu ainda a-amo tan-tanto o Ronnie. Por que e-ele não po-pode me amar também-ém? — Lily soluçava.

Daisy a apertou com mais força e sentiu o próprio coração se despedaçar. Que tipo de calhorda abandonava esposa e filho? Que espécie de cretino imoral fugia com outra mulher depois de raspar a conta bancária da família, para não ter que pagar pensão ao filho? Quanto mais Daisy pensava sobre o assunto, mais irada ficava. De alguma forma, Ronnie teria de pagar por fazer sua irmã sofrer.

— Querida, você já pensou em se aconselhar com alguém? — Perguntou à irmã.

— Eu não que-quero falar disso com um es-estranho. É muita hu-humilhação... — Daí em diante, as falas dela se tornaram incoerentes, e ela soava como um golfinho aflito.

— Deixa que eu dirijo para casa — Daisy disse. Lily concordou e, enquanto Daisy dava a volta por fora do carro, Lily se arrastava para o banco de passageiros. — Você quer um Dr. Pepper? — Daisy ofereceu, enquanto saía do estacionamento. — Pode ser bom para a sua garganta.

Lily assoou o nariz na manga e assentiu.

— Que-quero — conseguiu dizer.

Ela dirigiu até o Minute Mart e parou em uma vaga na frente do supermercado. Embolsou a chave, para o caso de a irmã começar ter ideias, pegou uma nota de cinco na bolsa e deixou os óculos de sol no console.

— Volto em um minuto — disse para Lily, e abriu a porta.

Lá dentro, encheu um copo de 680 mililitros de Dr. Pepper, selou a abertura com uma tampa e apanhou um canudo. Quando Lily se acalmasse, ela lhe perguntaria sobre seu advogado e se informaria sobre o que ele estava fazendo para ajudá-la.

— Bom-dia — disse o atendente, cujo uniforme verde pendia de seus ombros magros.

O crachá informava que o nome dele era Chuck e dizia que ela deveria ter um bom dia. Ela duvidava que isso fosse possível, agora.

— Oi.

Enquanto Daisy lhe entregava a nota de cinco, uma enorme caminhonete branca, com chamas vermelhas pintadas nas laterais com tinta metalizada, estacionou algumas vagas adiante de Lily. Daisy observou com uma sensação de impotência quando Ronnie e Kelly saíram do carro.

— Ai, não...

A porta do passageiro do Taurus se escancarou e Lily voou para fora do carro como uma bala. Ela confrontou os dois bem ali, na calçada em frente ao Minute Mart. Daisy conseguia escutar os gritos histéricos de Lily através do vidro, e tinha certeza de que o pessoal nas bombas de gasolina estava tendo um bom espetáculo.

Ela depositou o canudo no balcão e ergueu uma das mãos com a palma para cima.

— Volto em um minuto.

Enquanto Daisy estava abrindo a porta da loja, Lily chamou Kelly de puta e de bunda gorda, e Kelly tomou impulso e deu uma bofetada na cara de Lily. Os óculos de sol de Lily saíram voando, e ela levantou a mão para retaliar. Ronnie agarrou o braço de Lily e a empurrou.

Lily caiu e a visão de Daisy se estreitou como se ela estivesse olhando pela extremidade errada de um telescópio. A fúria fluiu por seu corpo como uma droga química, e ela correu à toda velocidade em direção a seu futuro ex-cunhado. Anos antes, Steven e Jack haviam-na ensinado a se defender. Ela nunca usara as lições, mas jamais as esquecera. Era como andar de bicicleta. Daisy bateu com um ombro no peito dele. Ele gemeu e a agarrou pelo cabelo. Ele a sacudia, mas ela mal sentia, e enfiou o polegar no olho dele.

— Sua vaca louca!

Sem pensar, ela lhe deu uma joelhada bem abaixo da fivela do cinto. Ela não achou que iria acertar exatamente entre as pernas dele, onde estava mirando, mas apenas perto o bastante para que ele ficasse sem fôlego e soltasse um grande *ufffff*. Os dedos dele se soltaram e ela recuou um passo. Ronnie se dobrou sobre si mesmo e várias mechas do cabelo de Daisy ficaram presas ao punho dele.

— Você encosta um dedo na minha irmã de novo — ela disse, com a respiração entrecortada — e eu te mato, Ronnie Darlington.

Ele gemeu e a encarou com os olhos apertados.

— Você que tente, sua vaca idiota.

Daisy não se importava de ser chamada de vaca louca, porque às vezes era verdade. Mas ela não suportava ser chamada de idiota.

Ela se lançou para a frente de novo, mas alguém a agarrou pela cintura e a reteve.

— Você venceu, docinho.

Ela empurrou o braço que a segurava, mas ele a manteve firme.

— Me larga. Eu vou quebrar a cara dele!

— Acho mais provável que ele quebre a sua. Daí eu teria que me meter e espancar o cara por ter tocado em você. E eu realmente não quero fazer isso. O Buddy e eu viemos abastecer o carro e tomar um café, e é só. Não estávamos planejando entrar em uma briga.

Daisy piscou e sua visão lateral voltou a entrar em foco. Ela estava bem consciente de seu coração batendo na garganta, quando olhou por sobre o ombro.

— Jack?

A sombra do chapéu bege de caubói cruzava o rosto dele, e ela viu seus lábios formarem as palavras "bom dia", mas ele não soava como se houvesse qualquer coisa realmente boa no dia.

Daisy voltou sua atenção para a irmã, que se apoiava na fachada da loja. Lily tinha um corte sobre o osso do nariz e uma palma vermelha estampada na bochecha. Um homem de camiseta azul estava de pé ao seu lado, e conversava com ela enquanto ela sacudia a cabeça. Kelly estava sentada no chão, e seu rabo de cavalo estava na lateral da cabeça. Ronnie se endireitou com um gemido e apalpou a virilha como se para se certificar de que tudo ainda estava ali.

— Espero que você não possa usar nada disso aí durante um mês — Daisy cuspiu para ele, e Jack a apertou ainda mais forte contra a sólida parede que era seu peito.

Então ele falou para Ronnie, ao lado da têmpora de Daisy:

— Pega sua namorada e cai fora daqui enquanto vocês dois ainda conseguem andar.

Ronnie abriu a boca e tornou a fechar, então agarrou Kelly, que começara a berrar a plenos pulmões. Ele a enfiou na cabine, ligou o carro e os dois partiram, os pneus da enorme caminhonete branca guinchando para fora do estacionamento.

— Lily, você está bem? — Ela perguntou à irmã.

Lily assentiu e pegou seus óculos de sol da mão do homem com quem conversava.

— O que foi tudo isso? — Jack perguntou. — Vocês duas decidiram sair por aí espalhando confusão?

Ele não a soltava, e ela olhou para cima de novo. A brisa havia levado várias mechas de seu cabelo até a camisa dele. Ela elevou o olhar até a boca de Jack e olhou com mais intensidade para a sombra criada pela aba do chapéu dele. Seus olhos verdes a encaravam de volta. Esperando.

— Aquele é o marido de Lily e a namorada dele.

Ele moveu a cabeça para trás e a sombra deslizou do meio do nariz até o arco acentuado de seu lábio superior.

— Ah.

A adrenalina em suas veias fazia-a sentir-se subitamente trêmula, e ela ficou grata por Jack a estar segurando com tanta força.

— Ele é um calhorda.

— É o que ouvi dizer.

Daisy não se surpreendeu com a disseminação da fama de Ronnie. Lovett era uma cidade pequena.

— Ele zerou a conta bancária deles e não dá um centavo para o Pippen.

Ao baixar os braços, Jack deslizou as mãos pela barriga dela. Ele deu um passo para trás e a sólida parede que era seu peito foi substituída pelo ar fresco da manhã. A mão dela tremia, a cabeça doía, o ombro latejava e os joelhos estavam moles. Fazia muito tempo desde que, pela última vez, ela sentira a força de um homem ao seu redor, dando-lhe respaldo, e ela não teria desejado nada mais do que mergulhar de volta no peito e nos braços dele. Claro que isso era impossível.

— Eu machuquei a mão.

— Deixe-me ver.

Ela se virou para Jack e aninhou a mão na dele. As mangas da camisa azul dele estavam enroladas até o meio dos antebraços; no bolso, "Parrish American Classics" estava bordado em preto.

— Mexe os dedos para mim — ele disse.

A cabeça dele inclinada sobre a mão dela quase fazia com que a aba do chapéu tocasse a boca de Daisy. Ele cheirava a sabonete e pele limpa e a roupa engomada. O polegar dele roçou a mão dela e pequenos choques se irradiaram do centro de sua palma até o pulso, viajando para o interior de seu braço. A adrenalina estava provocando estranhos efeitos em Daisy. Ou isso ou ela havia pinçado um nervo.

Ele ergueu a cabeça e seus olhos mergulharam nos dela. Por vários longos segundos ele ficou só encarando. Ela havia se esquecido que, vistos bem de perto, os olhos de Jack tinham manchas de um verde mais escuro. Mas se lembrava, agora.

— Não acho que esteja quebrada, mas você deveria fazer uma radiografia — ele deixou cair a mão dela.

Ela fechou a mão lentamente e soltou um grito.

— Como você sabe que não está quebrada?

— Quando eu quebrei a mão, ela inchou quase imediatamente.

— Como você quebrou a mão?

— Brigando.

— Com Steven?

— Não. No bar de uma estalagem em Macon.

Macon? O que ele tinha ido fazer em Macon? Nos últimos quinze anos, ele tivera uma vida sobre a qual ela nada sabia. Tinha curiosidade de saber, mas duvidava que ele lhe contaria muito, caso ela perguntasse.

O balconista veio do interior da loja em direção a Daisy e ela se virou para ele enquanto ele entregava os óculos de sol.

— Obrigada, Chuck — ela disse, e os colocou no rosto.

Ele lhe entregou o troco e ela pegou o refrigerante com a mão boa.

— Devo chamar a polícia? — O rapaz perguntou. — Eu vi que foram eles que bateram na moça loira primeiro.

Um boletim de ocorrência poderia ajudar no divórcio de Lily, mas ela também não era completamente inocente. Havia a pequena questão da perseguição. Daisy não sabia se Ronnie sabia, mas poderia saber.

— Não. Está tudo bem.

— Bom, se mudar de ideia, me avise — Chuck ofereceu, e voltou para dentro.

Daisy voltou a prestar atenção em Lily e no homem conversando com ela.

— Ele está com você? — Ela perguntou a Jack.

— É, este é o Buddy Calhoun.

— Mais velho ou mais novo que o Jimmy?

— Um ano mais novo.

Daisy não se lembrava de muita coisa sobre Buddy, exceto que ele tinha os dentes feios e o cabelo ruivo de todos os Calhouns. Ela olhou em volta, para as pessoas no estacionamento e nas bombas de combustível na extremidade oposta. Os desdobramentos do que havia feito naquela manhã começaram a ficar claros em sua mente.

— Não acredito que briguei em público — ela levantou o Dr. Pepper gelado até a bochecha. — Eu nem mesmo falo palavrão em público.

— Se serve de consolo, acho que você não falou palavrão nenhum.

Não, não era consolo nenhum, especialmente quando ele acrescentou:

— Mas a sua irmã xinga como um caminhoneiro. Deu para ouvir até a última bomba de gasolina.

Daisy já não morava em Lovett, mas a mãe ainda vivia lá, e ficaria arrasada. Daisy e Lily provavelmente seriam a fofoca mais quente do baile seguinte.

— Você acha que muita gente nos viu?

— Daisy, você está no cruzamento da Canyon com a Vine. Caso tenha se esquecido, é a esquina mais movimentada da cidade.

— Então as pessoas vão saber que eu soquei Ronnie Darlington no olho.

Ela afastou o copo gelado da bochecha. Deus do céu, será que as coisas poderiam ficar ainda piores?

Evidentemente.

— Sim, e que você chutou as bolas dele.

— Você viu isso?

— Vi, e me lembre de nunca irritar você — ele olhou por cima da cabeça dela. — Pronto, Buddy?

Buddy Calhoun se virou e deu a Jack um sorriso brilhante. Era só o que podia ser dito sobre Buddy ter os dentes feios dos Calhoun. E o cabelo dele era de um vermelho mais escuro, não cor de cenoura como o dos demais. Ele era mais bonito, também.

— Um minuto, J. P. — ele respondeu, com voz arrastada.

J. P.?

— Tente ficar longe de problemas — Jack disse para Daisy, enquanto se virava para ir embora. — Da próxima vez, pode não haver ninguém por perto para te impedir de fazer uma coisa realmente idiota, como ir atrás de um homem com o dobro do seu tamanho.

Ela colocou a mão em seu braço para impedir que ele se afastasse. Ele estava certo.

— Obrigada, Jack. Se você não tivesse aparecido, alguma coisa realmente ruim poderia ter acontecido — ela balançou a cabeça. Talvez ele não a odiasse tanto quanto queria que ela pensasse. — Quando eu o vi empurrar a minha irmã... Nem lembro o que aconteceu, só sei que perdi a cabeça e parti para cima.

— Também não foi nada de mais, Daisy — era o fim de sentir-se especial. — Você poderia ter sido qualquer uma — e o olhar dele pousou sobre a mão dela em seu braço.

— Considerando que eu não sou qualquer uma, você deveria me deixar agradecer direito — ela disse, na expectativa de que ambos pudessem a partir de agora se relacionar em termos mais amigáveis, e que ela poderia conversar com ele sobre Nathan.

Um canto da boca dele se ergueu, enquanto seu olhar subia pelos seios dela, pelo queixo e a boca. Ele não tinha sido enganado pela oferta dela e estava propositalmente tentando irritá-la.

— Que tipo de agradecimento você tem em mente?

— Não do tipo que *você* tem em mente.

Por sob a sombra do chapéu, ele finalmente a olhou nos olhos.

— O quê, então?

— Almoço.

— Não interessado.

— Jantar.

— Não, *madama* — ele desceu da calçada para a rua e chamou, por cima do ombro: — Vamos, Buddy.

Daisy o observou cruzar o estacionamento até um Mustang clássico, preto, parado junto a uma das bombas. Dois vincos agudos desciam pelas costas de sua camisa e morriam no cós da Levi's. Ele estava sem cinto, e sua carteira formava uma saliência no bolso traseiro. Buddy o seguiu e Daisy correu até sua irmã. A marca vermelha da palma na bochecha dela começara a clarear.

— Você está bem? — Daisy perguntou, conforme Lily vinha em sua direção.

— Estou — ela pegou o Dr. Pepper e deu um grande gole. — Acho que estou ficando louca.

Jura?

— Talvez, um pouquinho.

As duas foram até o Taurus de Lily e entraram. Enquanto afivelava o cinto de segurança, Lily disse:

— Desculpe pelo que falei sobre o Steven. Você tem razão. Eu estava sendo uma sacana insensível.

— Acho que eu disse "monstro insensível".

— Eu sei. Vamos para casa.

Daisy ligou o carro.

— Quanto tempo você acha que vai levar até a mamãe ficar sabendo?

— Não muito — Lily suspirou. — Ela provavelmente vai nos dar uma bronca.

Pelo espelho retrovisor, ela viu o Mustang de Jack saindo do estacionamento.

— Daisy?

— Quê?

— Obrigada. Você foi mesmo incrível, indo atrás do Ronnie daquele jeito.

— Não precisa me agradecer, mas prometa que vai parar de perseguir tanto o Ronnie quanto Kelly, a piranha.

— Certo — ela deu um gole. — Mas você viu a bunda dela, não viu?

— É gigante!

— E caída.

— Sem dúvida. Você é muito mais bonita e seu cabelo é muito melhor.

— E o fôlego também — Lily sorriu.

Daisy riu.

— Sim, o fôlego também é muito melhor.

Quando elas chegaram à casa da mãe, Lily pegou Pippen e se deitou com ele no sofá. Ela colocou um vídeo das Blue's Clues e encaixou o nariz no cabelo de *mullet* do filho.

— Eu te amo, Pippy — ela disse.

Sem tirar os olhos da televisão, ele levantou o rosto e beijou o queixo da mãe.

— Conseguiu o emprego? — Louella perguntou da cozinha, onde estava assando biscoitos e perfumando a casa com o cheiro de pasta de amendoim.

— Eles ficaram de telefonar — Lily respondeu, escondendo o sorriso atrás da cabeça do filho.

— Covarde — Daisy cochichou.

Lily estava encrencada, sem dúvida. Daisy tinha três dias até ter de voltar para a própria vida em Seattle. Hoje era o último dia de aulas de Nathan, e ela precisava telefonar e perguntar como tinha sido.

Havia muito a fazer. Ela teria três dias para ajudar a endireitar a vida da irmã, entregar a carta de Steven para Jack e contar--lhe que tinha um filho. Então ela poderia voltar para casa e seguir adiante. Ela e Nathan poderiam se jogar em uma praia qualquer, absorvendo os raios solares. Ela tomaria *piña* colada e ele ficaria vendo as garotas de biquíni. O paraíso para ambos.

Agora, porém, tudo o que ela queria era tomar banho, colocar gelo na mão e tirar uma soneca. A adrenalina se fora e Daisy se sentia cansada e dolorida, mas, se não fosse por Jack, ela certamente estaria muito mais dolorida. Ter avançado sobre Ronnie daquele jeito não tinha sido a ideia mais genial, mas ela não pensara, apenas reagira ao empurrão que ele dera em Lily.

Acho mais provável que ele quebre a sua. Daí eu teria que me meter e espancar o cara por ter tocado em você, Jack dissera. Dissera que teria ido em socorro de qualquer mulher. Dissera também que não tinha sido nada de mais.

Porém, pensando melhor agora, com a cabeça mais calma, ela duvidava que ele teria segurado qualquer mulher por um tempo maior do que o absolutamente necessário. Não da forma como havia segurado Daisy, apertando-a com força contra o peito. E ela duvidava que ele teria roçado o polegar na barriga de qualquer uma. Ela também tinha lá suas dúvidas sobre ele haver sequer percebido que fizera isso.

Daisy estivera tão focada nos acontecimentos ao redor que não percebera que Jack a tocara de um modo um pouco mais pessoal, e durante um período mais longo do que teria feito um simples bom samaritano ajudando qualquer senhorinha em perigo.

Ela percebia, agora, e a simples lembrança do toque dele obrigava-a a acalmar a respiração. A mãe a chamou enquanto ela subia as escadas para o quarto. "Tá", ela respondeu, e fechou a porta atrás de si. Ela se encostou na porta enquanto uma pequena fisgada quente se espalhava por seu abdome e entre as coxas. O calor se espalhou e ela sentiu os seios mais pesados. Fazia muito tempo que Daisy não sentia nada parecido, mas ainda sabia o que era. Luxúria. Tesão. Anos de volúpia acumulada pressionando seu corpo.

Ela fechou os olhos. Talvez tivesse apenas imaginado o toque de Jack. Talvez fosse tudo coisa de sua cabeça, mas ela não havia apenas imaginado como era bom sentir um homem sólido e saudável de novo. Tão bom sentir-se protegida. Tão bom sentir o peito dele contra as costas dela e os braços dele em sua cintura. Que Deus a perdoasse, mas como ela sentia falta disso. Sentia tanta falta que tinha desejado se fundir a Jack. Daisy se perguntava o que ele teria feito se ela tivesse se virado e beijado a lateral do pescoço dele. Corrido a língua por sua garganta acima e as mãos pelos músculos do peito abaixo. Nu, como ele tinha estado na cozinha, naquela primeira noite. Meio nu, com os *jeans* afrouxados na altura do quadril, de modo que ela pudesse deslizar as mãos pelo abdome plano dele e depois se ajoelhar, pressionando o rosto contra o zíper de sua calça.

As pálpebras de Daisy se abriram de supetão. Jack era o último homem do planeta com quem ela deveria ter fantasias de lamber e acariciar. O último homem do planeta a fazê-la pensar em sexo.

Já faz muito tempo, é só isso, disse a si mesma, enquanto se afastava da porta. Abriu uma gaveta e pegou um conjunto de tanga e sutiã. Estava com trinta e três anos e, antes da doença de Steven, os dois haviam tido uma vida sexual bastante ativa. Daisy gostava de sexo e sentia falta de fazer. Ela supunha que era apenas uma questão de tempo até que seu desejo por intimidade retornasse. Era uma pena ter voltado agora. Hoje. E era mesmo uma grande pena que Jack tivesse sido o gatilho. Por muitas e óbvias razões, o sexo entre ela e Jack estava fora de questão.

Daisy foi do quarto para o banheiro no fim do corredor. Mas sexo entre ela e um homem que não Jack poderia ser uma possibilidade. Ela tivera apenas dois homens ao longo da vida toda, e talvez fosse hora de experimentar. Teria dois dias e meio antes de voltar a Seattle. Talvez fosse hora de viver aquilo, antes de ir para casa e voltar a ser mãe de novo. Talvez ela devesse acrescentar "transar" à sua lista de afazeres.

Uma pontada de culpa espetou sua consciência. Steven estava morto, então por que parecia que ela estava planejando uma traição? Ela não sabia, mas lá estava. Bem à sua frente, e ela tinha consciência de que a culpa provavelmente a impediria de fazer isso com quem quer que fosse.

Lamentável, porque ela provavelmente teria gostado de um sexo sem compromisso. Do tipo em que você pega alguém, transa, e nunca mais encontra de novo.

Ela abriu a torneira da banheira e manteve a mão sob a água corrente. Quem sabe, se ela simplesmente transasse com alguém, não sentiria mais culpa. Talvez fosse como perder a virgindade de novo. A primeira vez era a mais difícil. A partir daí, ficava muito mais fácil. E muito mais divertido, também.

Claro que ela não tinha um candidato. Talvez devesse escolher alguém no bar. Um que parecesse o Hugh Jackman ou aquele cara do comercial da Diet Coke. Não, estes lembravam demais o Jack. Ela deveria escolher alguém totalmente diferente. Alguém como o Viggo Mortensen ou o Brad Pitt. Não, Matthew McConaughey.

Aí sim!

Mas nunca poderia ser o Jack. Jamais. Isso seria péssimo, terrível mesmo.

Ou, disse uma vozinha em sua cabeça, *seria sensacional, incrível, mesmo.* Enquanto deixava cair os *shorts* e puxava a camiseta pela cabeça, ela temeu que, se não tomasse cuidado, aquela vozinha em sua mente acabaria metendo-a em uma grande, enorme confusão.

Oito

Nas noites de fim de semana, o Slim Clem's costumava ficar lotado de gente que vinha de tão longe quanto Amarillo e Dalhart. A banda ao vivo tocava principalmente música *country*, com algum ocasional *rock* sulista antigo. A grande pista de dança estava sempre cheia, e os touros mecânicos não paravam de sacolejar, seduzindo todos os clientes com um prêmio bem gordo. Três balcões diferentes serviam um jorro contínuo de cerveja gelada, coquetéis ou bebidas à base de suco de frutas, decoradas com pequenos guarda-chuvas de papel.

Todo tipo de mamífero e réptil empalhado espiava para baixo, através de olhos de vidro, a partir de prateleiras presas bem alto nas paredes. Se o Road Kill era o sonho de qualquer taxidermista, então o Slim Clem's era esse sonho elevado à enésima potência. Embora fosse difícil entender por que alguém iria orgulhosamente exibir um gambá de nariz vermelho.

No bar à meia-luz, dominavam os agarradíssimos *jeans* Wranglers, Rockies e Lees. As mulheres os usavam em todas as cores imagináveis, com camisas de franjas com apliques de cavalo nas costas. Camisetas com penas e pedaços de conchas, com a bainha rasgada para parecer franja, também eram muito populares, assim como as saias com grandes camadas sobrepostas e os vestidos de *jacquard* com gola de babado. Os cabelos variavam desde o estilo texano, armado e com laquê, até os bem curtinhos — cabeça de chapéu — e os tão longos e lisos que chegavam à cintura ou à parte posterior dos joelhos.

Os homens preferiam os Wranglers ou Levi's azuis ou pretos, e alguns eram tão justos que quem via ficava se perguntando onde eles teriam guardado seus volumes. Enquanto alguns homens usavam camisas de caubói engomadas, com estampa de chamas flamejantes ou da bandeira norte-americana, a supremacia era das camisetas. A maioria continha propaganda de cerveja e de tratores John Deere, mas algumas traziam uma mensagem diferente. "Não troce do Texas" era a mais frequente, enquanto "Sim, eu estou bêbado, mas você continua feia" competia com a sempre esperançosa "Vamos ficar nus".

As botas de caubói marcavam o ritmo acompanhando a banda, e fivelas de cinto grandes o bastante para serem consideradas arma letais refletiam as luzes multicoloridas da pista de dança.

Daisy nunca estivera no Slim Clem's. Quando morava em Lovett, era jovem demais. Mas tinha ouvido falar. Todo mundo tinha ouvido falar, e ela achou que já era hora de conhecer o lugar por si mesma.

Naquela tarde de sexta-feira, Lily tinha conseguido um emprego de atendente no balcão de doces da Albertsons, e as duas decidiram comemorar no Slim. Daisy não trouxera nada realmente adequado para se vestir em um lugar daqueles, mas retirou do fundo do armário seu velho par de botas de vaqueira. Enfiou os pés e, se estavam um pouco justas, também era fato que ainda serviam. No Ensino Médio, ela poupara durante muitos meses para comprar aquelas botas vermelhas com coraçõezinhos brancos. Para sua grande sorte, botas de vaqueira nunca saíam da moda no Texas.

Da caixa com os anuários da escola ela tirou um cinto com um grande fecho de prata que havia sido de seu pai, e que ele usara no rodeio Top 'O Texas poucos meses antes que um touro escapasse e o matasse.

Ela colocou o vestido regata branco de algodão que fechava sobre os seios com oito pequenos estalidos e ajeitou o cinto do pai no quadril. O nome "Rowdy" estava marcado em preto sobre o couro marrom. A fivela era pesada e ficou meio pensa, mas Daisy achou que parecia pronta para um bar de caubóis.

Ela enrolou o cabelo em cachos grandes e pendurou grandes argolas nas orelhas. Passou delineador preto e seu batom mais vermelho, e decidiu que estava com a aparência de uma vaqueira chique.

Lily vestiu um *jeans* justo e uma blusa cor-de-rosa que ela amarrou logo abaixo dos seios, para que o *piercing* do umbigo aparecesse. A maquiagem dela era mais pesada do que a de Daisy e, quando ela beijou Pippen em despedida, no pórtico da casa da mãe, deixou em sua bochecha uma grande marca de batom.

A caminho do Slim Clem's, Lily riu, brincou e pareceu realmente pronta para seguir adiante com sua vida. Daisy estava pronta também. No dia seguinte ela contaria a Jack sobre Nathan, e desta vez nada poderia impedi-la. Nem o próprio medo, nem uma festa de aniversário de criança, nem mesmo uma mulher seminua na casa dele. Ela estava indo embora na tarde de domingo, e tinha de contar no dia seguinte. Não havia opção.

Ao entrarem no bar, passava das nove. A banda estava tocando *My Maria*, dos Brooks and Dunn's, enquanto as irmãs pagavam os cinco dólares de cachê dos artistas. Quando a banda chegou às notas mais agudas da música, Daisy e Lily abriram caminho entre a multidão até o balcão mais próximo e pediram dois chopes Lone Star. Daisy pagou a primeira rodada, e as duas olharam em volta e encontraram uma mesa perto da pista de dança. Elas se sentaram uma ao lado da outra e a conversa se transformou em uma análise crítica às pessoas do entorno.

— Dá uma espiada naquele ali de camisa caubói bege e chapéu — Lily falou, perto da orelha de Daisy. Como uma porção de homens no ambiente se encaixava na descrição, ela apontou, usando o copo. — O *jeans* dele é tão apertado que o cara deve ter vestido enquanto ainda estava molhado.

O caubói em questão era alto e magro e parecia durão o bastante para lutar contra um touro.

— "Traseiros em Wranglers nos deixam loucas" — Daisy recitou, através de um sorriso, e levou a cerveja à boca.

— Deixam mesmo — Lily concordou.

Daisy não lembrava quando tinha sido a última vez que saíra com outra mulher; havia se esquecido do quanto gostava disso. Do quanto precisava relaxar e dar risada. Acima de tudo, estava agradavelmente surpresa com o quanto estava se divertindo com a irmã. As duas riam, atribuindo nota aos traseiros masculinos que desfilavam e aos passos de dança que se desenrolavam na pista à frente delas. Lily apontou para um cara em uma calça Roper e Daisy inclinou a cabeça para o lado. Ela precisava admitir que uma bunda de homem tinha de ser realmente muito boa para ficar bem em uns *jeans* daqueles. Daisy deu nota oito, Lily deu dez, e elas concordaram em fechar com nove.

— Você viu o Ralph Fiennes de bunda de fora em *Dragão vermelho*? — Lily perguntou.

Daisy balançou a cabeça.

— Eu não gosto de ver filmes de suspense agora que moro sozinha.

— Bom, acelera e pula as partes assustadoras. Você precisa alugar o vídeo só para ver o traseiro do Ralph. É *uma coisa*.

Daisy deu mais um gole na cerveja.

— Eu vi *Encontro de amor*. O filme é ruim, mas ele estava bem.

— Ali vai um seis negativo — Lily disse, apontando o copo para um homem vestindo um macacão *jeans* extragrande, com uma regata por baixo. — O filme é ruim por culpa da J. Lo. Eles deveriam ter escalado outra pessoa — Lily sorriu. — Tipo eu.

Daisy sentiu a mão em seu ombro e ao se virar viu uma camiseta em que se lia "Segure a minha cerveja enquanto eu beijo a sua namorada" e a cara de Tucker Gooch. Ela se formara no Ensino Médio com Tucker. A mãe dele, Luda Mae, lecionara Economia Doméstica no Colégio Lovett. Tucker era frequentemente mandado para a sala da mãe para ser castigado por algum erro, como ser pego espionando o banheiro feminino.

Daisy se levantou e, pelo que conseguiu ver, o cabelo escuro dele já começava a rarear no topo da cabeça, mas seus olhos ainda brilhavam de malícia e sua boca estava curvada em um sorriso irresistível.

— Oi, Tucker. Como vai?

Ele lhe deu um longo abraço.

— Estou bem — ele a segurou com um pouco de força, mas suas mãos não desceram pelas costas dela como eles costumam fazer. — Vem dançar comigo — ele disse.

Ela olhou para Lily.

— Você se importa?

Lily balançou a cabeça negativamente e Daisy seguiu Tucker até a pista. A banda atacou de *Who's your daddy?*, de Toby Keith, e Tucker a conduziu na dança de dois passos. Antes que Steven ficasse doente, ele e ela saíram para dançar em algumas boates perto de Seattle. Durante várias batidas da bateria e solos de violão, Daisy sentiu medo de ter esquecido como dançar. Mas o *country* estava em seu sangue, e ela apanhou o ritmo mais rápido do que uma galinha apanharia um Cheeto. Conforme Tucker a girava e se movia com ela pela pista, ela sentiu outra parte de si mesma entrando nos eixos. A parte que sabia relaxar, rir e se divertir.

Ao menos por esta noite.

* * *

Jack pegou a cerveja no balcão e levou a garrafa de Pearl aos lábios. Por cima do fundo da garrafa, seu olhar foi pousar na pista de dança do outro lado do bar, e no globo de luz. Ele notara Daisy no segundo em que ela e Lily passaram pela porta. Não que ele estivesse procurando, mas era difícil não ver aquelas duas. Elas não se encaixavam muito bem no Slim Clem's. Como dois doces em uma travessa de carne com batatas, e Jack tinha certeza de que havia no bar mais do que uns poucos homens pensando em comer a sobremesa antes do jantar.

Ele baixou a garrafa e enfiou a mão livre até o meio dos dedos no bolso frontal da Levi's. Voltou a se concentrar em Gina Brown, que estava à sua frente falando sobre os touros mecânicos que havia no fundo. Aparentemente, já que ela vinha aqui com tanta frequência, o Slim's havia lhe oferecido um emprego de fim de semana como instrutora de montaria.

— A dona que eu ensinei hoje tinha uns sessenta e cinco anos — ela disse. — Eu a coloquei em cima do Trovão e...

Jack não dava a mínima para o tal do Trovão. O que ele queria saber era se o seu "pior pesadelo" soubera que ele estaria ali. Ele não ficaria nem um pouco admirado se fosse o caso, mas, se Daisy achava que ele iria lhe passar um sermão por causa disso, estava muitíssimo enganada. Em geral, Jack preferia bares menos lotados do que o Slim's, mas era a última noite de Buddy Calhoun na cidade, e ele o convencera a ir lá. No momento, Buddy estava se arriscando em um dos touros na sala dos fundos do bar. Pessoalmente, Jack nunca entendera o interesse das pessoas em serem atiradas de uma máquina contra um piso de amortecimento reforçado. Sempre pensara que, se você quer montar um touro, deveria subir em um de verdade e ver no que dava.

— ... Juro, eu quase morri. Você teria morrido de rir se estivesse lá — Gina estava falando.

Jack, que tinha perdido a piada, sorriu.

— Você provavelmente tem razão.

— O que o Buddy está fazendo na cidade? — Gina perguntou.

— Está aqui a negócios.

Ele apoiou o peso em um dos pés, mantendo um lado do quadril ligeiramente mais alto do que o outro, e voltou a se concentrar em Daisy e Tucker Gooch na pista. Eles deslizavam suavemente em perfeito ritmo com a música de Toby sobre um homem mais velho e sua namorada jovenzinha. Jack nunca gostara de Tucker. Tucker era o tipo de cara que anunciava aos quatro ventos quanto sexo vinha fazendo e com quem. Na opinião de Jack, um cara que tivesse uma vida sexual satisfatória não precisava falar sobre ela.

— Trabalhando para você.

— É.

Da posição onde Jack estava, do outro lado do bar, só o que ele conseguia ver de Daisy eram lampejos de seu cabelo brilhante e vislumbres daquele vestido branco. Mas ele não precisava de um assento na primeira fila para saber o que ela estava vestindo, porque sua imagem ao entrar no Slim's ficara gravada no cérebro dele.

Um caubói com um chapéu capaz de conter trinta litros entrou em sua linha de visão, e ele não conseguia enxergar mais nada.

— Que droga — Buddy disse, quando se aproximou para ficar ao lado de Jack. — Eu quase consegui ficar dois minutos da última vez, mas esmaguei a bola esquerda e não consegui me endireitar.

— Você estava no Tufão? — Gina quis saber. — O Tufão, ajustado no nível alto, é uma montaria bem selvagem.

— Era o touro mais próximo da porta. — Buddy deu um gole na cerveja e acrescentou: — Você deveria tentar, Jack.

Buddy era um cara muito legal, mas às vezes Jack achava que ele era meio bobo ou meio doido.

— De forma geral, eu evito fazer coisas que possam esmagar minha bola esquerda.

— É... — Ele sacudiu a cabeça e desviou o olhar para a multidão.

Gina riu.

— Vou voltar para lá. Você ainda vai ficar mais um tempo? — Ela perguntou a Jack.

— Não tenho certeza.

Ela pousou a mão no peito da camisa azul dele e ficou na ponta dos pés.

— Bem, não saia sem se despedir de mim — ela disse, encostando a boca à dele. Ela o beijou, e o toque dos lábios durou o suficiente para ele entender que ela estava interessada em ir embora com ele. — Não esquece.

— Você e a Gina estão saindo? — Buddy perguntou, quando ela se afastou.

— Às vezes.

Jack não sabia se estava tão interessado assim em ir embora com ela. Dois fins de semana consecutivos poderiam plantar ideias na cabeça de Gina.

— Olha só quem está sentada sozinha e solitária naquela mesa, Lily Brooks. Eu pensei em ligar para ela ontem, mas não sei o nome dela de casada.

Jack olhou para a desacompanhada irmã de Daisy.

— Por que você ia ligar para ela?

— Para ver como ela estava, depois da briga no Minute Mart e tudo... Pensei que, se ela está se separando, poderia precisar de alguém com quem conversar.

Jack levou a Pearl aos lábios.

— Você quer conversar com Lily Brooks sobre o divórcio dela? *Sei.*

Buddy sorriu.

— Estas irmãs Brooks são bonitas e atraentes também.

Jack tomou um longo gole e sugou uma gota de cerveja do lábio superior. Buddy não arrancaria nada dele. Se ele ainda não tivesse visto por si mesmo que Daisy estava mais linda do que nunca, a roupa que ela estava usando nesta noite teria deixado as coisas bem esclarecidas. Mesmo de longe, Jack conseguia ver como o vestido era justo — tanto, que parecia que ela havia usado uma pistola de ar comprimido para se pintar com tinta.

Buddy apoiou a cerveja no balcão.

— Vou tirar a Lily para dançar antes que outra pessoa me passe para trás.

Jack o observou abrir caminho e se perguntou se não seria mais fácil ser como Buddy Calhoun. Nada parecia aborrecê-lo muito, nem mesmo se espatifar em um touro mecânico. Talvez tivesse existido uma época em que Jack fora assim, mais relaxado, mas tanto tempo já havia passado que ele se esquecera.

Ele tirou a mão do bolso e seu olhar deslizou até a pista de dança e os lampejos de branco. Um sorriso torceu os cantos de sua boca enquanto ele se perguntava como Lily e Daisy teriam se sentido, hoje, em relação à briga pública na frente do Minute Mart. Jack já vira mulheres brigando entre si, mas nunca tinha visto uma mulher atacar um homem. Especialmente um homem que seguramente pesava no mínimo cinquenta quilos a mais do que ela.

Jack se virou e apoiou os antebraços no balcão. Na manhã da briga, ele tinha estado no Minute Mart cuidando da própria vida, aguardando encostado no Mustang enquanto enchia o tanque, quando ouvira gritos. Ele olhara para a ponta oposta do estacionamento e reconhecera Lily. Ela cuspia palavrões como um caminhoneiro, e, quando o homem que ela estava xingando se atirou contra ela, Jack fora em sua direção. Quando Jack estava mais ou menos na metade do caminho, a porta da loja havia se escancarado e Daisy partira voando para cima de Ronnie, como um jogador de futebol em posição de defesa, atingindo-o com o ombro. A velocidade a transformara em um risco de camiseta preta e cabelo loiro. Enquanto Jack apertara o passo em direção a ela, ela fechara o punho, socara Ronnie no olho e lhe dera uma joelhada.

Jack a agarrara por trás para evitar que ela se machucasse, mas não tinha se preparado para a confusão de raiva e sentimento de proteção que atingira seu peito. Enquanto crescia, Daisy fora uma contradição ambulante, simultaneamente medrosa e feroz. E, tal como tinha querido enquanto ele próprio crescia, Jack quisera sacudi-la e abraçá-la, gritar com ela e alisar seus cabelos.

Mas ele a *tinha* efetivamente agarrado, Jack relembrou. Ele pressionara as costas dela contra si, o traseiro dela contra seu zíper. Havia tocado Daisy, inalado o cheiro de seu cabelo e sentido o perfume de sua pele.

Ele levantou os olhos das torneiras de chope para o logotipo animado da Budweiser. Tubos de néon vermelho contornavam o piloto da associação nacional de automobilismo Dale Earnhardt Jr. Os pneus giravam no legendário carro número oito, como se Junior estivesse dando trezentos por hora em uma das retas do circuito de Texas Motor Speedway.

Daisy ficara fora por quinze anos, mas uma coisa não mudara ao longo de todo este período. Independentemente de quanto odiasse admitir, o fato era que ainda a desejava. Ainda. Agora. Depois de todo esse tempo. Depois de tudo o que ela fizera.

Não fazia sentido, mas ele não podia negar. Apenas um olhar de relance para Daisy naquele vestido justo já causava um aperto em seu saco escrotal e lhe provocava uma meia ereção, bem ali, em pleno Slim Clem's. Ele a desejava com a mesma ânsia enlouquecida que havia sentido quando tinha dezoito anos. Uma dor quente que ainda se lembrava do gosto da boca de Daisy e que queria voltar a ter contato com as suaves curvas de seu corpo. Mas ele não tinha mais dezoito anos. Ele tinha mais autocontrole, e só porque tinha ficado duro não significava que tivesse de tomar alguma providência a respeito.

Não. Ele iria ficar bem ali, olhando para o logotipo da Bud atrás do balcão. E ponto final. Ele iria terminar a cerveja e voltar para casa. E se Buddy não quisesse ir embora, ele poderia pegar carona com outra pessoa.

Quando a banda começou a tocar *No problem*, de Kenny Chesney, Buddy e Lily se juntaram a Jack no balcão. Bem quando ele se virou para dizer a Buddy que iria embora dali a pouco, seu olhar pousou sobre Daisy e Tucker, que vinham em sua direção. Quanto mais perto ela chegava, mais intensamente ele desejava que ela tivesse simplesmente ficado na porcaria do canto oposto do bar. Ela havia passado um tipo de coisa escura em torno dos olhos, seus lábios estavam pintados de vermelho forte e o cabelo estava volumoso, cacheado e meio selvagem, como se ela tivesse acabado de transar. Tinha uma aparência um pouco vulgar, o que ele geralmente apreciava, mas não hoje. Não nela.

— E aí, Jack? — Tucker ofereceu a mão. — Como vai?

Jack apertou a mão de Tucker e levou a cerveja à boca.

— Não posso reclamar — disse, antes de dar um gole. — Como está sua mão? — Ele perguntou a Daisy.

Ela fechou e abriu a mão.

— Melhor do que ontem — respondeu.

— Ouvi dizer que você e a Lily entraram numa briga com o Ronnie Darlington e a Kelly Newman — Tucker disse.

— O Ronnie é um canalha e a Kelly é uma piranha — Lily falou.

— Onde você ouviu isso? — Daisy quis saber.

— O Fuzzy Wallace estava passando de carro pela rua Vine e viu vocês duas.

Daisy fechou os olhos e praguejou.

Jack baixou o olhar do rosto dela para o vestido branco. Dava para ver o contorno do sutiã, e ela devia estar bem bronzeada, pois ele conseguia ver as alças e os cantos arredondados aninhando os seios e empurrando-os para cima. Seu olhar percorreu então a pequena fileira de ganchos que fechavam o vestido sobre o seio dela, e dali desceu para a barriga lisa e para o cinto, cuja grande fivela prateada estava suspensa exatamente acima de sua caixinha das delícias. A bainha do vestido chegava até o meio das coxas, e quando sua análise chegou aos pés dela, ele ficou chocado.

Daisy estava usando botas vermelhas de corações brancos. Ele se lembrava daquelas botas. Ela costumava usá-las o tempo todo. Muitas vezes eles haviam feito amor enquanto ela usava aquelas botas. Geralmente, quando ela estava de saia ou com um vestido como o de hoje, ele simplesmente removia a calcinha e não se importava com o calçado.

— Se você voltar a ter problemas, ligue para mim — Tucker ofereceu, e Jack viu bem quando Tucker pôs o braço nos ombros dela.

— Combinado, vou me lembrar disso — ela disse, antes de dar um passo à frente e segurar a mão de Jack. — O Jack prometeu que dançaria comigo — e olhou para ele com olhos suplicantes. — Não prometeu?

— Eu prometi?

— Sim.

Ele calculou que tinha duas opções. Deixá-la para o Tucker ou dançar com ela. Ele colocou a cerveja no balcão e deslizou a mão do pulso dela para seu cotovelo.

— Acho que tenho memória fraca — disse, apanhando-a pelo braço e conduzindo-a pelo salão.

A banda começou a tocar uma versão lenta de *Keep your hands to yourself*, dos Georgia Satellites. Jack parou no meio da pista e colocou a mão de Daisy contra a sua. Posicionou a outra mão na cintura dela e a conduziu ao ritmo da música. Através do fino tecido do vestido, ele sentia o calor da pele.

— Você vai para casa com o Gooch?

— Ele convidou — ela pousou a mão de leve no ombro dele. — Mas não.

A resposta o agradou mais do que deveria, e ele não gostou nem um pouco disso.

— Não sei de onde ele tirou essa ideia.

Eles passaram perto do palco e uma luz cor-de-rosa brilhou no cabelo dela, deslizou pela testa macia e mergulhou nas profundezas de seus lábios entreabertos.

— Do seu vestido agarrado, talvez?

— Não é tão agarrado assim.

Ele a rodou e trouxe mais para perto sem perder um passo da dança. Um espaço minúsculo separava os seios dela do peito dele, e ele disse a si mesmo que havia puxado Daisy para si para poder ouvi-la melhor. Jack roçou o polegar pelo tecido suave do vestido e disse, bem perto da orelha dela:

— É tão agarrado que consigo ver o contorno do seu sutiã.

— Por que você está olhando para o meu sutiã, Jack?

— Por tédio, acho.

— Sei — ela se afastou o suficiente para olhar para o rosto dele. — Você está tentando me imaginar sem roupa.

Ele sorriu, e a banda cantava sobre amor verdadeiro e pecado.

— Docinho, eu conheço você sem roupa.

Em meio às sombras da pista de dança, ela corou. Uma descarga vermelha subiu por sua garganta até chegar às bochechas.

— Engraçado, eu não me lembro de você sem roupa — o olhar dela sustentou o dele por menos de um segundo, antes que ela o desviasse para um ponto além do ombro dele.

Ela sempre fora uma péssima mentirosa. Ele não se lembrava de isso jamais tê-lo incomodado antes. Por alguma razão incomodava, agora.

— Você sabia que eu estaria aqui? — Ele perguntou.

Ela voltou a olhar para ele.

— Não — ela disse, e ele não sabia se acreditava. — Você vai estar em casa amanhã?

— Por quê?

— Porque eu vou lá.

Ele encarou o rosto sensual, a maquiagem malditamente sedutora ao redor dos olhos e os lábios cheios.

— Não me lembro de ter te convidado.

— Você acabou de dizer que tem memória fraca.

— Talvez para algumas coisas. Para outras tenho perfeita clareza. Por exemplo, eu me lembro destas botas.

Ela sorriu e deslizou a mão pelo ombro dele.

— Pois é. Nem acreditei que ainda serviam. Lembra de quando eu usava estas botas com a minha calça Wrangler roxa?

Wrangler roxa? Ele a girou algumas vezes e torceu para que ela ficasse zonza. Enquanto ele pensava no sutiã dela e não conseguia tirar da cabeça aquelas botas de cada lado de suas orelhas, tudo em que ela conseguia pensar era numa porcaria com a qual ele não se importava e sobre a qual não queria discutir.

Ele a aproximou de volta para junto do peito e ela falou:

— E se lembra de uma saia plissada cor-de-rosa? Deus, aquilo era o cúmulo do mau gosto.

Saia plissada? Mas com mil diabos! Só por isso, ele deveria girá-la até que ela vomitasse. Ela estava falando bobagens de propósito, só para levá-lo à loucura. Como se ela mesma também não estivesse pensando em sexo quente, suado. Como se a tensão sexual entre ambos estivesse só na cabeça dele, quando ele sabia, simplesmente sabia, que ela estava sentindo a mesma coisa.

— Ah, sim, claro, a saia cor-de-rosa plissada — ele disse, embora não soubesse ao certo o que era uma saia plissada. Ele a puxou tão perto que os seios dela roçaram em seu peito, e disse: — Eu me lembro dela levantada até a sua cintura.

Ela errou um passo, recuou e olhou para ele, com a língua no canto da boca.

— Eu não quero falar sobre sexo.

Em geral, ele também não. Em geral, ele era mais de fazer do que de falar.

— Que pena — ele deslizou a mão da cintura dela para a base de suas costas. — Mas, se você quer conversar comigo, então eu escolho o assunto.

— Há coisas mais importantes na vida do que sexo.

Ele supunha que ela estivesse certa, mas neste momento não conseguia pensar em nenhuma.

— Diga uma.

— Amizade.

— Ah, claro. Você falou como uma garotinha.

— Não, falei como uma adulta.

Agora ela o estava irritando de verdade. Até que Daisy tivesse voltado à cidade, ele seguira adiante com a própria vida. Tomara uma enorme dose de maturidade quando ainda era bem jovem. Acabara de criar o irmão e cuidara sozinho da garagem depois da morte do pai. E agora ali estava ela, de botas vermelhas e vestido branco, escavando tudo de novo.

— Sexo foi grande parte do nosso passado, Daisy, mas você parece não querer falar sobre isso.

— Não tão grande assim, Jack.

— Bobagem.

A música parou e ela recuou um passo.

— Talvez para você. Mas para mim não foi tão grande assim — ela disse, e então girou sobre os saltos das botas vermelhas e se afastou.

* * *

Daisy baixou a cabeça e se dirigiu ao banheiro. Lá dentro, molhou uma toalha de papel e pressionou contra as bochechas. Seu coração dava pulos em sua garganta e ela se olhou no longo espelho acima da pia. Os olhos estavam brilhantes demais. O rosto estava corado demais. A pele estava ultrassensível, cada célula reagindo ao toque de Jack. Ele a havia puxado com força contra si, e tinha sido tão bom sentir o peito sólido dele contra os seios. Era realmente ótimo que ela estivesse partindo em breve, porque Jack a fazia lembrar de coisas que era melhor que permanecessem esquecidas. Como, por exemplo, quanto tempo fazia desde que ela havia estado com um homem pela última vez, e como era sentir a dor do desejo cru, quente e vital, pinçando seus seios e entre suas coxas. E não era só o fato de ele ter falado sobre sexo, era ele. O toque das mãos, o polegar roçando-lhe a cintura, o timbre profundo da voz em seus ouvidos, o cheiro da pele. Ela achou que, se a música não tivesse terminado, ela teria entrado em combustão bem ali, no meio da pista de dança.

Uma mulher com uma camiseta preta franjada se aproximou da pia e ela se afastou para abrir espaço.

— Está muito quente lá dentro — ela disse, como forma de explicar as bochechas avermelhadas.

— Um pouco.

Daisy jogou a toalha de papel no cesto e abriu a porta.

Jack estava com um dos ombros encostado à parede, e se endireitou quando a viu.

— Quando você vai para casa, Daisy? — Ele perguntou, e deu um passo na direção dela.

Ela olhou por cima do ombro esquerdo dele, em direção ao bar lotado.

— Quando a Lily estiver pronta para ir.

Havia um tom duro em sua voz quando ele explicou:

— Quando você vai voltar para Seattle?

As pálpebras dele desceram sobre seus olhos verdes quando ele baixou a cabeça para olhar para ela. Ela recuou alguns passos para não ter um torcicolo de tanto olhar para cima.

— Domingo.

Ele assentiu.

— Depois de amanhã, então?

— Sim.

— Bom.

— É por isso que temos de conversar amanhã — ela recuou mais um passo.

Mais uma vez ele assentiu.

— Porque você quer ser amigável e papear sobre antigamente.

— Entre outras coisas — os ombros dela se chocaram contra a porta dos fundos, ele chegou mais perto, ao lado do quadril dela, e girou a maçaneta. A porta se abriu e ele forçou Daisy para fora.

A brisa morna tocou o rosto e o pescoço dela e levantou a ponta de seu cabelo. Ele soltou a porta e ela bateu com força atrás deles.

A luz acima da porta brilhava no cabelo dele e acendia seus olhos verdes e seu sorriso confiante.

— Você não quer conversar mais do que eu quero.

— Quero sim.

Ela se afastou dele e de alguma forma acabou pressionada contra a divisória de madeira do Slim's. Eles estavam de pé nas sombras do prédio, ao lado de uma grande lixeira. Ainda bem que o bar não servia comida, e o único cheiro que saía do latão era de chope e pó.

Jack apoiou uma das mãos na parede ao lado da cabeça dela, encurralando-a entre ele e a lixeira.

— Você sempre foi uma péssima mentirosa — ele aproximou os lábios dos dela e falou, apenas um pouco mais alto do que um sussurro: — Você pode negar a noite inteira, mas eu sei o que você quer, Daisy.

Ela pôs as mãos no peito dele para impedi-lo de se aproximar ainda mais, e imediatamente percebeu que tinha sido um erro. Através do algodão suave da camisa e dos músculos rijos de seu peito, ela sentiu as batidas fortes do coração dele. Suas mãos ficaram imediatamente úmidas e a pulsação se acelerou. Ela virou o rosto para tentar respirar melhor, mas não conseguia se obrigar a baixar as mãos. Não ainda.

— Acho que você não sabe.

Ele colocou delicadamente os dedos sob o queixo dela e com gentileza virou o rosto para si.

— Você quer que eu te leve para casa, ou te leve para o banco de trás do meu carro, ou que a possua agora mesmo, contra esta parede — os lábios dele tocaram os dela, e o fôlego dela ficou preso na garganta. — Como nos velhos tempos.

Ela curvou os dedos contra a camisa dele e os manteve lá. Ah, sim. Ele queria aquilo intensamente, mas também queria bolo de chocolate todo dia.

— Isso seria ruim, Jack.

— Não, Daisy. Seria bom.

Por um breve segundo, ocorreu-lhe que ela própria havia tido aquele mesmo pensamento não muito tempo antes. Os lábios dele roçaram os dela, e Daisy estremeceu. Não conseguiu evitar. Tampouco conseguiu evitar o que aconteceu em seguida. Suas mãos deslizaram pelo peito dele, até os ombros, e de novo para baixo, até a barriga lisa e a cintura de seus *jeans*. Não dava para ver os olhos dele, mas ela sentia o olhar quente de Jack em seu rosto. Então ele a beijou. Uma delicada pressão com os lábios, que ela sentiu atrás dos joelhos e na sola dos pés. Ela abriu a boca sob a dele e a língua dele tocou a sua, quente e molhada, e isso foi o que bastou para que suas sensações explodissem. Calor, tesão e apetite invadiram seu corpo, tomando-o depressa e intensamente, e ela não podia fazer nada para evitar. Só o que podia fazer era se segurar.

Os músculos peitorais dele se contraíram quando ela deslizou novamente as mãos por seu peito e ombros. Ele lhe dava apaixonados beijos com a boca muito aberta e ela devorava e devolvia cada um deles. Um desejo concentrado dava nó em seu estômago e a queimava por dentro, incentivando-a a tocá-lo tanto quanto possível. Impelindo-a a sugar Jack ao máximo, e deixar para se preocupar com isso depois. O gosto dele era tão bom. Gosto de homem quente e saudável. O beijo se tornou selvagem enquanto ela movia as mãos até os ombros dele e voltava, corria os dedos pelo cabelo dele e desabotoava os botões perolados da camisa.

Ele se afastou e olhou para o rosto dela, a respiração ruidosa e acelerada como se tivesse acabado de correr dez quilômetros.

— Daisy — ele sussurrou, e enterrou o rosto entre a cabeça e o ombro dela.

Um profundo gemido vibrou em seu peito, e ele abocanhou seu pescoço. A mão dele deslizou para a cintura dela e pelo cinto em seu quadril. A mão dele tocou a parte superior de sua coxa e deslizou para trás, aninhando o traseiro dela por cima da fina seda de sua calcinha.

— Alguém pode nos ver — ela alertou, na voz fraca de um protesto sem vontade.

Jack a ergueu na ponta dos pés e sua voz era rouca e profunda quando perguntou:

— Você se importa?

Ela supôs que não, já que puxou a camisa dele e colocou as mãos sobre a barriga lisa e plana. A pele dele estava quente e ligeiramente suada, um brilho tóxico de desejo e testosterona que a penetrava pela ponta dos dedos viajava por seus braços e subia direto para a cabeça. A boca quente e molhada dele sugava seu pescoço e ela revirou e fechou os olhos. Fazia tanto tempo que ela não sentia a pressão do sexo. O impulso febril e a dor carnal. Mas sentia, agora, e tão profundamente que tudo virou um borrão.

Jack encaixou a perna de Daisy na cintura e a protuberância rígida de sua ereção pressionou a virilha dela através das camadas de roupa dele e da calcinha fina dela. Ele agarrou sua outra coxa e a ergueu contra a parede até que as duas pernas dela estivessem em volta do tronco dele. Até que o olhar dele encontrasse o dela e ele pressionasse a pelve contra ela.

— Faz tanto tempo — ela gemeu.

Com a mão livre, ele abriu os ganchos frontais do vestido dela. Ele a encarou e perguntou:

— Quanto tempo?

Com as costas dos dedos, ele tocou o vale entre os seios dela e sentiu o cetim do sutiã. O corpete do vestido se abriu e ele olhou para o sutiã meia-taça. Sem olhar para cima, perguntou de novo:

— Quanto tempo faz, Daisy?

Todas as sensações do corpo dela se irradiavam a partir do ponto onde eles se tocavam. Ela correu os dedos pelo peito nu dele e os enroscou no cabelo curto e escuro de Jack.

— O quê?

— Quanto tempo faz que você não transa?

Ela não queria fazer aquela confissão em voz alta.

— Algum.

Ela espalmou a mão contra o peito dele.

— Quanto tempo é "algum"?

Tarde demais para recuar.

— Dois anos.

Os dedos dele pressionaram-na na carne que se erguia acima do sutiã.

— Nós não podemos ir mais longe do que isso, aqui.

Ela gemeu baixinho e apertou mais as coxas na cintura dele. Os joelhos dele falharam e ele se apoiou na parede lateral do prédio, junto à cabeça dela, para evitar que os dois caíssem. Afastou os pés e aproximou sua ereção com força contra ela.

— Eu não tenho camisinha aqui comigo e nem no carro — ele beijou sua testa. — Vem comigo para casa, Daisy.

Fazia muito tempo que ela não precisava se preocupar com preservativos. No mínimo, desde antes de ela e Steven terem tentado ter outro filho e descoberto que ele não podia. Havia tanto tempo que ela não precisava pensar em gravidez nem em mais nada. Mais de quinze anos desde que ela estivera com outra pessoa além de Steven. Com a última parte racional de seu cérebro, ela pensou que não podia fazer isso. Não com Jack. Não ali. Nem na casa dele. Em lugar nenhum.

— Não posso fazer isso com você — ela disse, antes de cometer o segundo maior erro de sua vida.

Ele a beijou no pescoço.

— Claro que pode.

— Não, Jack — ela baixou até tocar os pés no chão e deixou que as mãos caíssem ao longo do corpo. — Eu não vou transar com você.

Ele deu um passo para trás, para o halo de luz dourada que saía do prédio, e passou os dedos pelos dois lados da cabeça. Fechou os olhos e inspirou profundamente até preencher os pulmões.

— Porra, Daisy — ele disse, com a voz rouca de tesão e raiva. — Você ainda é a mesma provocadora de sempre.

— Eu não vim aqui para te provocar nem para transar com você — o peito nu dele estava próximo demais, e a luz brilhava em sua pele macia. Ela pressionou as mãos contra a parede atrás de si para combater a urgência de esticar os braços e tocá-lo. A urgência de aproximar o rosto de seu peito e lambê-lo como um pirulito. — Eu já disse por que estou aqui.

Ele a encarou, os olhos verdes faiscando de frustração.

— Você ainda acha que podemos conversar?

— Não, agora não.

— Foi o que pensei — ele disse, enquanto limpava a boca manchada com o batom dela.

— Amanhã.

Ele riu, sem humor.

— Daisy, se você aparecer na minha casa amanhã, eu vou te dar o que você está realmente querendo — ele disse, sem nenhuma expressão na voz. — Garantido, sem a menor sombra de dúvida.

Ela franziu o rosto e não precisou perguntar do que ele estava falando. Mas ele respondeu, mesmo assim.

— Eu vou foder você até você desmaiar — ele disse, então se virou e foi embora.

Ela o observou partir, os ombros largos desaparecendo conforme ele andava pela lateral da construção em direção à parte da frente. Poucos segundos depois, a escuridão o engoliu e tudo o que ela conseguia ouvir era o som das botas dele contra o chão e o zumbido dos insetos. Ela sabia que deveria estar ofendida. Enojada. Horrorizada. Aliviada por ter voltado à razão antes que eles fizessem sexo. Sim, ela sabia que deveria sentir isso tudo, e talvez no dia seguinte ela sentisse, de fato. Mas nesta noite... Ela não sentia nada disso. Além da frustração e do desejo pulsando em suas veias, ela estava mais curiosa do que qualquer outra coisa. Era mesmo possível fazer sexo até desmaiar?

Em caso afirmativo, será que Jack sabia disso por experiência própria?

Nove

Naquela noite, Daisy sonhou que sobrevoava Lovett vestindo nada mais que seus pijamas curtos, por cima das árvores e dos postes de luz. O monte Rainier, que fica em Washington, subitamente surgiu no norte plano do Texas, e ela voou por cima dele também. Com os dedos dos pés ela tocou o pico nevado, conforme subia mais e mais. Descontrolada como um balão de hélio, ela ia cada vez mais para cima, e estava apavorada, porque sabia que aquilo só poderia terminar de uma maneira. Ela iria cair. Era inevitável, e iria se machucar terrivelmente.

Quando ela estava prestes a romper a atmosfera terrestre, a gravidade sugou seus pés e a puxou violentamente para baixo. Daisy passou pelo monte Rainier e pela copa das árvores, e sabia que iria morrer.

Antes do impacto, seus olhos se abriram de supetão e ela percebeu duas coisas. Primeiro, que não iria se espatifar; segundo, que estava prendendo a respiração. A luz da manhã se espalhava pela cama e ela deixou escapar um suspiro de alívio. Mas o alívio durou muito pouco, pois logo os fatos da noite anterior voltaram à sua memória.

Droga.

A humilhação que ela não havia sentido na noite anterior despertou-a como um balde de água gelada. Agora, à luz do dia, ela recordava cada doloroso detalhe. A boca molhada e escorregadia de Jack, o contato com o peito nu dele e o toque de suas mãos.

Ela gemeu e cobriu o rosto com um travesseiro. A lembrança de suas pernas em torno da cintura dele era especialmente penosa. Ela não se comportava dessa maneira desde... Desde... Desde que empurrara Jack para dentro de um *closet* no quarto ano do Ensino Médio. Na época, ela era jovem e inocente. Já não era nenhuma dessas duas coisas, agora.

Agora, era uma idiota.

Na noite anterior, ela quisera lamber Jack. Hoje ela precisava lhe contar sobre Nathan. Como poderia olhá-lo nos olhos depois de tê-lo beijado e acariciado? "Ai meu Deus", ela disse, quando se lembrou da confissão de não ter feito sexo nos últimos dois anos. Como poderia encarar Jack depois disso?

Ela não tinha alternativa, eis como.

Daisy atirou o travesseiro para o lado e saiu da cama. Com o mesmo pijama curto que estava vestindo no sonho, ela desceu a escada até a parte inferior da casa. Depois que Jack a deixara encostada à parede do Slim Clem's, ela havia entrado de volta no bar, alegado indigestão e forçado Lily a levá-la de volta para casa. Não vira Jack e, ao menos por isso, agora se sentia agradecida.

Na cozinha, sua mãe estava tomando o café da manhã vestida com uma camisola cor-de-rosa de náilon. Seu cabelo loiro e fofo como algodão-doce estava um pouco achatado em um dos lados.

Na noite anterior, quando Lily a deixara em casa, Pippen dormia profundamente, então acabara passando a noite por lá mesmo. Ele estava no cadeirão perto da avó, comendo papinha e tomando suco em sua canequinha. Usava o chapéu de rabo e pele falsa de animal, vestia um conjunto da Blue's Clue e tinha um floco de cereal grudado na bochecha.

— Bom-dia, mamãe — ela cumprimentou, enquanto se servia de café. — Tudo bem, Pip?

— *Vô vê* desenho.

— Você vai ver desenho depois de tomar o café da manhã — Louella respondeu. Olhou para a filha e falou com o tom de voz que Daisy sabia indicar profundo desapontamento. — Eu soube do que aconteceu. Thelma Morgan me ligou hoje de manhã e contou tudo.

Daisy sentiu o rosto pegando fogo.

— Thelma Morgan me viu?

Onde ela havia se escondido? Atrás da lixeira? Eram apenas oito da manhã e o dia já estava se desenhando da pior maneira.

— Ela parou no Minute Mart para tomar um café e comer um bolinho e viu tudo.

O quê?

— Ah! — Daisy deixou escapar um profundo suspiro de alívio e deu risada. — Isso.

— É. Isso. O que você e Lily estavam pensando? — Louella deu uma mordida na torrada. — Fazer um escândalo daqueles em público? Pelo amor de Deus...

— Nós paramos no Minute Mart para comprar um Dr. Pepper — Daisy explicou, propositalmente deixando de fora a parte em que Lily havia espionado o futuro ex-marido. Ela cruzou a cozinha e se sentou à mesa com a mãe. — Você-sabe-quem — ela fez uma pausa e lançou um olhar para Pippen — e Kelly entraram no estacionamento, e uma coisa levou à outra. Daí você-sabe-quem empurrou a Lily.

Louella apertou os lábios e devolveu a torrada ao prato.

— Vocês deveriam ter chamado a polícia.

Provavelmente.

— Na hora eu não pensei. Só vi quando ele empurrou a Lily e perdi a cabeça. Sem nem piscar, eu enfiei o dedo no olho dele e dei uma joelhada no meio das pernas.

Ela ainda não conseguia acreditar que havia se comportado daquela maneira. Um canto da boca de sua mãe se torceu.

— Machucou?

Daisy negou com a cabeça e soprou o café.

— Acho que não.

— Que pena — ela pôs o prato de lado. — Você viu o Jack?

Ah, sim, ela o tinha visto. Vira seu peito nu e seu abdome plano. Os olhos semicerrados e os lábios úmidos de beijá-la, mas isso não era o que sua mãe desejava saber.

— Ainda não contei sobre o Nathan — ela respondeu, e tomou um gole do café. — Eu vou lá hoje para conversar com ele.

Louella franziu a testa e ergueu uma sobrancelha.

— Você realmente adiou isso até o último minuto possível.

— É, eu sei — ela baixou a cabeça e olhou para o tampo amarelo brilhante da mesa. — Eu costumava ter tanta certeza de ter feito a coisa certa. Costumava acreditar que não contar ao Jack sobre o Nathan e me mudar para Washington tinha sido melhor para todo mundo.

— E foi.

— Não tenho mais tanta certeza — ela pôs o cabelo atrás da orelha e inspirou profundamente. — Antes de voltar para cá, eu estava segura. Tinha certeza de que ir embora com o Nathan tinha sido a melhor escolha, inclusive para o Jack — ela voltou a olhar para cima. — Nós sempre quisemos contar para ele, mamãe. Queríamos dar ao Jack alguns anos para reorganizar a vida, e então contaríamos.

Pippen derrubou a caneca já vazia no chão, e Louella se curvou para pegar.

— Eu sei que vocês planejavam isso — ela colocou a caneca de volta na mesa.

— Só que, quanto mais adiávamos, mais difícil ficava. Meses e anos se passaram e havia sempre uma desculpa para não contarmos naquela hora. Eu estava tentando engravidar do Steven ou o Nathan estava feliz e não queríamos provocar uma ruptura em sua vida. Sempre tinha alguma coisa. Sempre uma desculpa, porque, bem, como você conta a um homem que ele tem um filho que ele nem sabe que existe? — Ela cruzou os braços sobre a mesa. — Agora, não tenho mais certeza de ter feito a coisa certa, tantos anos atrás. Estou começando a achar que nunca deveria ter ido embora sem contar.

— Eu acho que você está com medo e por isso está questionando tudo.

— Pode ser.

— Daisy, você era jovem e estava assustada e tomou a decisão certa para aquele momento.

Ela sempre pensara assim, também. Agora, já não sabia. Só sabia com certeza que havia errado ao esperar tanto tempo. Como corrigir as coisas a esta altura?

— Jack não estava preparado para ser pai — sua mãe insistiu. — Steven estava.

— Você sempre gostou mais do Steven do que do Jack.

Louella ficou em silêncio por um momento, antes de responder:

— Isso não é totalmente verdade. Eu só achava que o Steven era o mais estável. Jack era mais selvagem. Você não pode culpar uma pessoa por sua natureza, mas também não pode confiar nela. Seu pai era impulsivo do mesmo jeito, e olha o que aconteceu com ele. Conosco.

— O papai não morreu e nos abandonou de propósito.

— Não de propósito, mas ainda assim me deixou com duas crianças, um furgão caindo aos pedaços e trezentos dólares — Louella balançou a cabeça. — Em se tratando de cuidar de você e de um bebê, o Steven estava mais preparado.

— Porque a família dele tinha dinheiro.

— Dinheiro é importante — ela ergueu a mão como se esperasse que Daisy fosse rebater o argumento. — Eu sei que o amor também é. Eu amava seu pai. Ele me amava e amava você e sua irmã, mas amor não põe comida na boca de duas crianças. Amor não compra um casaco de inverno nem sapatos para a escola — ela esticou os braços e pegou a mão da filha. — Mas, mesmo que você tenha tomado a decisão errada, lá atrás, não há como mudar, agora. Nathan tem uma vida ótima. O Steven foi um pai maravilhoso. Você fez a melhor coisa para o seu filho.

Ouvir sua mãe fazia tudo parecer muito lógico, mas Daisy não estava mais tão segura de que a decisão devesse ter sido lógica. Ser jovem e estar assustada explicava por que ela não contara nada para ele quinze anos antes. Mas não explicava por que ela não havia contado até agora.

— Veja a Lily — sua mãe falou, com a voz apenas um pouco mais alta do que um sussurro. — A vida dela era um caos antes que você-sabe-quem finalmente fosse embora. Ele fazia dela o que queria. Estava sempre aprontando loucuras. Ela nunca deveria ter se casado com aquele louco, e Pippen é quem está pagando mais caro. Ele não fala tão bem quanto poderia, e não está nem perto de poder aprender a usar o penico. Na verdade, o comportamento dele está regredindo.

Daisy achava que Lily poderia ter feito muito mais para proteger e educar Pippen, mas não disse nada. Ela mesma não tinha sido uma mãe perfeita, e não iria difamar a maternidade da própria irmã.

— Eu vou ligar para o Nathan, lembrá-lo de novo sobre meu horário de chegada amanhã — ela se levantou. — Em seguida, vou ver o Jack.

Se tivesse alternativa, Daisy sem dúvida a usaria. Ele dissera que ela não fosse até sua casa, e dera aquele alerta sobre desmaiar. Agora, quando ela aparecesse, será que ele pensaria que ela havia ido à procura de sexo?

Provavelmente.

Ela levou o café para o quarto e telefonou para Nathan.

— Não vejo a hora de você voltar para casa — ele disse, assim que atendeu. — Não vejo a hora de ficar longe da Michael Ann.

— Ah, ela não é tão má assim.

— Mãe, ela ainda brinca de Barbie. Ontem à noite, ela tentou me obrigar a fazer o Ken.

— Ela não é um pouco crescida para Barbies?

— É! E o Ollie tentou me obrigar a brincar de boneca com ela — ele disse, a voz trincando de indignação adolescente. — Eu odeio aqui.

— Bom, esta é a última noite — ela pousou a caneca no criado-mudo e tirou da gaveta a carta de Steven. — Amanhã eles vão deixar você em casa e eu vou chegar entre três e três e meia.

— Graças a Deus. E, mãe...

— Diz, filhote.

— Promete que nunca mais vai me fazer ficar aqui de novo.

Daisy deu risada.

— Eu prometo, se você prometer cortar esse cabelo.

Houve uma longa pausa e então ele disse:

— Combinado.

Depois de desligar, ela tomou uma chuveirada e pensou sobre a noite anterior. Jack provavelmente já tinha superado a raiva, a esta hora. Mais do que provavelmente, ele tinha encontrado uma mulher disposta a ir com ele para casa. Enquanto Daisy sonhava que estava voando, ele provavelmente estava fazendo sexo selvagem, e se sentindo mais do que aliviado por ela ter interrompido as coisas antes que eles fossem longe demais. Agora que a febre noturna tinha ficado para trás, ele provavelmente nem se lembraria mais da ameaça que havia feito.

Ainda assim, era engraçado: pensar nele com outra mulher aborrecia Daisy mais do que deveria, e mais do que ela gostaria de admitir. A ideia de ele tocar outra pessoa formava em seu estômago um nó que não tinha aparecido na noite em que ela vira Gina na cozinha dele.

Daisy colocou o sutiã preto e a calcinha e tentou entender como seus sentimentos haviam mudado tanto em tão pouco tempo. Ela vestiu uma camiseta básica por cima da cabeça e ponderou que, quanto mais ficava perto de Jack, mais revivia o passado. Na verdade, era inevitável. Ela sempre amara Jack como um amigo, e então se apaixonara por ele. Profunda e completamente, e, a despeito do que dissera na noite anterior, o sexo havia sim sido uma parte significativa do passado de ambos. Estar perto de Jack trazia à tona todos aqueles velhos sentimentos. O antigo desejo, a antiga obsessão e o antigo ciúme.

Ela imaginara que poderia flanar livremente pela cidade, contar a Jack sobre Nathan e não precisar lidar com todo o resto. Imaginara que tudo estava morto e enterrado desde muito tempo antes. Bem, ela tinha se enganado. Os sentimentos não haviam sido enterrados coisa nenhuma. Eles estavam bem ali, esperando por ela, no ponto exato em que ela os havia deixado para trás.

Ela tirou um *short* da gaveta. Se havia algum tipo de consolo em meio àquela grande confusão era que, uma vez que ela tivesse voltado para casa, tudo isso seria passado. Sem mais segredos. Sem mais confusão. Sem mais beijos em Jack Parrish.

"Daisy, se você aparecer na minha casa amanhã, eu vou te dar o que você está realmente querendo", Jack a alertara. "Eu vou foder você até você desmaiar."

Se na noite anterior o aviso dele a intrigara, nesta manhã a fazia hesitar. Ela definitivamente não queria que ele pensasse que ela estava indo à casa dele para "desmaiar". Não. Esta era a última coisa que ela queria que ele pensasse.

Ela enfiou o *short* de volta na gaveta e foi ao quarto da mãe. Vasculhou o guarda-roupas até encontrar um vestido sem mangas, de algodão bem grosso. Estava muito folgado e não tinha zíper nem botões. Ursinho Puff e seu amigo Tigrão estavam bordados na altura do peito. A peça era a antítese da sensualidade: ela parecia uma professora do jardim de infância, e de maneira nenhuma aquele vestido poderia ser confundido com uma roupa que inspirasse um "desmaio".

Ela fez um rabo de cavalo e calçou chinelos pretos de dedo. Não conseguia sair de casa sem maquiagem, contudo, então aplicou uma camada de rímel, um pouco de *blush* e batom cor-de-rosa. Ela se olhou pela última vez no espelho e constatou que estava tão insípida que não poderia atrair nem o interesse, que dirá o desejo, de homem algum no mundo. Especialmente um homem como Jack.

Enfiou a carta de Steven no bolso lateral do vestido e apanhou a chave do carro de sua mãe. Durante todo o percurso até a casa de Jack, precisou lutar contra o impulso de dar meia-volta. Agora, ela não tinha mais que adivinhar ou imaginar como ele se sentiria a respeito de Nathan. Ela o havia visto com as sobrinhas, e sabia.

Ela entrou na rua de Jack e seus dedos se tornaram brancos em torno do volante. Sua mãe provavelmente estava certa, ela fizera o que achara mais acertado, na época. O que todos tinham achado o mais acertado, também. Todos, exceto Jack. Ele teria tido uma opinião diferente, e quando ela encostou o Caddie da mãe atrás da Parrish American Classics, seu estômago dava voltas e ela se sentia enjoada.

O Mustang dele estava estacionado em frente à casa, e ela parou ao lado. Os chinelos batiam contra seus calcanhares enquanto ela avançava pelo jardim e percorria a calçada. A casa ainda era branca, como ela se lembrava de ser durante sua infância. As mesmas janelas verdes. As mesmas rosas amarelas, embora não tão bem-cuidadas quanto já tinham sido. Agora elas cresciam desordenadamente, exceto pelo ponto onde alguém as havia podado, perto do pórtico.

Daisy bateu na porta de tela como havia batido uma semana antes e torceu para que Jack estivesse sozinho desta vez. Para que, se ele tivesse levado uma mulher para casa, ela já tivesse ido embora.

Ninguém respondeu, então ela enfiou a cabeça e chamou. O zumbido do ar-condicionado era o único som no interior escuro. Ela olhou por cima dos ombros para o Mustang de Jack, e percebeu uma luz acesa dentro da garagem. Velhos olmos imensos lançavam sombras rendadas no asfalto, e uma brisa suave soprou em seu rabo de cavalo enquanto ela se dirigiu aos fundos da loja. Tão silenciosamente quanto possível, ela abriu a porta e se esgueirou para dentro. Raios de sol entrando pelas janelas lá no alto, bem acima de sua cabeça, formavam padrões retangulares de luz sobre cinco automóveis clássicos em diferentes estágios de restauração. Alguns tinham seus motores suspensos em gruas, e outro parecia reduzido à estrutura. Ao longo das paredes, e escondidas nas sombras profundas da oficina, havia grandes peças. Equipamentos, estações de trabalho, um baú de ferramentas maior do que ela e prateleiras que pareciam sustentar peças automotivas. Ela andou entre um Corvette dissecado e uma banheira vermelha e branca que parecia esticada até o infinito. As quatro lanternas do clássico veículo pendiam para fora como tubos prateados de batom.

Ela meio que esperava encontrar latas de óleo e de graxa e rebarbas de metal pelo chão. Mas não; a oficina era muito limpa e cheirava a pinho. Era muito mais limpa do que na época em que o pai de Jack era vivo.

Contra todas as expectativas, Jack havia feito algo de si mesmo. Algo melhor do que lhe tinha sido dado. Certamente algo melhor do que qualquer pessoa teria esperado dele, e, apesar de toda a apreensão cercando aquele encontro hoje, ela estava orgulhosa de Jack.

Ela olhou para cima, em direção à porta que levava aos escritórios, e congelou na traseira do grande carro vermelho e branco. Jack estava parado, de braços cruzados, apoiado em uma das portas, observando-a.

— Surpresa — ela disse, e sua voz soou um pouco trêmula, enquanto seu coração falhou em uma batida.

Uma luz fluorescente brilhava da sala atrás dele e fazia sua camiseta parecer incrivelmente branca. Uma careta curvou os lábios dele para baixo, e um cacho do cabelo escuro caiu sobre sua testa.

— Na verdade, não. Esses sapatos que você está usando fazem bastante barulho.

Ela olhou para as unhas dos pés, pintadas de vermelho, e depois de volta para ele.

— Você está aqui se escondendo de mim?

Ele balançou a cabeça lentamente.

— De jeito nenhum.

Jack parecia completamente relaxado, mas a tensão entre os dois era tudo, menos relaxante. O olhar dele nela era quente e intenso, quase tangível, enquanto ele baixava os olhos do rosto dela para o corpete do vestido. Um canto de sua boca se levantou.

— A garagem está bem diferente — ela disse, em meio ao silêncio. — Você devia ter orgulho de si mesmo, Jack.

Ele olhou de volta para o rosto dela e falou:

— Você não veio aqui para me dizer isso.

— Não.

Ele se afastou do batente e avançou na direção dela, o salto das botas fazendo eco conforme ele andava pela trilha iluminada. Ela se apoiou no friso da traseira de um carro para se impedir de se afastar.

— Eu te disse o que aconteceria se você aparecesse aqui hoje — ele disse.

Ela não precisou perguntar do que ele estava falando. Ela sabia muito bem, e seu coração bateu, hesitante, na garganta.

— Eu vim aqui para conversar.

— Então você não deveria ter colocado esta roupa.

Ela olhou para o vestido da mãe.

— Isto?! — E riu, apesar do nó na garganta. — Jack, isto é horrível.

— Exato. Precisa ser removido e queimado — e parou tão perto que o Ursinho Puff e o Tigrão estavam quase encostando na camiseta dele.

Ela olhou por cima do ombro dele para o cartaz de uma mulher seminua esparramada sobre o capô de um Nova Super Sport.

— Nós precisamos conversar agora.

Os dedos dele tocaram o queixo dela, forçando-a a olhar para ele.

— Agora não — o polegar dele roçou a pele dela e ele aproximou o rosto até que seu nariz encostasse no dela. — Mesmo neste vestido ridículo, você me dá tesão.

O estômago dela se contorceu e ela perdeu o fôlego.

— Você é mais linda agora do que antes, e naquela época você já era tão linda que me causava dores — os lábios dele roçaram de leve os dela, e ele beijou o canto de sua boca. — Durante toda a manhã, eu torci e receei ver você entrar por aquela porta — os lábios dele tocaram a bochecha dela. — Você não deveria ter voltado, Daisy Lee. Deveria ter ficado lá onde estava, mas não ficou. Você está aqui e eu não consigo pensar em outra coisa além de entrar em você. Entrar fundo, lá onde você é quente e molhada e quer que eu esteja — a ponta da língua dele encostou no lóbulo da orelha dela, e Daisy deixou cair a bolsa no chão. — Na primeira noite que eu vi você de volta eu disse a mim mesmo que isto não iria acontecer. Mas vai, Daisy.

O calor do hálito dele atingiu a lateral do pescoço dela e de lá se espalhou por todo o seu corpo. O desejo endureceu seus mamilos e criou uma piscina entre suas pernas; ela precisava interrompê-lo imediatamente, ou seria tarde demais.

— Jack, me escuta...

— Era inevitável desde o segundo em que você pôs os pés na cidade, e estou cansado de lutar contra isso — ele a interrompeu, passando o polegar na têmpora dela, como se estivesse tentando acalmá-la ou reconfortá-la. — Diz que você também sente. Que você também quer, tanto quanto eu.

— Quero, mas...

— Nós podemos conversar depois. Depois de fazer sexo.

Ela pousou a mão na camiseta dele. Os músculos de Jack se retesaram e tudo nele pareceu entrar em total imobilidade, exceto o coração, que batia tão depressa quanto o dela. Fazer amor tornaria mais difícil contar a ele sobre Nathan, mas já seria difícil de qualquer jeito. Ela não tomou uma decisão consciente de ceder ao próprio desejo. Simplesmente, o tesão era grande demais para que ela continuasse negando. Fazia dois anos desde que ela estivera com um homem que a desejasse, e ela não tinha força de vontade suficiente para resistir a Jack. Ela não queria resistir a ele. Ele tinha razão, era inevitável.

— Promete que vamos conversar, depois?

— Porra, prometo — ele disse, com a respiração acelerada. Suas mãos agarraram o corpete do vestido dela. — Prometo qualquer coisa, Daisy.

Durante dias, o corpo dela havia reagido ao dele, procurando uma via de escape para o desejo que Jack havia acordado dentro dela. E lá estava. Ali estava ele. Bem na frente dela. Ela deu um passo atrás e o encarou.

— Ontem, depois de ir embora, você ficou com alguém?

— Quase. Mas eu queria você.

Ele arrancou o vestido dela pela cabeça e o atirou no Corvette. Ela nem tentou impedi-lo, e logo sua camiseta se juntou ao vestido. Em meio à luz natural que jorrava das janelas, lá estava ela, de pé, na frente dele, só de sutiã preto, calcinha e chinelo de dedo. Ele não lhe deu tempo para pensar. Colocou-a na ponta dos pés e a suspendeu até o peito. Ela pôs os braços em volta de seu pescoço e pressionou os seios contra ele, enquanto a boca de Jack se aproximava e cobria a dela em um beijo rude.

Incapaz de se controlar, ela mergulhou de cabeça no amortecimento enevoado de desejo e urgência. E foi bom. Talvez bom demais. Os impulsos da língua dele provocavam nela uma resposta igualmente impetuosa. O contato de sua pele nua com a camiseta de algodão e a calça Levi's dele provocou um arrepio em suas costas. Ela entrelaçou os dedos no cabelo dele e se alimentou daqueles beijos quentes e molhados. Ela se pressionava contra ele, tentando ficar ainda mais perto, tentando senti-lo mais. Querendo-o tanto que sua pele doía de desejo. Querendo tudo. De uma vez só.

Fazia tanto tempo. Tempo demais para irem devagar. Um gemido de frustração escapou da garganta de Daisy e ela se desvencilhou e ficou de pé. Sentindo a grande ereção dele contra sua barriga, ela lambeu o pescoço dele e murmurou:

— Você tem um gosto tão bom, Jack. Eu quero te engolir inteiro.

— Ah, Daisy — ele gemeu, enquanto deslizava as mãos por suas costas.

Ele tirou o elástico do cabelo de Daisy, e as longas mechas roçaram por seus ombros nus. Jack pegou dois punhados e aproximou a boca de Daisy da sua. Ela o beijou enquanto uma das mãos dele descia por suas costas e abria o sutiã. Ele o tirou e jogou sobre o carro vermelho e branco. A boca dele desceu até a dela e ele envolveu os seios na concha das mãos. Os mamilos se excitaram ao contato com as palmas dele, e ela deslizou as mãos pelo tórax dele, pela barriga, peito e costas.

Ele pôs as mãos nas costas dela e apertou a parte de trás de suas coxas, então a suspendeu e a colocou sobre a tampa do porta-malas de um carro. Os pés descalços dela se apoiaram no largo para-choque cromado. Ao contato com o metal frio, ela foi arrancada de sua névoa o suficiente para perceber que estava sentada sob a luz do sol, nua exceto pela calcinha. Daisy cobriu os seios com as mãos.

— Que carro é este? — Perguntou, para disfarçar o súbito constrangimento.

— O que temos aqui é um Custom Lancer — ele respondeu. — Combina perfeitamente com o que tenho em mente para você.

Ela passou a língua pelos lábios inchados.

— E o que você tem em mente?

— Nós vamos testar a nova suspensão — ele afastou os joelhos dela e se encaixou entre suas coxas. — Baixe as mãos, docinho.

Quando ela dera à luz, seus seios haviam ficado maiores, e ela nunca perdera o peso extra que se acumulara ali.

— São maiores do que costumavam.

— Eu reparei — ele agarrou os punhos dela. — Quero ver se você ainda tem aquela marquinha que parece uma mordida de amor.

— Tenho.

Ele não a forçou a baixar as mãos, simplesmente disse:

— Mostre.

— Eu tenho estrias.

As pálidas e finas linhas mal eram visíveis agora, mas ainda estavam lá.

— Quero ver você toda, Daisy.

— Eu envelheci, Jack.

— Eu também.

Ela se inclinou e pôs a boca aberta no ombro dele.

— Não. Você só ficou melhor.

Ela beijou a curva do pescoço dele e ele tirou as mãos dela dos seios e as colocou na cintura de sua calça.

— Abre — ele disse, a voz rouca de paixão.

Ele enfiou a mão no bolso de trás e de lá retirou um preservativo, que jogou perto dela.

Daisy puxou o botão de metal até que ele se abriu. Jack não estava usando cueca, e ela lentamente deslizou o zíper para baixo, revelando uma linha de pelos que nascia no umbigo e descia até o púbis. Ele estava acomodado do lado esquerdo. Ela olhou para Jack e enfiou a mão em sua calça, pressionando a palma contra todo o comprimento da ereção, enquanto ele a encarava com um olhar totalmente vidrado de paixão.

— Põe para fora — ele disse, com voz profunda.

Ela agarrou o cós do jeans e baixou até o meio das coxas dele. A ereção se projetou em direção a Daisy, grande e suave como mármore quente, e ela o tomou na mão. A carne rígida queimou sua palma e ela fechou os dedos em torno da longa haste. Ela escorregou para se acomodar melhor no para-choque e beijou a cabeça voluptuosa. Daisy não planejara beijá-lo ali, mas fazia tempo demais, e ela queria tudo. Uma gota de umidade translúcida brotava da fissura e ela a lambeu. Ele cheirava bem e tinha um gosto ainda melhor do que ela se lembrava. Ou, quem sabe, tinha apenas se esquecido.

Ele soltou um profundo gemido de prazer, um gemido nascido no fundo de seu peito, e tirou os cabelos dela do rosto. Ela olhou para cima e o encarou, enquanto o inseria mais profundamente na boca. As narinas dele tremelicaram e ele soltou um longo suspiro.

— Ah, Daisy — ele sussurrou, e jogou a cabeça para trás.

Muitos anos antes, ele a havia ensinado a lhe dar prazer dessa forma. Disso ela não havia se esquecido. Ela correu uma das mãos pela coxa dele acima e apertou a nádega. Na mão livre, aninhou gentilmente os testículos. Com a língua, ela encontrou o local onde ele pulsava, bem abaixo da cabeça do pênis.

Parecia que ela mal havia começado, quando ele a afastou.

— Não quero gozar assim — ele disse, e suavemente a empurrou de volta para cima do porta-malas.

Ele a pressionou para que ela se inclinasse e puxou a calcinha. Em seguida, deu um passo em direção ao espaço entre as pernas dela. O olhar dele percorreu o rosto dela, o pescoço e os seios. Ele se inclinou sobre Daisy e se encaixou entre as suas coxas.

— Você me faz sentir com dezoito anos de novo — ele disse, enquanto apoiava o peso nos antebraços posicionados próximos aos ombros dela. — Como se eu não conseguisse me controlar — ele beijou o mamilo dela e se pressionou contra sua carne sensível e escorregadia. — Como se eu fosse gozar antes de chegarmos à parte boa.

Ela arqueou as costas e gemeu.

— Então vai para a parte boa.

— Daisy.

— *Mmm...*

Ele beijou sua marca de nascença e roçou os lábios pelo bico do seio dela.

— Seus seios são tão lindos quanto sempre foram.

Ela poderia ter rido ou discordado ou qualquer coisa assim, caso ele não tivesse aberto a boca e sugado o mamilo dela gulosamente. Em vez disso, ela entrelaçou os dedos pelo cabelo dele. Daisy fechou os olhos e deixou que as ondas de sensação varressem seu corpo até ficar com medo de que ela gozasse antes de chegarem à parte boa.

— Daisy, abre os olhos e olha para mim.

Ela fez o que ele pedia. Ele a observava com olhos intensos e olhar febril. Ele pegou a camisinha e rasgou a embalagem.

— Quero ver seu rosto quando estiver dentro de você.

Ele posicionou o preservativo lubrificado na cabeça do pênis e o desenrolou até os pelos púbicos, então pôs as mãos sob o traseiro nu dela e a puxou para a extremidade do porta-malas, dizendo:

— E quero que você me veja.

Ela olhou para aqueles olhos verdes que lhe eram tão familiares.

— Estou vendo — ela disse, quando ele agarrou suas coxas.

Ele arremeteu contra ela em uma única e suave investida, penetrando-a até o colo do útero. Ele apertou suas coxas com mais força e as costas dela se curvaram. Ela gritou de dor e de prazer sem saber qual dos dois era mais forte.

— Porra — ele exclamou entre os dentes cerrados, e tomou o rosto dela nas mãos. — Desculpa, Daisy — ele deu beijos delicados na bochecha e no nariz dela e murmurou: — Sinto muito. Perdão. Vou fazer de um jeito gostoso, prometo.

Jack saiu dela e voltou a entrar, desta vez com mais cuidado, fazendo-a lembrar-se de como era bom em cumprir as promessas que fazia. Devagar, ele deu a ela um prazer inacreditável, com estocadas comedidas e suaves.

Ele a olhava direto nos olhos enquanto se mexia dentro dela.

— Assim está melhor?

— *Mmm*... Está.

— Então diz.

— Tão bom, Jack — ela se sentia sem peso e se agarrava aos ombros dele. — Não para. Faz o que quiser, mas não para.

— Não vou parar.

Ele suspendeu o quadril dela sem perder o ritmo das próprias investidas. O calor inundou a pele dela, irradiando-se a partir do ponto em que ambos estavam em contato, e ela enfiou os dedos profundamente na pele dele. O ritmo lento de Jack estava levando Daisy à loucura.

— Mais. Me dá mais, Jack.

Ele a beijou na testa e sua respiração roçou a têmpora dela. Ele mergulhou mais rápido. Com mais força. Para dentro e para fora. Construindo. Montando-a até o clímax.

— Daisy Lee.

O nome dela nos lábios dele soava quase como uma pergunta, enquanto ele se impulsionava mais e mais. Ela não pensava em nada, além do prazer que ia se avolumando, até que abriu a boca para gritar. Mas o som morreu em sua garganta, conforme uma onda de doce êxtase percorria seu corpo. Os músculos dela pulsaram e se contraíram, apertando-o com força.

Mais e mais ele metia nela, o hálito quente contra sua têmpora, até que ele finalmente entrou com tanta força que a empurrou pelo porta-malas acima. Ele xingou e agradeceu a ela e a Deus em uma única e incoerente frase. Ele a pressionou contra o peito como se quisesse absorvê-la e deu uma última estocada, fazendo um ruído gutural profundo, um som intermediário entre um gemido e um longo *ahhh*.

Daisy viu pontos flutuando por dentro de suas pálpebras fechadas, e seu ouvido começou a zunir. Ela ia desmaiar. Bem ali, em cima do Custom Lancer. Ia acontecer. Exatamente como ele dissera que iria, e ela não lhe dera ouvidos.

Ela não desmaiou, porém. Não concretamente. Mas sentia a cabeça tão leve que tinha medo de se mexer. Ela não fazia sexo já havia algum tempo, mas não se lembrava de ser tão bom. Porque tinha sido. Claro que tinha sido. Nos pontos em que ele estava encostado nela, a pele de Daisy ainda pinicava. Ela havia se esquecido desta parte. Ou, talvez, isso nunca tivesse acontecido antes.

Ele permaneceu profundamente enfronhado em seu corpo, o peito apertado contra o dela, e a testa repousada sobre o carro, perto da orelha direita de Daisy. Ela sentia o coração dele batendo contra seu seio.

Ela abriu os olhos e olhou para a abertura de ventilação, acima. Jack Parrish acabara de levá-la a um lugar onde ela jamais estivera antes. Proporcionara-lhe um orgasmo devastador que curvara os dedos de seus pés e chegara ao limite de fazê-la desmaiar. Ela não sabia o que pensar disso. Na verdade, mal conseguia pensar no que quer que fosse. Estava chapada demais.

Ele se ergueu nos antebraços e a olhou profundamente. Um lento sorriso de satisfação curvou seus lábios em um sorriso.

— Uau. Você é ainda melhor agora do que era aos dezoito.

Daisy olhou para os lindos olhos verdes dele e se sentiu viva de novo. Como se houvesse estado morta por dentro durante um longo período, sem perceber, até aquele momento. Como se estivesse saindo para a luz do sol depois de ficar presa na escuridão. Uma emoção crua varreu seu corpo e então ela fez a pior coisa que poderia fazer.

Caiu no choro.

Dez

Ninguém jamais havia chorado sob Jack antes. Ao menos não depois do sexo. Que diabos, Daisy não chorara nem mesmo na noite em que ele tirara sua virgindade.

Ele atirou a camiseta no aparador da cozinha e olhou para Daisy, que estava de frente para ele, no canto oposto, com os braços cruzados sob os seios e olhando para os próprios pés. Ele se lembrou da primeira noite em que a viu, desde que ela voltara. Na ocasião, ela estava vestindo uma capa de chuva amarela. Agora, estava com aquele vestido ridículo do Ursinho Puff, o mesmo no qual, pouco antes, ele a ajudara a se enfiar.

Ela o havia intrigado, disso não restava dúvida. Em um momento ela estava se divertindo, gemendo, arranhando Jack e dizendo que queria mais. No seguinte, explodia em lágrimas. Que diabos tinha acontecido?

Ele pedira licença para se livrar do preservativo no banheiro de empregados e, ao voltar, encontrara-a lutando com o vestido para enfiá-lo pela cabeça. Ele estava razoavelmente convencido de que, se ela tivesse conseguido se vestir depressa, a esta altura estaria bem longe dali. O que provavelmente teria sido uma coisa boa.

Daisy tinha estado tão atrapalhada que ele a ajudara a se vestir, quando o que havia desejado, de fato, era atirar aquela peça ridícula no lixo. Jack colocara a bolsa no ombro dela e, em vez de despachá-la para casa, como teria feito com qualquer mulher histérica que tivesse chorado nele, ele a trouxera para dentro de casa. O porquê, ele não sabia. Exceto, talvez, por ter dito a ela que eles conversariam depois de fazer sexo.

Sim, tinha sido por isso mesmo, mas agora suas ideias eram claras, e ele estava bastante seguro de não querer ouvir nada do que ela tivesse para dizer. A menos que fosse algo relacionado a ficar nua e montar nele.

Jack imaginara que, uma vez que eles fizessem sexo, o desejo por ela passaria. Ele superaria isso. Bem, ele se enganara, e isso o aborrecia, porque não queria nem imaginar o que poderia significar. Ele não queria sentir absolutamente nada por ela agora. Nem mesmo atração.

Ele foi até a geladeira e tirou uma garrafa de leite. Antes que seu pensamento viajasse ainda mais em direção ao quarto, ele parou e lembrou a si mesmo de que ela estava triste, chorosa, e que era Daisy Monroe: três razões muito boas para que ele se mantivesse na ponta oposta da cozinha e controlasse as mãos.

— Antes que eu me desculpe — ele disse, fechando a porta da geladeira com o pé —, preciso saber por que estou me desculpando.

Ela olhou para ele. Tinha uns borrões pretos sob os olhos vermelhos e seu rosto estava todo manchado.

— Você não fez nada, Jack.

Ele também achava que não, mas, com as mulheres, nunca se sabe. Se não há nada errado, elas simplesmente inventam um problema.

— Você quer tomar alguma coisa?

Ela sacudiu a cabeça e ele levou a garrafa à boca, observando Daisy por cima do fundo da embalagem. Ele baixou o leite e lambeu o lábio superior. Talvez tivesse sido muito bruto. Tinha se esquecido de que ela não fazia sexo havia algum tempo.

— Eu machuquei você?

Ela secou as bochechas com os dedos.

— Não.

Ele pousou o leite no aparador e abriu um armário. Encheu um copo com gelo e água e atravessou a cozinha para entregá-lo a ela. Os dedos dele roçaram os dela e ele perguntou:

— Por que você está chorando, Daisy?

— Não sei.

— Eu acho que você sabe — ela estava com uma aparência horrível. Era meio assustador, mas, por algum motivo, a única coisa que realmente o estava assustando era a intensidade do desejo que ainda sentia por ela. — Conta para mim, Daisy.

Ela tomou um grande gole de água e pressionou o copo gelado contra a bochecha.

— É meio constrangedor — como que para demonstrar a veracidade do que ela dizia, seu rosto ficou todo corado, a pele vermelha meio que unindo os pontos da maquiagem borrada.

— Por que você não me conta, mesmo assim?

Em vez de colocar alguma distância entre o corpo dela e o seu, como deveria, ele se encostou ao balcão perto dela e cruzou os braços sobre o peito nu.

Ela olhou para ele e pelo canto dos olhos viu um pote de biscoitos Elmo na prateleira.

— Elmo?

— As filhas do Billy me deram de presente no último Natal, junto com um saco de Oreos. Não muda de assunto.

O olhar dela continuou fixo no brilhante pote alaranjado e ela inspirou profundamente.

— Eu só tinha esquecido o sexo por um tempo — ela deu de ombros. — E você me lembrou.

— E é só isso? — Tinha de haver mais.

— Bem, e foi um sexo bom.

— Daisy, foi mais do que bom.

Eles haviam se atirado ao sexo como duas pessoas famintas em uma boca-livre. Mãos, bocas e uma fome insaciável. Correndo em busca da satisfação. Ela havia gozado com mais intensidade do que qualquer outra com quem Jack já tivesse estado, extraindo dele um orgasmo que ele sentira até a sola dos pés.

Era bom que ela estivesse partindo no dia seguinte. Porque ele poderia dizer a si mesmo que não iria atrás dela de novo, mas provavelmente estaria mentindo.

— Dizer que foi bom é como afirmar que o rio Grande é só um curso d'água. É uma diminuição violenta.

Ele colocou os dedos sob o queixo dela e gentilmente forçou-a a olhar para ele. Sobre os brilhantes olhos castanhos, os cílios dela estavam grudados. Ele roçou a pele suave dela e deixou cair a mão.

— Por que fazia tanto tempo que você não transava?

Se é que era possível, ela corou ainda mais.

— Isso não é absolutamente da sua conta.

— Fazia dois anos que você não transava, mas transou comigo. Eu acho que isso torna o assunto completamente da minha conta.

Ela franziu o rosto e pousou o copo no balcão. Quando ele já estava achando que ela não iria responder, ela disse:

— No último ano e meio de vida, o Steven não conseguia.

Isso o surpreendeu.

— E você não procurou em outro lugar?

— Claro que não. Que pergunta horrível.

Jack não achou que estivesse perguntando nenhum absurdo. Quinze anos antes, ela transava com ele, mas havia se casado com Steven.

— Algumas mulheres poderiam ter procurado.

— Mas eu não. Sempre fui fiel ao Steven.

— Ele faleceu há sete meses.

— Quase oito, agora.

— Oito meses é muito tempo para ficar sem sexo.

O olhar dela percorreu a boca dele, desceu pelo pescoço e parou no peito.

— Talvez, para algumas pessoas.

— Não, para a maioria das pessoas.

Ela desviou o olhar.

— É como o velho ditado, "se não usa, enferruja". É verdade.

— Você obviamente não estava nem um pouco enferrujada.

Ela pegou o copo e ele a observou andar até a pia. Através da janela ela olhou para fora, em direção ao jardim, e tomou um grande gole. Ela pousou o copo e se agarrou à borda do aparador.

— Fiquei enferrujada sim, por um tempo. Quando se vive com alguém que está morrendo, sexo não é uma prioridade. Pode acreditar. Sua vida se consome entre consultas médicas e novos tratamentos, na tentativa de descobrir o remédio certo para combater os derrames, evitar as convulsões e aliviar a dor.

Ele se virou para observar o perfil dela. Ele não queria saber nada disso, não queria sentir pena de Steven, mas não conseguiu evitar de perguntar:

— O Steven estava sofrendo?

Ela deu de ombros.

— Ele nunca gostou de admitir, mas acho que sim. Quando eu perguntava, ele pegava minha mão e dizia que eu não deveria me preocupar com ele — Daisy riu, sem um traço de alegria. — Eu fazia de conta que não me preocupava e ele fazia de conta que estava tudo bem. Mas ele era melhor nisso do que eu.

— Quanto a fazer de conta, o Steven sempre foi muito melhor do que você e eu juntos — durante anos, ele e Steven haviam fingido que Daisy era apenas uma amiga. Uma menina que era um dos caras. Steven tinha sido tão melhor nisso do que Jack.

Ela assentiu.

— Ele fingiu até o último dia. Na noite da morte, ele entrou em coma, em casa — ela olhou para Jack por cima dos ombros. — O Nathan e eu vimos quando ele deu o último suspiro. Ver uma coisa dessas muda uma pessoa para sempre. Você percebe com muita clareza as coisas que realmente importam — ela engoliu com dificuldade. — As coisas que você precisa fazer direito.

Ele permaneceu imóvel e calado enquanto seu estômago se retorcia em um nó. As palavras de Daisy o afetaram mais do que ele poderia ter imaginado. Jack não havia visto o pai nem a mãe quando eles morreram, e sentia-se grato por isso. Ela já tinha lembranças sombrias em quantidade suficiente.

— Você sabia que caixões têm molas?

— É — ele e Billy tinham precisado escolher dois caixões. Na época, ele não tivera dinheiro para várias coisas. Seus pais haviam sido enterrados sem molas e sem travesseiros de cetim. — Eu sabia.

— Ah, claro. É mesmo — ela olhou de novo pela janela afora. — Eu me lembro do enterro dos seus pais. Vocês eram tão jovens para que uma coisa tão horrível acontecesse com vocês. Na época eu realmente não me dei conta do quanto. Mas agora percebo.

Jack avançou até ficar atrás dela e levantou as mãos para agarrar-lhe o braço. Mas, antes de tocá-la, pensou melhor e deixou-as cair ao longo do corpo.

Daisy tirou um envelope do bolso do horrível vestido e o pousou perto da pia.

— Esta é a carta do Steven. A que eu mencionei antes.

Ele não queria mesmo ler aquela carta, e sabia que isso fazia dele o pior tipo de sacana do mundo. Não tinha o menor desejo de ser relembrado do buraco negro de seu passado.

— O Steven e eu nunca quisemos magoar você, Jack. Nós éramos tão bons amigos, e as coisas entre nós jamais deveriam ter terminado do jeito que terminaram. Nós éramos tão jovens e tão bobos. A noite em que viemos até sua casa foi uma das piores da minha vida — ela fez uma breve pausa antes de acrescentar, quase em um murmúrio: — Naquela noite você estava usando uma camiseta branca também.

Sim, eles haviam estado sob o luar. Jack havia implorado para que Daisy não o deixasse. Havia esmurrado seu melhor amigo, e agora o melhor amigo estava morto. Algo havia morrido em Jack também. Por alguma razão, ouvir isso nesta manhã tornava tudo mais real do que tinha sido ao longo dos anos. O relato trazia tudo de volta à vida. Fazia certos lugares de sua alma queimarem.

— Para, Daisy — ele agarrou os braços dela abaixo da manga da camiseta. — Não diz mais nada.

— Eu preciso, Jack — ela olhou para o rosto dele. — Quando você falou que nós precisávamos dar um tempo, eu fiquei tão assustada. Não sabia o que fazer. Você precisa entender que eu estava assustada e...

Ele elevou o queixo de Daisy e baixou a boca até a dela, silenciando-a com um beijo rude. Ele a puxou contra o peito nu e envolveu os braços em sua cintura. Ele não queria ouvir nada, só queria sentir. Sentir Daisy pressionada de alto a baixo contra si. Nua. Ele queria mais daquele sexo que amortecia seus pensamentos, mais e mais, até expulsá-la de seu pensamento. De sua vida.

Primeiro ela ficou rígida em seu abraço e com a boca apertada, mas, quando ele suavizou o beijo, ela entreabriu os lábios. Um convite silencioso para que ele tomasse o que queria.

O telefone tocou e ele deixou que tocasse. Tocou enquanto a língua dele entrava na boca de Daisy, e o sabor dela era o mesmo que tinha antes, no porta-malas do Custom Lancer. Quente e doce. Daisy tinha sabor de coisas há muito esquecidas. De pele macia e de urgência e de tesão e do amor que anos antes destruíra seu coração.

Ele afastou essas lembranças e levou uma mão até o seio direito dela. O telefone continuou a tocar quando ele pôs a mão em concha entre as pernas dela, por cima do tecido grosso do vestido.

— Daisy — ele disse na lateral da cabeça dela, inalando profundamente o perfume de seus cabelos. — Vem comigo para a cama e me deixa te relembrar de novo sobre sexo.

O telefone parou, mas logo voltou a tocar insistentemente. Daisy deslizou para fora do abraço e se afastou pela cozinha.

— Isto pode ser importante — ela disse.

Ele fazia uma boa ideia de quem era. Buddy Calhoun deveria passar lá para retirar um Corvair Monza da loja e levar para a própria oficina em Lubbock. Buddy era o melhor parceiro em todo o Texas e um dos poucos restauradores em quem Jack confiava para tirar um carro de sua garagem, mas o senso de oportunidade dele era uma droga. Em vez de ir atrás de Daisy, ele foi até o telefone, os saltos das botas batendo com raiva contra o velho piso de linóleo.

— É bom que seja importante — ele falou, ao atender.

— Alô — disse uma voz feminina. — Aqui é Louella Brooks. A Daisy está aí?

— Ah, oi, senhora Brooks. Sim, ela está aqui.

Daisy atravessou a cozinha e pegou o telefone.

— Alô? — Ela olhou para ele e franziu o rosto. — O quê? O que aconteceu? Ela está bem? — As sobrancelhas dela subiram até quase a raiz do cabelo. — Que bom. Onde está o Pippen? — Daisy cobriu um dos lados do rosto com a mão. — Graças a Deus — houve uma pausa e ela acrescentou: — Pode deixar. Estou a caminho.

Ela desligou o telefone e se virou para Jack, que perguntou:

— Qual o problema?

— A minha irmã está oficialmente louca, eis o que aconteceu — ela disse, adiantando-se até o aparador e pegando a bolsa.

Ele ignorou a dor latejante entre as pernas, alcançou e vestiu a camiseta.

— A Lily está bem?

— Não, está doida. O que ela e a minha mãe faziam antes que eu viesse visitar? — Ela perguntou, distraída, enquanto enfiava a mão na bolsa e pegava a chave. — Vagavam por aí agindo de modo estranho e delirante? O que elas vão fazer quando eu voltar para casa? — Ela saiu da cozinha e atravessou a sala. — Francamente, sou mais controlada do que qualquer uma dessas duas. Agora, quão assustador é isso?

Ele não respondeu, porque calculou que era uma pergunta retórica e não queria aborrecê-la ainda mais.

Através da porta de tela, ele a viu pular no carro da mãe e ir embora. Um vislumbre das lanternas do Caddy e o gemido das rodas quando ela dobrou a esquina eram as últimas coisas que ele desejava ver e ouvir de Daisy Monroe.

Jack voltou para a cozinha cruzando a casa vazia. Ele devolveu o leite à geladeira e seu olhar pousou no envelope branco que ela deixara para trás. A carta de Steven. Ele o apanhou e o girou nas mãos. Seu nome estava escrito na frente em tinta azul-escura, todo em letras maiúsculas.

Ele abriu a porta de um armário e enfiou o envelope entre duas canecas de café. Ele leria a carta, um dia. Mas não agora. Não quando a lembrança de Daisy, nua na traseira do Custom Lancer, ainda estava tão fresca em sua memória. Não quando o gosto da esposa de Steven ainda estava em sua boca.

Desde que ela voltara ele vinha se perguntando se estar com Daisy seria tão bom quanto ele se lembrava. A resposta era que agora era ainda melhor. Melhor de um jeito que ele nem tentou definir. Ele apenas sabia que estar com ela era diferente. Era mais do que simplesmente sexo. Mais do que o prazer que ele geralmente encontrava ao estar com uma mulher. Mais do que uma rapidinha no banco de trás de algum carro.

Não era amor. Ele sabia com toda a certeza que não estava apaixonado por Daisy Lee. Ele podia falar arrastado, mas não era idiota. E amar Daisy seria idiotice. Ele não sabia por que estar com ela era diferente, mas também não queria saber. Não era o tipo de cara que disseca a própria vida em busca de significados ocultos. Não. Ele era o tipo de cara que enterra as coisas bem lá no fundo, até que elas sumam por si mesmas. Ele sabia com toda a certeza que o sexo com ela tinha sido o melhor que ele tivera em muito tempo, e era ótimo que ela estivesse de partida, de modo que ele pudesse voltar à própria vida. A vida anterior à vinda dela para a cidade e à escavação de coisas que era melhor deixar enterradas no esquecimento.

Ela havia partido, agora, e não havia nenhuma razão para que ele voltasse a pensar nela.

Nenhuma razão mesmo.

* * *

Um caminhão preto e branco com rebocador parou na casa de Ronnie no momento em que Daisy e Louella passavam por ali a caminho do hospital. O hospital ficava a apenas algumas quadras distante de Locust Grove, e elas precisavam ver a destruição pessoalmente.

A pequena casa de Ronnie era de estuque bege e na porta da frente alguém havia pendurado o crânio de uma cabeça de gado. O jardim dele se resumia a umas ervas daninhas amarronzadas, e o conjunto teria uma aparência bastante monótona, se não fosse pelo Ford Taurus vermelho de Lily enfiado até a metade na sala da frente.

— O Ronnie estava em casa? — Daisy perguntou, diminuindo a velocidade do Caddy e em seguida acelerando forte, calculando que os vários policiais por ali estavam tão ocupados olhando para o Taurus de Lily que não notariam um motorista apressadinho.

— Acho que não, mas não teremos certeza até chegar ao hospital.

Daisy odiava hospitais. Não importava a cidade ou o estado, eles eram todos parecidos e tinham o mesmo cheiro. Eram estéreis e frios. Ela passara suficiente tempo neles, com Steven, para saber que havia farta distribuição de remédios e conselhos, mas raramente de notícias positivas.

Ela e a mãe cruzaram a pequena porta da área de emergência e em poucos momentos foram levadas até Lily. Pippen tinha ficado em casa com a vizinha de Louella, e era bom que não tivesse vindo junto. No instante em que a enfermeira afastou a cortina listrada verde e azul que separava as camas, Louella explodiu em lágrimas.

— Calma, mamãe — Daisy disse, de repente se sentindo como a única pessoa lúcida de uma família que havia perdido o juízo coletivamente. Ela apertou com força a mão da mãe. — A Lily vai ficar bem.

Mas Lily não parecia nada bem. O lado esquerdo do rosto estava inchado e havia um corte profundo em sua testa. Havia sangue coagulado em seu cabelo e nos cantos dos olhos fechados. Algum tipo de curativo imobilizava seu braço esquerdo, que estava grosso e muito branco, exceto nos pontos por onde o sangue tinha escorrido. Havia uma sonda intravenosa no antebraço direito, que não estava engessado, e a roupa tinha sido rasgada. Um jovem médico de uniforme verde levantou o lençol e auscultou o coração e os pulmões de Lily. Ele olhou para Daisy e Louella através dos óculos.

Louella se adiantou até a cabeceira da cama e Daisy foi com ela.

— Lily Belle. Mamãe está aqui. E a Daisy também.

Lily não respondeu e Daisy tocou a lateral não inchada do rosto da irmã. Ela estava tão pálida, que, se não fosse pelo movimento respiratório do peito, Daisy pensaria que ela estava morta. Era demais para um dia já emocionalmente tão cheio e, como se um interruptor interno tivesse sido desligado, Daisy entrou em piloto automático, e se sentiu entorpecer por dentro.

— Qual é a situação dela? — Louella perguntou.

— Tudo o que sabemos até o momento — respondeu o jovem doutor — é que ela tem lacerações no braço esquerdo e na testa e que o tornozelo está fraturado. Não saberemos mais nada até que chegue o resultado da tomografia.

— Por que ela não está acordada?

— Ela sofreu um impacto considerável na cabeça. Não acredito que o crânio esteja fraturado, e as pupilas responderam aos testes. Saberemos mais assim que olharmos as radiografias.

— Houve mais alguém ferido no acidente? — Daisy perguntou, rezando para que Lily não tivesse atingido Ronnie e Kelly.

— Ela foi a única trazida do local.

O que não dava a menor pista de nada. Ronnie e Kelly poderiam ter sido tratados no local ou, que Deus não permitisse, morrido. Ela não vira Ronnie, mas tampouco estivera procurando por ele.

Elas só puderam ficar com Lily por breves instantes antes que sua maca fosse levada embora. Disseram-lhes que um médico viria conversar com elas dali a pouco, mas Daisy sabia que "dali a pouco" podia significar horas.

Ela e a mãe foram encaminhadas a uma sala de espera que se parecia com todas as salas de espera em que Daisy já estivera. Ela pensou que todos os hospitais deviam escolher as cores a partir da mesma paleta. Azuis, verdes e traços de marrom.

Elas se sentaram juntas em um pequeno sofá azul, e na mesinha perto de Daisy havia uma samambaia artificial, uma revista *Newsweek*, uma *Seleções* e um exemplar da bíblia. Ela lera muitas e muitas *Seleções* nos últimos dois anos e meio, e nem mesmo tinha uma assinatura.

Um homem e uma mulher estavam junto à porta conversando aos cochichos, como se elevar o tom de voz pudesse descontrolá-los até gritarem. Daisy sabia como eles se sentiam. Já estivera nessa situação tantas vezes. Encontrando distrações para não começar a berrar e perder o controle, concentrando-se em coisas boas e até na própria respiração, de modo a conseguir fingir que o marido não estava morrendo. E, agora, que sua irmã não estava numa maca com sangue emplastrado em seu lindo cabelo loiro.

Ela apanhou a *Seleções* e folheou até a página das "Piadas de Caserna".

— Ela estava tão branca — Louella disse, com voz trêmula. — E tinha tanto sangue no cabelo.

— O couro cabeludo sangra muito, mamãe.

Daisy soava tão controlada. Como se não estivesse tremendo por dentro, lá no lugar onde havia enterrado tudo. Bem lá no fundo, onde conseguia manter as coisas sob controle. Ela se tornara muito boa em sufocar as emoções e mergulhar em torpor. Nunca permitindo que as coisas chegassem perto demais da superfície, porque, se ela deixasse isso acontecer, certamente perderia o controle. Como ocorrera, hoje mesmo, com Jack.

— Como você sabe?

— Steven — ela respondeu, e se concentrou ainda mais na revista.

Ela não queria pensar em Jack agora. Sabia que teria de lidar com ele e com as consequências do que havia feito, mas não hoje. Por enquanto, esse problema ocupava a posição número dois de sua lista de afazeres. Lily e as possíveis acusações de homicídio estavam na primeira colocação. Ela se perguntou quanto um psiquiatra realmente bom poderia custar atualmente.

— Por que ninguém nos diz nada?

— Porque eles ainda não sabem nada.

Um policial entrou na sala e perguntou se elas eram parentes de Lily. Ele tinha um corte de cabelo militar, usava um uniforme azul e era muito forte. Ele se identificou como oficial Neal Flegel.

— Eu me formei no Ensino Médio com Lily e Ronnie — ele disse.

— Você é o irmão mais novo do Matt — Daisy apertou a mão dele. — Eu fiz aula de dança com o Matt no nosso segundo ano. Ele ainda mora em Lovett? — Ela perguntou, porque, afinal, aqui era o Texas, e os bons modos vinham antes das emergências.

— Ele acabou de voltar de San Antone. Vou dizer que você perguntou por ele — o oficial pegou sua caderneta de anotações e começou a tratar do assunto principal. — Eu odiei ter visto a Lily naquele carro.

Ele contou que o Taurus havia entrado um metro e meio na sala de estar de Ronnie. Enquanto Daisy pensava em como perguntar de uma maneira discreta se Lily havia matado Ronnie, Neal Flegel perguntou:

— Alguma de vocês tem algum motivo para pensar que ela pode ter feito isso de propósito?

Aquele tinha sido o primeiro e único pensamento de Daisy.

— Não — ela sacudiu a cabeça e tentou parecer perplexa diante de tal sugestão. — Deve ter sido um acidente.

— O pé dela deve ter escorregado — Louella acrescentou, e Daisy se perguntou se a mãe acreditaria naquilo mais do que ela própria. — Além disso — Louella completou, como se aquele pensamento tivesse acabado de lhe ocorrer —, ela voltou a sofrer daquelas enxaquecas que causam pontos de cegueira.

— Nós conversamos com Ronnie e ele nos disse que os dois vêm brigando muito, ultimamente.

— Você falou com o Ronnie hoje? — Daisy quase riu de alívio. — Depois do acidente?

— Nós o contatamos na casa da namorada.

— Então ele nem estava em casa?

— Não havia ninguém na casa, na hora.

— Graças a Deus — Daisy suspirou.

A irmã não iria para a cadeira elétrica por assassinato. Este era o Texas. Se você fosse cometer um assassinato, não seria bom escolher este estado. Por outro lado, um júri popular repleto de mulheres texanas certamente tendia a simpatizar com uma esposa traída.

— Ela já demonstrou tendências suicidas?

Isto jogou Daisy e a mãe em um momento de silêncio. Lily estava deprimida e furiosa, mas Daisy não achava que ela quisesse se matar. Apenas Ronnie.

— Não — Louella respondeu. — Ela acabou de conseguir um emprego de atendente no balcão de doces da Albertsons. As coisas estão caminhando para ela.

— Eu estive com ela ontem à noite e ela estava bem — Daisy disse ao policial.

E era verdade. Lily tinha estado bem na noite anterior. Daisy só precisara ouvir *Earl had to die* duas vezes. Uma a caminho do Slim Clem's e outra na volta para casa.

Neal fez ainda umas poucas perguntas e, quando foi embora, Daisy perguntou à mãe:

— Você acha que ela tentou se matar?

— Claro que não — Louella respondeu, fazendo uma careta.

— Acha que ela tentou matar o Ronnie?

— Daisy Lee, o pé da sua irmã escorregou e ponto — e foi o fim da conversa.

Só que não. Não para Daisy. Com Lily no hospital e possivelmente acusada de homicida, não havia a menor possibilidade de ela voltar para casa agora. Nathan não ficaria nem um pouco feliz.

Ela pediu licença e encontrou uma bancada de telefones públicos perto das máquinas de Coca e de doces. Ela usou seu cartão telefônico e, quando Nathan atendeu, tentou soar entusiasmada. O porquê, ela não saberia dizer, a não ser que era assim que supostamente ela deveria agir.

— Ei, Nathan.

— Oi, mãe.

Ela hesitou por uma fração de segundo e então foi direto ao ponto.

— Tenho notícias que você não vai gostar de saber.

Houve uma longa pausa.

— O que foi?

— Sua tia Lily sofreu um acidente grave hoje de manhã. Ela está no hospital. Eu não vou para casa amanhã.

Ele não perguntou pela tia. Ele tinha quinze anos e estava preocupado com os próprios assuntos.

— Você não pode fazer isso comigo.

— Nathan, a Lily está muito ferida.

— Bom, eu sinto muito, mas você prometeu!

— Nathan, eu não sabia que a Lily ia enfiar o carro na sala de estar do Ronnie.

— Mas eu cortei o cabelo. Não, mãe. Não, de jeito nenhum. Eu não vou ficar aqui. Ontem à noite eles tentaram me obrigar a comer almôndegas.

Eles provavelmente não tinham tentado forçá-lo a nada, mas Nathan detestava almôndegas e preferia ver a coisa toda como uma conspiração. Mais uma razão para que Nathan não quisesse ficar com eles. Daisy suspirou e se encaixou entre o telefone e a máquina de refrigerante.

— Eu não sei o que fazer, Nate. Eu realmente não posso largar sua avó e sua tia agora. Não é como se eu estivesse aqui na farra enquanto você está aí preso no inferno.

— Eu quero ir para aí, então.

— O quê?

— Mãe, eu odeio aqui. Prefiro estar aí com você.

Ela pensou em Jack.

— Você não pode fazer isso comigo — através dos ruídos da chamada, ela ouvia a voz de Nathan revelando a emoção que ele tentava arduamente disfarçar. — Mãe, por favor.

Quais eram as chances de ele trombar com Jack antes que ela conseguisse falar com ele? Perto de zero. Ele provavelmente ficaria na casa da avó vendo televisão. E mesmo que os dois acidentalmente se encontrassem, e daí? Eles não se pareciam nem um pouco. Nenhum dos dois saberia quem o outro era. Nathan jamais fazia perguntas sobre Jack, e ela duvidava até de que ele soubesse o sobrenome de Jack.

— Se é isso que você realmente quer, vou dar uns telefonemas e arranjar um voo para você.

O suspiro de alívio dele se sobrepôs à estática da ligação.

— Eu te amo, mãe.

— Engraçado que você só se lembre de dizer isso quando as coisas saem do seu jeito — ela sorriu. — Põe sua tia Junie no telefone.

Depois de conversar com a irmã de Steven e desligar, Daisy fez uns telefonemas e conseguiu um voo saindo de Seattle no dia seguinte. Partia às seis da manhã, fazia uma escala de três horas e quarenta em Dallas, e não chegava a Amarillo até quase cinco da tarde. Ela pensou em dirigir até Dallas e pegar Nathan lá. Seriam seis horas de estrada só para ir. Talvez eles pudessem passar a noite ali. Ir a Fort Worth e ao parque Cow Town e fazer um churrasco. Quanto mais pensava, mais atraente a ideia lhe parecia. Ela precisava tirar férias de suas férias, mas, quando ligou de volta para Nathan, ele disse que preferiria esperar no aeroporto de Dallas-Fort Worth a comer churrasco e dirigir por seis horas no dia seguinte. Tudo para fugir daquele caos. Ao mesmo tempo, ela também supunha que, por mais que a ideia fosse tentadora, ela não seria capaz de deixar a mãe e Lily para trás agora.

Ela reservou a passagem dele e, enquanto caminhava de volta para a sala de espera, perguntou a si mesma se sua família sempre havia sido tão insana assim, ou se estavam todos mergulhando de cabeça no rio da loucura por causa dela.

Ao chegar à saleta, encontrou o médico sentado junto de sua mãe no sofá. Daisy se posicionou de pé ao lado de Louella.

— Ela está acordada? — A mãe estava perguntando.

— Ela acordou cerca de quinze minutos atrás. A tomografia está em ordem. Não há trauma cerebral nem hemorragia nos órgãos internos. Foi bom que ela estivesse usando o cinto de segurança e que o carro tivesse *air bags* — ele olhou para Daisy. — O tornozelo está fraturado e ela vai precisar passar por uma cirurgia para colocação de pinos para que os ossos voltem ao lugar. Um cirurgião ortopédico está vindo de Amarillo.

Quando o médico foi embora, Louella ficou com Lily no hospital e Daisy saiu para cuidar de Pippen. Ela o acomodou para uma soneca e finalmente tirou o vestido do Ursinho Puff da mãe. Com nada mais para lhe ocupar a mente, ela pensou em Jack. *Mesmo neste vestido ridículo, você me dá tesão*, ele tinha dito, o que era simplesmente absurdo.

Ela vestiu uma saia cáqui e uma blusa branca e vasculhou a cozinha atrás de algo para comer. Preparou um queijo quente, uma sopa de tomate e um copo de chá gelado. Levou tudo até a mesa, onde o sol iluminava o tampo amarelo.

Transar com ele em cima do porta-malas de um carro tinha sido um erro. Não, transar com ele tinha sido um erro. Mas, na hora, ela não tivera força de vontade para fazer nada além de um protesto sem vontade. Ela soubera que iria se arrepender, mas isso não a tinha impedido.

Ela mergulhou o sanduíche na sopa e deu uma mordida. Tinha feito sexo com Jack. Tinha sido ruim. Não, tinha sido *errado*. O sexo em si fora bom. Fabuloso. Tão fabuloso que ela havia chorado e depois sentido vergonha. Seu rosto ficou quente só de pensar nisso — nisso e no desejo estampado nos olhos verdes de Jack quando ele olhou para ela, ardente e vivo, tocando-a em todos os lugares. Só a lembrança já lhe provocava um calor.

Daisy soprou a sopa. Ela odiava admitir, mas, se a mãe não tivesse telefonado, era muito provável que ela tivesse acabado na cama dele. E que estivesse lá até agora.

Ela tomou um gole do chá. E agora? Ela não sabia, mas, com tudo o que estava acontecendo, ela não tinha de pensar a respeito até que as coisas se ajeitassem ao menos um pouco.

Quando Pippen acordou do cochilo, ela o fotografou no jardim de Louella, arrancando flores proibidas em meio aos flamingos cor-de-rosa. Por um curto período, enquanto olhava para o mundo por detrás da câmera, todos os seus problemas recuaram para segundo plano.

Mais tarde, quando Louella voltou para casa, Daisy notou que ela parecia ter envelhecido dez anos desde a manhã daquele mesmo dia. As rugas em torno de seus olhos tinham se aprofundado, e as bochechas pareciam mais pálidas. Daisy preparou sopa e sanduíches para a mãe e o sobrinho e foi visitar Lily.

A irmã estava dormindo quando ela entrou no quarto. O corte na testa tinha sido fechado e recebera um curativo. Um lado de seu rosto ainda estava inchado, as pálpebras apresentavam variados tons entre o preto e o azul, mas o sangue tinha sido limpo.

Daisy queria perguntar o que tinha acontecido, mas Lily estava fortemente sedada e alternava lucidez e inconsciência. A cada vez que acordava, começava a chorar e perguntava onde estava. Daisy nem mesmo tentou perguntar sobre o acidente.

Mas, no dia seguinte, sim.

— A polícia já veio falar com você? — Ela perguntou, enquanto folheava uma revista *People* que tinha trazido.

Lily passou a língua pelo lábio inchado. Sua voz era menos que uma tentativa de sussurro, quando ela respondeu:

— Sobre o quê?

Daisy se levantou e encheu um copo plástico com água gelada. Segurou o canudo na boca de Lily e respondeu:

— Sobre o acidente de carro.

Lily engoliu.

— Não. A mamãe falou que eu destruí meu Taurus.

— Você não lembra?

Ela abanou de leve a cabeça e piscou.

— Eu nem gostava daquele carro mesmo.

— A mamãe contou como foi?

— Não. Eu furei um sinal de "pare"?

— Lily, você enfiou o carro na sala de estar do Ronnie.

Ela encarou Daisy e piscou seus olhos preto-azulados. Mas não parecia tão surpresa quanto Daisy tinha esperado.

— Sério?

— A polícia perguntou para a mamãe e para mim se você é suicida.

— Eu jamais me mataria por causa do Ronnie Darlington — ela respondeu, sem hesitação.

— Você tentou matar o Ronnie?

— Não.

— Mas o que é que você estava pensando, então? Aconteceu alguma coisa?

Desta vez houve uma hesitação, e Lily desviou o olhar ao responder:

— Eu não sei.

Daisy tinha a sensação de que ela sabia muito bem, e que a perda de memória era conveniente. Algo ocorrera, mas Lily não queria falar sobre o assunto hoje. Tudo bem, sempre havia o amanhã.

Quando saiu do hospital, Daisy foi até o centro e comprou uma nova cadeirinha de carro para Pippen, porque a antiga ainda estava no Taurus, no jardim destruído.

Ao parar em um semáforo na esquina da rua Três com a Principal, ela escutou um ronco grave e, um instante depois, o Mustang de Jack passou correndo pelo cruzamento. Ela estava dois carros para trás na fila e duvidava de que ele a tivesse visto. Porém, para Daisy, bastou vê-lo de relance por uma fração de segundo, e seu estômago se contorceu como se eles estivessem de volta aos tempos de escola e ela estivesse à espera dele junto aos armários. Os sentimentos dela por Jack eram definitivamente uma confusão dos diabos, em que velhas emoções se misturavam a novos desejos, e era melhor pôr tudo isso de lado.

Às três e meia daquela tarde, Daisy amarrou a cadeirinha de Pippen no Cadillac da mãe e eles partiram para Amarillo para buscar Nathan.

Pippen estava usando shorts jeans, botas de caubói e uma camiseta em que se lia "Não provoque o tiranossauro do Texas". Daisy o segurou nos braços enquanto eles esperavam, próximos à área de retirada de bagagem. Aquela meia hora passada de pé pareceu durar uma eternidade, mas, quando ela afinal viu o rosto familiar de Nathan, foi como se o sol tivesse repentinamente começado a brilhar, depois de uma semana de tempo nublado.

O moicano verde havia desaparecido, e ele tinha descolorido de branco as pontas de seu cabelo preto e curto. Estava parecendo um porco-espinho alto e magro, carregando uma mochila e um *skate* amarrado nela. Ela não se importou. Estava tão feliz por vê-lo que se esqueceu da regra sobre não demonstrar afeto em público, elevou-se na ponta dos pés e pôs o braço livre em volta do pescoço dele. Beijou-lhe a bochecha e o apertou com força. Ele devia ter se esquecido da regra também, porque jogou a mochila no chão e a abraçou — ela e Pippen, bem ali, no meio do aeroporto de Amarillo.

— Pô, mãe, nunca mais me larga desse jeito.

Ela riu e se afastou para dar uma boa olhada nos olhos azuis dele.

— Não vou te deixar, prometo — ela disse, e voltou a atenção para Pippen. — Este é seu primo. Não é fofo?

Nathan o estudou por um momento.

— Mãe, o moleque tem um *mullet.*

Ela achava que alguém que parecia um porco-espinho não deveria criticar alguém que usasse um *mullet.*

— Ele não tem culpa — ela respondeu, e olhou para Pippen. — É a mãe dele que não quer cortar os cachinhos de bebê.

Pippen olhou para ela com os mesmos olhos azuis de Lily, e então se concentrou no primo. Daisy não sabia se a atenção do menino tinha sido despertada por se tratar de um homem ou pelo *piercing* no lábio e pelas correntes.

— Ei, camaradinha. Belo cabelo.

— Não tira sarro dele — Daisy alertou.

— Não estou — Nathan espalmou as mãos nas laterais do cabelo de Pippen. — É curto e sério na frente e comprido e festivo na parte de trás, *ahahahaha* — ele riu, jogando a cabeça para trás.

— *Vê* desenho! — Pippen disse, e começou a rir também, como se tivesse acabado de dar uma boa tirada cômica como Nathan fizera antes.

— Ele quer que você veja desenho animado com ele. O favorito é Blue's Clues.

— Ah, Blue's Clues é um porre — ele apanhou a mochila. — Você tem que ver Bob Esponja.

Nathan não tinha trazido nenhuma mala. Enquanto eles andavam até o carro, ocorreu a ela que, se tudo tivesse saído conforme o plano original, no dia seguinte ela estaria em casa. Em Seattle. Seguindo com sua vida. Livre do passado. Recomeçando. Ela e Nathan.

Desde que chegara a Lovett, nada havia corrido conforme seus planos, e ela precisaria colocar a própria vida em uma pausa por ainda mais algum tempo. A mãe e a irmã precisavam dela, e talvez ela realmente pudesse fazer algo para ajudar. Talvez manter-se por perto e cuidar de Pippen fosse suficiente, por enquanto.

Sua vida também não estava um inferno, ela lembrou a si mesma. Ela já estivera no inferno. Vivera nele por dois anos, e isto sequer se aproximava. Não ainda, pelo menos. Nathan tinha chegado e, em algum momento, as coisas teriam de começar a melhorar.

Onze

O barulho do esmeril invadiu a garagem e chegou até o escritório de Jack, que analisava a lista de peças para o Corvette 1954. Ao mesmo tempo, ele percorria as Polaroids tiradas de cada parte do carro até agora. Tudo, desde o cromado até os parafusos que prendiam os soquetes das lanternas traseiras, tinha sido catalogado e cuidadosamente armazenado. O motor Blue Flame Six fora removido de sua cavidade e mais tarde seria desmontado e meticulosamente limpo. Todas as partes de borracha precisariam ser substituídas, assim como o interior de couro. Dizia-se que aquele carro era um pesadelo para quem o dirigisse, mas este não era o ponto. Em sua fase tardia, o grande Harley Earl havia desenhado carros esportivos em um típico estilo extravagante. Eram carros concebidos mais para exibição do que para direção.

Jack atirou as fotos de lado e se pôs de pé. Naquela manhã, eles haviam removido o para-brisa e descoberto mais problemas do que ele havia previsto. A parte estragada precisaria ser trocada, e o suporte do encaixe, refeito. Ele pegou a caneca de café do Dodge Viper que Lacy Dawn lhe dera de presente de aniversário e rumou do escritório para a recepção da garagem.

Penny Kribs não chegava antes das dez e meia nas manhãs de segunda-feira, e uma pilha de correspondência se amontoava em sua escrivaninha vazia. Ele se reabasteceu de café e, enquanto avançava da área externa do escritório para dentro da oficina, o barulho do esmeril parou. Jack soprou o café e olhou para Billy, que estava de pé em frente à bancada de ferramentas. Seus óculos de segurança estavam suspensos na testa e numa das mãos ele segurava um disco de freio. Um adolescente magricela estava ao lado dele e ambos se viraram quando Billy apontou na direção de Jack.

Jack estancou na hora. O rapazinho parecia estar no meio da adolescência, tinha uma coleira canina em volta do pescoço e outra pendurada na lateral da calça. Ele disse algo a Billy e começou a andar na direção de Jack. Antes de dirigir sua atenção para o menino, Jack viu de relance que Billy estava dando um sorriso divertido. Ele deu um gole no café e baixou a caneca.

No verão, ele costumava contratar garotos temporariamente, para varrer a oficina ou fazer a retirada de peças. Mas se este aí queria um emprego, estava sem sorte. Não tanto por sua aparência, mas porque não tivera o bom senso de se vestir melhor e deixar a coleira do cachorro em casa antes de sair em busca de trabalho.

O cabelo dele parecia um ouriço, preto e com pontas brancas. Seu lábio inferior tinha um *piercing* e na camiseta preta estava escrito "Anarquia" em letras vermelhas. Ele segurava um *skate* sob um dos braços e a calça *jeans* era tão folgada que, se ele se endireitasse, ela cairia até os tornozelos.

— Posso ajudar? — Jack ofereceu, quando o menino parou na frente dele.

— Então. Minha mãe falou que você conhecia meu pai.

Jack conhecia diversos pais.

— Quem é sua mãe? — Ele perguntou, e deu mais um gole no café.

— Daisy Monroe.

O café escaldou o fundo de sua garganta e ele baixou a caneca. Daisy não tinha ido embora da cidade.

— Não sei se ela te falou sobre mim. Eu... — A voz dele falhou e ele engoliu com dificuldade. — Eu sou o Nathan.

Fosse o que fosse que ele esperaria da aparência do filho de Daisy e Steven, definitivamente não seria isto. Para começo de conversa, ele imaginara que era uma criança bem mais nova.

— Ela mencionou que tinha um filho, mas achei que você tinha uns cinco anos.

Uma careta aproximou suas sobrancelhas escuras e ele olhou para Jack com os claros olhos azuis.

— Não. Tenho quinze.

O garoto deveria ter sido concebido logo depois do casamento de Steven e Daisy. O pensamento de Steven e Daisy juntos trouxe à superfície uma animosidade havia muito enterrada, e aborreceu Jack mais do que deveria. Mais do que teria aborrecido apenas uns poucos dias atrás, antes que ele tivesse feito amor com ela no porta-malas do carro que agora estava a uns poucos metros de distância do filho dela. Antes que ele soubesse como era bom estar com ela de novo.

— Portanto, a sua mãe ainda está na cidade?

— Isso — ele olhou para Jack como que esperando que ele dissesse mais alguma coisa. Quando ele não disse, o garoto acrescentou: — Estamos na casa da minha avó até que a minha tia Lily fique boa. A minha mãe acha que isso deve demorar mais ou menos uma semana.

Ele se perguntou o que teria acontecido para que Daisy saísse correndo de sua cozinha no sábado.

— O que houve com a sua tia?

— Ela entrou com o carro na sala do Ronnie.

Uau! Brigar na frente do Minute Mart não tinha sido vingança suficiente para a Lily, então.

— Ela vai ficar bem?

— Acho que sim.

O esmeril voltou a funcionar, então Jack conduziu Nathan até seu escritório e fechou a porta. Mesmo que Nathan tivesse vindo adequadamente vestido para uma entrevista de emprego, ter o filho de Daisy trabalhando na loja seria um pesadelo. Ver o menino faria com que Jack se lembrasse de Daisy. E, por mais que aquela lembrança em particular fosse muito doce, pertencia ao passado e era melhor que fosse enterrada.

— Seu pai e eu fomos muito amigos durante uma época. Lamentei muito ao saber que havia morrido.

Nathan apoiou a ponta do *skate* em seu tênis preto e apoiou a prancha contra a perna. Uma inspeção mais cuidadosa na parte inferior revelou o desenho de uma enfermeira em trajes mínimos.

— É, ele era um bom pai. Eu tenho muita saudade dele.

Jack perdera o pai quando não era muito mais velho do que Nathan. Dar ao garoto um pouco de conforto não faria mal.

— Ele alguma vez te contou sobre as encrencas em que nos metíamos juntos?

Nathan assentiu e a luz fluorescente se refletiu em seu *piercing*.

— Ele me contou que vocês roubavam tomates podres e atiravam nos carros.

Steven era loiro como um surfista da Califórnia. Talvez fosse o cabelo, mas o menino não se parecia nem um pouco com o Steven adolescente. Nem um pouquinho. Também não se parecia muito com a mãe. Bom, talvez a boca. Claro, sem o *piercing*.

— Nós construímos um forte na árvore do jardim. Ele te contou isso?

Nathan balançou a cabeça.

— A construção consumiu um verão inteiro. Nós fizemos com

madeira que arranjávamos por aí e com velhas caixas de papelão reforçado — ele sorriu à lembrança de ambos arrastando as tralhas por quilômetros até em casa. — E sua mãe nos ajudava. Daí, quando terminamos, um ciclone de magnitude dois veio e destruiu tudo.

Nathan riu e fez com a cabeça um movimento em direção à porta.

— É um Barracuda 440-6, ali?

— É, e tem um motor Hemi 426 original.

— Maneiro. Quando eu tiver um emprego, vou comprar um Dodge Charger Daytona com um Hemi 426.

Foi a vez de Jack de rir. Ele se sentou na quina de sua mesa, perto do relógio de Buick Riviera. Não desejava jogar um balde de água fria nos sonhos do garoto, mas apenas cerca de setecentos Daytonas com motor Hemi 426 haviam sido produzidos. Mesmo que ele conseguisse encontrar um, teria de desembolsar uns seiscentos paus nele.

— De quatro tempos, certo?

— É.

Ele tomou um gole. Claro. O garoto acabara de diminuir ainda mais suas chances, considerando que a Dodge tinha posto no mercado apenas uns vinte de quatro tempos.

— Eu vi um, uma vez, em um salão de carros em Seattle — Nathan engoliu, e a voz dele era estridente de excitação. — O Daytona teve o recorde de velocidade em circuitos fechados durante treze anos. A Ford e a Chevrolet não chegavam nem perto.

Por Deus, ele era exatamente como o Billy e como o pai de Jack, Ray, tinha sido. Cego de paixão por velocidade. Jack amava carros rápidos também, mas não como aqueles dois. Como será que Steven e Daisy tinham criado um moleque tão tarado por automóveis?

— Você vê *Monster garage*? — Nathan perguntou.

— Às vezes — o fanático pelo seriado era Billy.

— Você viu o episódio em que eles transformam um carro de corrida em um carrinho de limpeza urbana?

— Não, esse eu perdi — mas Billy contara tudo.

— Foi louco.

"Louco"? Jack supunha que significasse "bom".

Billy enfiou a cabeça no escritório enquanto Jack cruzava as pernas.

— Estamos com um problema no disco de freio direito dianteiro daquele Plymouth.

Sempre havia algum problema com alguma coisa, e fazia muito tempo que Jack aprendera a não se irritar com isso.

— Billy, entra aqui, quero te apresentar o filho do Steven e da Daisy Monroe, o Nathan.

Billy avançou para dentro do escritório. Ele estava vestindo a camiseta azul-escura que tinha botões até em cima e o logotipo da Parrish American Classics bordado no bolso à esquerda do peito. Jack fez as apresentações e eles trocaram um aperto de mão.

— Senti muito quando soube que seu pai tinha morrido. Ele era um cara legal.

Nathan olhou para baixo.

— É.

— O Billy adora o *Monster garage* — Jack falou, e os dois se lançaram em um acalorado debate sobre quais episódios eram os melhores e quais eram os mais fracos.

— Transformar aquele PT Cruiser em uma motosserra foi péssimo — Nathan disse.

— Jesse James não estava muito interessado, até que eles começaram a encher animais empalhados com a serragem.

— *He-he-he* — Nathan riu, inclinando a cabeça um pouco para trás. — Eles encheram o lugar inteiro com serragem.

— Você viu quando a Barbie ficou presa lá? — Os olhos de Billy brilharam de diversão e ele riu também, em seu rápido *he-he-he.*

Por Deus, Jack pensou, Billy havia finalmente encontrado alguém que gostava de ver *Monster garage* tanto quanto ele.

— Você viu o episódio com o carro funerário? — Seu irmão perguntou.

— É, teria sido louco se tivesse funcionado.

Billy abanou a cabeça.

— Eles estragaram a correia e a bomba ficou quente demais antes mesmo de conseguirem que os cilindros movessem aqueles braços hidráulicos.

— Tem uma teoria que eu ouvi. Parece que o carro estava mal-assombrado e foi por isso que a missão falhou.

— A missão falhou porque a parte hidráulica falhou.

— Você viu o Jesse quando a ambulância pegou fogo? — Nathan perguntou, tão excitado que seus olhos brilhavam. — Foi maneiro.

— É meu episódio favorito.

— E você viu quando a mulher dele começou a gritar com ele?

Os dois caíram na gargalhada ao mesmo tempo. A voz de Billy era mais baixa, mas Jack não podia evitar de notar como as duas risadas eram realmente parecidas. O mesmo *he-he-he*, e ambos inclinavam a cabeça para trás no mesmo ângulo. Quanto mais ele observava os dois homens lado a lado comentando *Monster garage*, mais claramente ele enxergava através do cabelo bizarro de Nathan e de seu *piercing* labial.

Então, no intervalo de um brevíssimo instante, o mundo ao redor de Jack mudou completamente. Os pelos da nuca se ergueram e seu couro cabeludo se arrepiou. O próprio tempo parou, partiu-se ao meio e caiu, uma metade para cada lado.

Meio segundo antes, tudo estava bem na vida de Jack, e no seguinte, não estava mais. Em um momento ele estava pensando em como as risadas de seu irmão e de Nathan eram parecidas, e no outro estava olhando para uma versão de quinze anos do próprio pai, Ray Parrish. Primeiro ele estava sentado na borda da mesa de trabalho e logo em seguida estava de pé, com o café escaldante derramado na roupa e queimando seu peito.

— Deus!

— O que houve? — Billy perguntou.

Jack não tirava os olhos de Nathan. Olhava para o formato do rosto e do nariz, e não havia como empurrar o relógio para trás, para alguns segundos antes. Ele estava definitivamente olhando para uma versão mais jovem de seu pai. Era tão óbvio que ele não entendia como havia demorado tanto para enxergar.

— Você não veio aqui para pedir emprego?

O sorriso de Nathan se desfez e ele pegou o *skate*.

— Não.

Subitamente, tudo se encaixou com perfeição. A insistência de Daisy para que eles tivessem uma conversa. Para que ela contasse alguma coisa a Jack. Alguma coisa que ela não poderia dizer por telefone nem por carta nem na Showtime. Alguma coisa importante, como um filho. Jack sentiu que alguém havia chutado seu estômago.

— Quando é seu aniversário?

— Olha, eu preciso ir, agora.

Jack se esticou e agarrou o braço dele.

— Diz!

Os olhos de Nathan se arregalaram e ele deixou cair o *skate*. Tentou se afastar, mas Jack não o soltou. Não podia fazer isso.

— Dezembro — ele respondeu, finalmente.

Jack o trouxe para ainda mais perto de si.

— E você tem quinze anos, correto?

Ele conseguia ver o pescoço de Nathan se agitando enquanto ele tentava engolir.

— Isso — Nathan respondeu, apenas um pouco mais alto do que um sussurro.

Uma parte de Jack sabia que ele havia assustado Nathan e que deveria deixá-lo partir. Ele deveria se acalmar. Mas não conseguia. Os pensamentos corriam por sua mente em tal velocidade que ele sentiu como se algo estivesse espremendo seu cérebro.

— Filho da puta.

Billy pôs a mão no ombro de Jack e se enfiou entre ele e Nathan.

— Ei, qual o problema com você? Ficou louco?

Sim. Ele havia enlouquecido. Afrouxou o aperto e Nathan partiu em disparada, sumindo tão depressa que era como se nunca tivesse estado ali. A não ser pelo *skate* caído no chão. Com o lado da enfermeira para cima.

Jack observou enquanto ele partia.

— Você não vê, Billy?

— Vejo você agindo feito doido.

Ele abanou a cabeça e encarou o irmão.

— Ele parece o papai.

— Quem?

— Nathan. O filho da Daisy.

— O filho da Daisy *e do Steven.*

Jack apontou para a porta.

— Ele parecia o Steven, na sua opinião?

— Bom, eu não lembro direito como o Steven era, para dizer a verdade.

— Não era como o papai.

Jack pousou a caneca na mesa. Ele tinha um filho. Não. Impossível. Ele sempre usara camisinha. Mas não sempre com a Daisy. Eles eram jovens e tolos e acreditavam que nada de ruim jamais lhes aconteceria.

— Ela estava grávida quando partiu, e não me contou.

Billy ergueu as mãos espalmadas.

— Calma. Eu nunca soube nem mesmo que naquela época vocês dois estavam envolvidos. E, mesmo que estivessem ficando, como você sabe que o filho é seu?

— Você não está me escutando — Jack esfregou as mãos no rosto. — Tem uma foto. Uma foto do papai quando ele se formou no Ensino Médio. E é exatamente como esse garoto — ele deixou cair as mãos nas laterais do corpo. — É por isso que ela veio para cá — ele punha os pensamentos para fora em voz alta como se assim eles fizessem mais sentido, embora, na realidade, eles não fizessem sentido de jeito nenhum. — Para me contar sobre ele.

— Isso é loucura. Ele tem quinze anos.

Sim. Era loucura. Uma loucura dos diabos, pensar que ele tinha um filho de quinze anos. Um filho que ele nunca soubera que existia, porque ninguém jamais lhe contara.

— Eu tenho razão, sei o que estou falando, Billy.

Billy se postou à sua frente e o olhou diretamente nos olhos.

— Pois é bom mesmo que você tenha certeza absoluta antes de sair por aí agarrando e assustando o garoto de novo. Você não sabe se ele é seu filho, mas, mesmo que seja, ele mesmo pode não saber.

Billy estava certo.

— Eu não quis assustar o menino.

Um movimento atrás de Billy chamou a atenção de Jack, que olhou pela porta aberta e viu Penny. Ele passou pelo irmão e, enquanto passava pela secretária, disse:

— Vou ficar fora por um tempo.

Ele andou até o fundo da garagem, cruzou o caminho para carros e entrou em casa. Foi direto ao quarto que era de Billy e abriu o armário cheio de caixas. Tirou uma depois da outra e jogou-as no chão. Troféus antigos e revistas velhas, lembranças da infância dele e do irmão que a mãe havia cuidadosamente embalado e guardado caíram por todo lado.

— O que você está procurando? — Billy perguntou, enquanto apanhava uma caixa.

Jack não percebera que o irmão o seguira.

— O álbum de casamento da mamãe e do papai. A foto está no álbum deles.

Encontraram o álbum na quinta caixa que abriram. O exterior estava coberto por um laço e por flores de seda, no estilo bem feminino que a mãe deles sempre tivera. O laço estava amarelado, e as flores, achatadas. Jack o abriu; as páginas internas haviam perdido a aderência e as fotos por trás do celofane tinham se amontoado. A fotografia que Jack procurava lhe caiu aos pés, e ele se abaixou para pegar a imagem em preto e branco de seu pai aos dezessete anos. Em um canto estava escrito, em tinta preta já desbotada, *Para Carolee, minha garota favorita, com amor, Ray.*

Jack se levantou e observou a foto. Ele não estava louco. Se pusesse no pai um cabelo de porco-espinho e um *piercing* no lábio, ele seria absurdamente parecido com Nathan Monroe. A não ser pelo fato de que ele não era Nathan Monroe. Era um Parrish.

Billy se postou atrás de Jack e espiou por cima dos ombros do irmão. O assovio que ele deu soou alto no cômodo vazio.

— Você acha que o Steven sabia?

Jack deu de ombros. Ela estava grávida de três meses. Em algum momento, Steven com certeza soube. Ele saiu do quarto e andou pelo corredor até a cozinha. Abriu o armário e tirou a carta de Steven de onde a havia guardado no sábado. Com a foto do pai ainda na mão, ele rasgou o envelope e leu:

Jack,

Por favor, desculpe a minha letra e os erros de ortografia. Conforme minha doença avança, fica mais difícil me concentrar. Espero que você jamais veja esta carta. Espero vencer esta doença e poder dizer estas coisas para você pessoalmente, quando eu estiver melhor. Se não der, quero ao menos escrever meus pensamentos enquanto ainda consigo.

Deixe-me começar dizendo simplesmente que senti saudade de você, Jack. Eu não sei se você sentiu saudade de mim e nem se me perdoou, mas eu senti falta do meu companheiro. Nestes últimos quinze anos, muitas vezes quis telefonar e conversar com você. Muitas vezes dei risada sozinho, me lembrando das coisas que nós costumávamos fazer. Outro dia eu vi dois garotos andando de bicicleta na chuva e me lembrei das várias vezes em que pedalamos sob verdadeiras tempestades. Percorrendo Lovett em busca das valas de lama mais profundas e nojentas por onde passar. Ou das vezes em que ficamos no sofá da minha mãe assistindo ao programa do velho Andy Griffith, e mijando de rir quando Barney se trancava na prisão. Acho que quando dou risada sozinho é quando mais sinto sua falta. E eu sei que é culpa minha. Houve muitas e muitas vezes em que eu senti a solidão de ter perdido você, meu amigo.

Eu nunca me esqueci da última vez em que nos vimos e das coisas horríveis que dissemos. Eu casei com a Daisy e você a amava. Mas eu também a amava, Jack. Ainda amo. Depois de todos estes anos, eu a amo tanto quanto no dia em que me casei com ela. Eu sei que ela me ama. Sei que sempre me amou. Porém, apesar disso, ela às vezes fica com uma expressão vazia, o olhar distante, e me pergunto se está pensando em você. Eu me pergunto se ela lamenta ter escolhido vir comigo para Seattle. Se ela pensa em como teria sido a vida se tivesse ficado com você, e me pergunto se ela ainda te ama como amava. Se serve de consolo, saiba que sofri como um pobre-diabo, porque sei quanto ela te amou, um dia, e talvez ainda ame, hoje.

Na noite em que saímos de Lovett, Daisy estava grávida de três meses do seu filho. Sem dúvida a esta altura ela já te contou isso. Quando veio me contar que carregava o seu filho, ela estava muito assustada, e achava que você não a amava mais. Eu a deixei acreditar nisso apesar de saber que provavelmente não era verdade. Ela acreditava que não te contar sobre o bebê era a coisa certa a fazer. Achava que, naquela época da sua vida, você não conseguiria lidar com a pressão de ter um filho. Eu a deixei acreditar nisso também. Eu disse que ela estava certa, que você não conseguiria mesmo, mas sabia que não era verdade. Eu sabia que você poderia fazer qualquer coisa que pusesse na cabeça que iria fazer. Então eu casei com ela e a levei para bem longe de você. Sei que eu deveria me arrepender disso, mas não consigo. Não me arrependo de um único dia que passei ao lado dela e do Nathan. Mas me arrependo, sim, do jeito como as coisas foram feitas, e de não ter te contado sobre o Nathan mais cedo.

O Nathan é um bom menino. É muito parecido com você. Intrépido, impaciente e intenso. Sei que a Daisy vai fazer o possível e o impossível para criá-lo, mas acho que ele precisa de você. Para mim tem sido um enorme prazer educá-lo, mas, de todas as coisas que lamento na vida, e olha que são muitas, eu lamento não vê-lo crescer até se tornar um homem. Eu teria gostado de ver o amadurecimento dele.

Para encerrar, peço que você me perdoe, Jack. Sei que talvez isso seja pedir demais, mas estou pedindo mesmo assim. Estou pedindo para que você possa se livrar do ressentimento e seguir adiante com a sua vida. De uma maneira completamente egoísta, estou pedindo que você me perdoe para que eu possa morrer com a consciência mais limpa. E também para que, ao nos encontrarmos do outro lado, possamos nos abraçar como amigos mais uma vez. Se você não puder me perdoar, eu vou entender. Não sei se eu poderia perdoá-lo se estivesse no seu lugar. Eu tomei muitas coisas de você, Jack. Mas talvez você possa ao menos, de vez em quando, olhar para trás e rir dos bons momentos que vivemos juntos.

Steven.

A carta e a fotografia do pai caíram no aparador enquanto Jack lutava para recuperar o fôlego. Suas entranhas pareciam ter sido fatiadas, exatamente como quinze anos antes.

— É seu filho?

Jack assentiu.

— Que baita sacanagem — Billy falou. — Que filha da puta.

Durante anos, Jack se sentira traído porque seu melhor amigo se casara com sua namorada. E ele não sabia nem metade da história. Nunca lhe ocorrera que, ao partirem, eles estavam levando embora seu filho. Nunca lhe ocorrera que a traição de ambos pudesse ter sido tão profunda.

— O que você vai fazer?

Ele desabotoou a camisa e a tirou de dentro da calça.

— Conversar com a Daisy.

— Bom, não vá chegar já gritando com ela.

— Pensei ter ouvido você dizer que ela é uma filha da puta.

— E ela é. Eu não vou nem perguntar se você pretende fazer parte da vida do Nathan, porque te conheço. Sei que vai. Sei também que você está ferido e furioso, e tem todos os motivos do mundo para estar se sentindo assim. Mas ela é a mãe dele, pode simplesmente arrumar as coisas e ir embora, levando Nathan junto.

Durante anos, ele havia afastado e trancado esses sentimentos. Havia emparedado toda a dor e toda a ira. Desde que Daisy voltara, essas emoções haviam vazado um pouco. Mas nada se comparava à manhã de hoje. Nesta manhã, as paredes que ele construíra tinham sido explodidas, tinham voado pelos ares.

— Jack, promete que você vai se controlar.

Ele não ia prometer coisíssima nenhuma.

Doze

Daisy deitou Pippen na cama de Louella e fechou parcialmente a porta atrás de si. O pequeno mundo do sobrinho estava caótico, e ele andava cansado e ranheta nos últimos dias. Daisy levara-o para o hospital para ver Lily naquela manhã, e ele não quisera ir embora. Estava assustado e irritadiço, e havia chorado durante todo o caminho de volta para casa, até que finalmente adormecera quando eles chegaram e ela estacionou. Louella ficara no hospital com Lily, esperando o boletim médico e notícias sobre quando poderia levar a filha para casa.

Daisy mudou de roupa e vestiu uma regata verde-escura e *short* cáqui. Ela suspendeu o cabelo para tirá-lo da nuca e o prendeu no topo da cabeça usando uma grande fivela. Estava exausta e seriamente necessitada de cafeína. Ela poderia ter se enrodilhado na cama ao lado de Pippen, mas Nathan não estava em casa e ela não queria estar dormindo quando ele chegasse.

Ela desceu até a cozinha e pegou uma Coca na geladeira. Nathan havia posto um bilhete na porta, prendendo-o com um ímã no formato do estado do Texas. Disse que tinha saído para andar de *skate*. Mas a notinha não informava quando ele estaria de volta. Ela desejou ter lembrado a ele que era preciso estimar a hora de retorno, para que ela não ficasse muito preocupada.

Mas aqui era Lovett, ela lembrou a si mesma. Não havia realmente muito com o que se preocupar. Não existiam muitos lugares nos quais se meter em encrenca, mas, se ela aprendera alguma coisa por ser mãe de um menino era que, se não houvesse nenhum problema, ele criaria algum. Se surgisse uma vala, ele saltaria bem no meio. Se encontrasse uma pedra, iria atirá-la. Uma lata de Coca, esmagá-la. Se houvesse um pássaro, ele fingiria atirar no bichinho. Se topasse com um conjunto de cinco ou mais degraus cimentados com um corrimão, desceria por ali de *skate*, cairia e precisaria levar pontos.

A campainha tocou quando Daisy estava abrindo a Coca. Ela deu um grande gole enquanto atravessava a sala. Havia uma fruteira de vidro sobre a mesa de madeira, e ela pousou a lata ali. Abriu a porta esperando ver Nathan rir da piada tola de fazê-la ir abrir a porta para ele. Ele era assim, às vezes. Querendo ser tratado como um adulto, mas ainda agindo, às vezes, como um menininho. Porém, quem estava ali não era seu filho.

Jack estava na entrada da casa de sua mãe, sob a luz direta do sol. A sombra do chapéu caubói de palha escondia a metade superior de seu rosto. Um leve formigamento atingiu o peito de Daisy e, antes de conseguir pensar, ela sorriu.

— Ei, oi!

— Você está sozinha? — Ele perguntou, e o sorriso dela se desfez diante do tom duro da voz dele e das linhas tensas ao redor de sua boca.

Ele sabe, foi o primeiro pensamento dela, mas então, na mesma velocidade, ela dispensou a ideia. Ele não poderia saber.

— Pippen está aqui, mas está dormindo.

— Onde está o Nathan?

Ah, Deus. O formigamento em seu peito aumentou de intensidade.

— Está andando de *skate*.

Ele não esperou pelo convite para entrar.

— Não está não — ele disse, entrando na casa e trazendo na pele o cheiro quente das manhãs do Texas. Ao passar por ela, ele lhe entregou o *skate* de Nathan.

Ela o apanhou e o abraçou em frente aos seios. Uma camiseta de malha canelada apertava os músculos do peito e dos braços de Jack, fazendo-o parecer maior e mais malvado do que normalmente.

— Onde ele está?

Ele olhou para ela e prolongou o silêncio durante intermináveis e aflitivos momentos, antes de responder:

— Não sei.

— Onde você arranjou isto?

— Ele veio me ver hoje de manhã.

— Ah, é?

A ida de Nathan até a oficina não era uma coincidência. Era uma surpresa, mas não um choque. Nathan era o tipo de menino que primeiro entrava nas situações e depois pensava nelas. Bem parecido com o modo como Jack costumava ser.

— Ele esqueceu o *skate* quando foi embora.

Ela não achava que ele teria dito a Jack nada sobre ser seu filho biológico. Por outro lado, ela também não tinha achado que ele iria aparecer sozinho na loja.

— E o que ele disse?

— Falou sobre Steven e sobre *Monster garage.*

Talvez ele não saiba. Talvez ele estivesse sendo rude por um motivo totalmente diferente. Afinal, era Jack. O rei da rudeza.

— Só isso?

— Acho que ele foi lá para dar uma boa olhada em mim.

Ele suspendeu a aba do chapéu de palha e *ela* deu uma boa olhada nele. Se a raiva que cintilava em seus olhos verdes não tivesse eliminado qualquer possibilidade de dúvida sobre o que ele sabia ou do que suspeitava, as palavras seguintes que saíram de sua boca fizeram o serviço.

— Eu li a carta do Steven.

Agora ela estava chocada.

— Como você pegou a carta do Steven?

— Você deixou, no sábado.

Ela deixara, mesmo? Não se lembrava. Muita coisa acontecera, desde sábado.

— E você só leu hoje?

— Eu não queria ter lido em momento nenhum — a voz dele estava mortalmente calma quando ele continuou. — Conta, Daisy, conta para mim. Quero escutar você dizer. Depois de todos esses anos.

Aquele verniz de tranquilidade não a enganou nem por um segundo. A raiva saía dele em ondas como ondas de calor varriam o asfalto. O acelerado coração de Daisy caiu em seu estômago. Ela esperara durante quinze anos por este momento. Soubera que ele teria que acontecer, e não havia outra forma de dizer, a não ser:

— Ele é seu filho, Jack.

A expressão dele não mudou.

— Ele sabe?

— Sim. Ele soube a vida inteira.

— Portanto, sou o único a quem não contaram nada. — Você tem alguma ideia — ele disse, naquele tom calmo *horripilante* — do que eu gostaria de fazer com você?

Sim, ela fazia uma boa ideia. Não acreditava que Jack a agredisse fisicamente, mas recuou um passo.

— Eu ia te contar.

— É mesmo? — Ele ergueu apenas uma sobrancelha. — Quando?

— Na primeira noite que te vi. Fui à sua casa para contar, mas a Gina estava lá. Eu te disse que precisava conversar com você sobre uma coisa importante. Eu disse naquela noite e também na noite do casamento da Shay, assim como na Showtime e de novo no Slim's — o rosto dela ficou quente, então ela recuou mais um passo e jogou o *skate* de Nathan no sofá de flores azuis da mãe. — Eu fui até a oficina para te contar, no sábado, mas daí... A Lily entrou com o carro na sala do Ronnie. O que eu acho que é o motivo por que esqueci completamente que tinha deixado a carta do Steven lá.

Ela tirou a fivela do cabelo e inspirou profundamente. Ele tinha o direito de estar furioso. Ela deveria ter contado tudo muitos anos antes. Ela era uma covarde.

— Foi por isso que eu vim. Estou aqui para contar que você tem um filho.

O olhar dele se fixou no dela.

— Ele tem quinze anos.

Ela suspendeu o cabelo, retorceu-o e tornou a prendê-lo.

— Tem.

— Você está me contando com um atraso de quinze anos, quando deveria ter me contado no primeiro mês de atraso da menstruação — ele pensou por um momento e acrescentou: — A menos que na época você não soubesse de quem era.

— Eu sabia — ele estava apenas sendo perverso. — Você foi a primeira pessoa com quem eu fiquei. Como pode pensar uma coisa horrível dessas?

— Talvez porque apenas uns poucos dias antes de se casar com o meu melhor amigo você estava fazendo sexo comigo. Como posso saber se você não transava com nós dois ao mesmo tempo?

— Você sabe que eu não estava. Você está sendo malvado, agora.

— Você não sabe o que é ser malvado — ele disse, e seu sentimento finalmente subiu à superfície. Ele avançou um passo na direção dela e a encarou profundamente. Seus olhos se estreitaram e a linha de seu queixo ficou mais rígida. — Você fez a coisa mais sórdida que uma mulher pode fazer a um homem. Você estava carregando o meu filho e o tirou de mim. Eu deveria ter estado lá quando ele nasceu. Eu deveria ter estado lá para vê-lo. Vê-lo dar os primeiros passos e andar na primeira bicicleta. Eu deveria ter estado lá para ouvir as primeiras palavras que ele falou, mas eu não estava. Quem estava era o Steven. Foi o Steven que escutou quando ele disse "papai", e não eu — ele estava falando absurdamente sério, quando acrescentou: — É bom que você não seja homem, Daisy, porque, se fosse, eu socaria você *muito.* E isso ainda iria me divertir.

Uma das coisas mais difíceis que ela jamais fizera foi manter-se de pé, frente a frente com Jack, sem dar um passo para trás e sem desviar os olhos.

— Você precisa entender que nós nunca quisemos fazer você sofrer. Nós dois te amávamos.

— Besteira.

— É verdade.

— Se isso é o que você faz com as pessoas que ama, não quero nem imaginar o que tem reservado para as pessoas que odeia.

A cabeça de Daisy começou a doer e ela pôs uma das mãos na sobrancelha, mas não desviou o olhar.

— Você tem que se lembrar de como as coisas estavam entre nós, na época. Nós brigávamos e fazíamos as pazes o tempo todo. No primeiro mês, fiquei tão assustada que disse a mim mesma que estava só atrasada. Daí, no segundo mês, eu disse a mim mesma para não pensar naquilo, mas no terceiro mês eu precisei encarar — ela deixou cair a mão. — Seus pais tinham acabado de morrer e você estava passando por um período tão difícil. Na noite em que fui te contar que estava grávida, você me disse que precisava dar um tempo. Achei que você não me amava mais. Não sabia o que fazer — ela sentiu uma pontada no fundo dos olhos, mas recusou-se a ceder às lágrimas. — Eu não tinha ninguém com quem conversar a não ser o Steven.

Fui falar com ele e ele me pediu em casamento. Disse que tomaria conta de mim e do bebê.

— Você continua se esquecendo de que o filho era meu. Que eu deveria ter sido informado sobre tudo antes que vocês dois fugissem para Seattle.

— Nós conversamos sobre te contar, mas achamos que, se você soubesse, iria querer casar comigo por obrigação. Mas, Jack, você não estava em condição de tomar conta de mim e de um bebê. Você tinha só dezoito anos e já estava lidando com muita coisa. Pareceu a única solução.

— Não, pareceu a saída mais fácil. O Steven tinha dinheiro e eu não tinha nada.

— Não foi por isso que eu casei com ele. Você sabe que eu sempre amei o Steven. Se não estivesse tão bravo, você lembraria que você mesmo também amava o Steven — ela pousou as mãos nos braços nus dele. Jack poderia jamais perdoá-la, mas ela precisava fazê-lo entender. — Eu casei com ele porque estava assustada. Você não me amava mais e eu não sabia o que fazer!

— E qual foi a sensação, Daisy? — A voz dele ficou mais baixa, ao mesmo tempo áspera e suave. — Como foi se vingar de mim por eu não amar mais você? Fugir com o meu filho fez você se sentir bem? Satisfez seu desejo de vingança?

— Não se tratava de vingança.

Ele agarrou os pulsos dela e afastou as mãos de seus braços.

— Transar com o Steven fez você me tirar da cabeça? Do coração? Quando você estava com ele, ficava pensando em mim?

— Não!

— Lembrando como as coisas eram, entre nós? — Ele baixou a voz ainda mais e prendeu os pulsos de Daisy atrás das costas dela. — Como eram boas? — Ele a puxou para si e disse, bem perto de sua têmpora: — Como continuam sendo boas.

A aba do chapéu dele encostou na testa dela.

— Jack, para.

— Todos estes anos, vocês riram do que tinham feito comigo?

— Não, Jack. Não foi assim. Ninguém estava rindo — o coração dela pulava no peito e ela engoliu com dificuldade. — Acredita em mim. Eu sei que deveria ter te contado antes.

A voz dele se reduziu a um murmúrio em sua orelha quando ele perguntou:

— Quem aparece como pai na certidão de nascimento dele?

— O Steven.

Ele se afastou para olhar para ela.

— Deus te amaldiçoe, Daisy.

— Nós pensamos que seria mais fácil para ele, por causa da escola. Eu sinto muito.

— Eu estou cagando para o que você sente. Porque não é nem metade do que você ainda vai sentir.

— O que quer dizer isso?

Ele a soltou e deslizou as mãos sobre os ombros dela.

— Você escolheu o Steven em vez de mim porque eu era um pobretão com a mão cheia de graxa, trabalhando na oficina do meu pai. Mas as coisas mudaram, Daisy. Eu não sou mais pobre. Posso pagar um ótimo advogado e, se for preciso, vou entrar na justiça contra você.

— Não precisa haver briga.

— Eu quero conhecer o meu filho.

— Mas você pode conhecer. Eu quero que você conheça. E quando nós formos embora...

— Quando *você* for embora — ele interrompeu. — Ele fica.

— Isso é ridículo. Ele não vai ficar aqui com você. Ele mora comigo. Em Seattle.

— Isso é o que nós vamos ver.

— Eu sei que você está bravo. Eu não te culpo.

— Que bom saber que *você* não *me* culpa — ele a soltou e virou-se para a porta.

— Eu deveria ter te contado sobre o Nathan muitos anos atrás, mas não o castigue se é de mim que você está com raiva — ela o seguiu de perto até a porta da frente. — Ele tem passado por tanta coisa. Perdeu o pai, e agora isso.

Jack se virou tão rápido que ela quase bateu em seu peito.

— Ele não perdeu o pai. Steven Monroe não era pai dele.

Daisy sabiamente não observou em voz alta que Nathan pensava em Steven como pai e que, como filho, o amava.

— O Nathan tem passado por muita coisa nos últimos anos. Ele precisa de um pouco de paz. Alguma tranquilidade na vida — e não acrescentou que ela própria também precisava. — Eu vou falar com ele. Ver o que ele quer fazer, e ligo para você.

— Eu não vou ficar esperando que você me ligue, Daisy Lee — ele desceu os degraus até o meio-fio, onde o Mustang estava estacionado. — Depois que *eu* conversar com ele, eu te digo como vai ser — ele disse, enquanto se afastava e o sol batia no chapéu de palha e em seus ombros largos.

— Espera — ela desceu os degraus correndo atrás dele. — Você não pode falar com ele sozinho. Eu sou a mãe. Ele nem conhece você.

Jack deu a volta pela frente do carro e parou enquanto enfiava a chave na fechadura da porta.

— E isso é culpa de quem?

Ela olhou para ele por cima do carro.

— Eu deveria estar junto.

Ele olhou para ela e gargalhou.

— Como eu deveria ter estado, nos últimos quinze anos?

Ela agarrou a maçaneta para pular dentro do carro, mas a porta ainda estava trancada. Então ela se lembrou de Pippen e percebeu que não poderia ir nem que conseguisse se enfiar no Mustang.

— O Nathan é meu filho. Você não pode me excluir.

— Acostume-se.

— Jack, nós podemos resolver isso. Eu sei que podemos — ela não tinha a menor ideia de como fazer uma coisa desse tipo, mas estava decidida a evitar que as coisas ficassem muito feias. — Eu deveria ter te contado. Eu sei disso, e, exceto te entregar o meu filho, eu vou tentar recompensar você.

— Como? No porta-malas de um carro? — Ele destravou a porta. — Não estou interessado.

E ela se esforçando tanto para que as coisas não ficassem feias.

* * *

Nathan estava sentado com as costas apoiadas em uma coluna na quadra de basquete no Colégio Lovett. A tabela e a cesta lançavam uma sombra oblonga sobre a quadra, perto da linha de lances livres.

Ele olhou para os campos de futebol e as quadras de tênis. Ele não gostava dali. Não sabia o que tinha esperado do Texas, talvez que fosse como Montana. Estivera em Montana com o pai, uma vez, mas o Texas não era do mesmo jeito. O Texas era monótono. Quente. Marrom.

O Texas não era nem um pouco como Seattle.

Ele usou os pés para se empurrar contra a coluna até conseguir ficar de pé. Ajustou a corrente no pescoço e olhou para o colégio atrás de si. "Colégio", bufou. Não tinha nem o tamanho da escola que ele frequentara. Provavelmente todos aqui usavam botas de caubói e iam para a aula montados em cavalos. Provavelmente todos aqui escutavam música *country* e mascavam fumo de corda. Provavelmente ninguém andava de *skate* nem escutava Korn e Weezer e nem jogava Sniper Fantasy no XBOX.

Nathan suspendeu as calças e não percebeu quando elas tornaram a cair sobre o osso do quadril. Problemas maiores do que sua calça folgada ocupavam seus pensamentos. Ele havia deixado o *skate* na garagem de Jack Parrish e fugido feito um bebezão.

Ele desejava *muito* não ter feito aquilo, mas a forma como Jack agarrara seu braço o deixara em pânico. E também a maneira como olhara para ele e o xingara. Em um segundo eles estavam todos rindo e, no seguinte, Jack o apertara e olhara para ele de um jeito tão intenso que ele por pouco não borrou as calças. Nathan não sabia se Jack tinha sacado tudo naquela hora, mas, pelo olhar dele, parecia que sim. Daí, antes que Nathan chegasse a perceber o que estava fazendo, fugira feito uma criancinha.

Jack provavelmente achava que ele era um idiota.

Com um movimento de ombros, Nathan disse a si mesmo que não se importava. O pai contara inúmeras histórias sobre Jack. Fizera parecer que Jack era bacana, alguém de quem Nathan gostaria bastante. Mas ele achava que não gostava de Jack. De Billy ele tinha gostado bastante. Billy via *Monster garage*. Billy era legal.

Ele pegou uma pedra e a atirou contra a tabela. Fez um ruído reconfortante, ricocheteou e quase o atingiu na cabeça. Obviamente, a mãe ainda não contara a Jack. Nathan havia simplesmente assumido que ela já havia contado, ou jamais teria ido até a garagem. Afinal, era para isso que ela estava aqui. Para contar a Jack sobre ele. Pelo menos tinha sido isso que ela *dissera* que viria fazer aqui.

Ele atravessou o campo de volta em direção à abertura na cerca de arame. Estava muito bravo com a mãe, e se sentindo um retardado. Fora isso, tinha de pensar em um jeito de pegar o *skate* de volta. Ou talvez ele simplesmente deixaria que Jack ficasse com ele. Porque Nathan não queria nem pensar em voltar à loja e pedi-lo de volta. Não agora.

A grama fazia barulho sob seu tênis de *skatista* e ele imaginou que os irrigadores deveriam ter sido ligados naquela manhã. As gotas se acumulavam no bico de couro de seu calçado e ele observava quando elas rolavam. A esta hora a mãe já devia ter voltado do hospital. Ele teria de contar por onde tinha andado. Ela provavelmente ficaria brava, mas ele não se importava. Quanto mais pensava no assunto, mais *ele* ficava bravo com *ela*. Se ela tivesse contado a Jack, ou se pelo menos tivesse dito a ele que ainda não havia contado, ele não teria ido à garagem e feito um papel tão grande de imbecil.

Ao levantar a cabeça, ele reparou em uma garota andando em sua direção, apenas alguns passos longe da cerca. Através do arame ele viu que o cabelo dela era preto e brilhante, e que a pele era suave e bronzeada, como se ela passasse o tempo tomando sol. Eles se encontraram ao mesmo tempo, e ele se pôs de lado para que ela passasse primeiro. Em vez disso, ela parou e olhou para ele.

— Você não é daqui. Conheço praticamente todo mundo, mas você eu nunca vi — ela disse, com um forte sotaque texano, enrolando as palavras.

Seus olhos eram castanhos e sob um dos braços ela trazia uma cartolina e alguns papéis coloridos.

— Eu moro em Washington — ele respondeu.

— Washington, D. C.?

Ela falava como a mãe e a avó dele. Como se houvesse uma letra "R" na sílaba "wash". Ela usava uma camiseta azul em que se lia "Abercrombie and Fitch" em letras prateadas brilhantes. Ela era uma patricinha, e ele não gostava de patricinhas. Meninas que compravam na Abercrombie and Fitch e na The Gap. Bando de metidas.

— Não. No estado de Washington.

— Você está aqui visitando alguém?

Não, ele realmente não gostava de patricinhas... Mas os lábios dela eram do tipo que o fazia pensar em beijos. Um pensamento que ele vinha tendo com bastante frequência, de uns tempos para cá.

— É, minha avó, Louella Brooks, e minha tia Lily.

Ele beijara uma menina no sexto ano, mas achava que não contava.

Uma careta franziu as sobrancelhas dela.

— Lily Darlington?

— É.

— O Bull, primo do Ronnie, é casado com a minha tia Jessica — ela riu. — Nós somos praticamente parentes.

Ele duvidava que aquilo os tornasse parentes. E que raio de nome era "Bull"?

— Qual é o seu nome?

— Brandy Jo. E o seu?

Apesar de ser uma metida e de falar arrastado, Brandy Jo era bem bonita. Tinha o tipo de beleza que provocava em Nathan nó no estômago e peso no peito, e que o fazia pensar em como as garotas eram complicadas. E era nessas horas, quando pensava em garotas, que mais sentia falta do pai.

— Nathan — respondeu.

Tem certas coisas que um cara não pode perguntar para a mãe.

Ela o estudou por um momento e fixou os olhos no lábio dele.

— Isso doeu?

Ele não precisava perguntar sobre o que ela estava falando.

— Não — ele respondeu, torcendo para que sua voz não soasse desafinada. Ele *odiava* quando isso acontecia. — Da próxima vez vou fazer uma tatuagem.

Os grandes olhos castanhos dela se arregalaram e ele sabia que ela ficara impressionada.

— Seus pais vão deixar?

Não. Ele teria de dar um jeito de a mãe não saber. Alguns meses antes eles haviam selado um acordo: ele poderia manter o *piercing* desde que jamais fizesse uma tatuagem. Ele prometera, mas imaginara que só precisaria manter a palavra até fazer dezoito anos ou tivesse idade para se sustentar sozinho. Tatuagens eram muito legais.

— Claro.

— Onde?

Ele apontou para o ombro.

— Bem aqui. Ainda não sei o que quero, mas, quando souber, sem dúvida vou fazer.

— Se eu pudesse fazer, acho que escolheria um coraçãozinho vermelho no quadril.

O que a Nathan pareceu tosco e totalmente mulherzinha.

— Maneiro.

Ele baixou os olhos até os papéis que ela trazia sob o braço.

— O que você vai fazer com estas coisas?

— Vou dar aula de artes para crianças durante o verão. Vai ser muito divertido, e vão me pagar cinco e setenta e cinco por hora.

Ensinar arte para crianças não parecia nem um pouco divertido a Nathan, mas ganhar cinco e setenta e cinco por hora era bem interessante. Ele fez um cálculo de cabeça e concluiu que, se uma pessoa trabalhasse cinco horas por dia, cinco dias por semana, ganharia 575 dólares em um mês. Com este dinheiro ele poderia comprar vários CDs ou novas pranchas de *skate*.

Um Mustang preto encostou junto ao meio-fio, do outro lado da cerca, e Nathan viu Jack Parrish saindo. Ele suspendeu o chapéu até a testa e olhou para Nathan por cima do carro.

— Você esqueceu o *skate* na loja.

Jack não parecia tão assustador agora, mas o enjoo no estômago de Nathan piorou. Como quando ele foi vezes demais naquele brinquedo, o Zipper, no parque de diversões Puyallup.

— É.

Brandy Jo olhou de Nathan para Jack, e de volta para Nathan.

— Te vejo por aí.

Nathan olhou para ela.

— A gente se vê.

Conforme ela se afastou, ele voltou a atenção para o homem que sua mãe e seu pai disseram ser seu pai biológico. Até onde Nathan podia ver, ele não se parecia muito com Jack.

— Eu levei seu *skate* para a casa da sua avó.

Nathan passou pelo buraco na cerca e parou perto da porta de passageiro. Se o enjoo não passasse, ele temia que acabaria vomitando. E ele não queria *mesmo* vomitar.

— Minha mãe estava em casa?

— Estava. Ela e eu conversamos — ele apoiou um braço em cima do carro. — Ela disse que você sempre soube que eu sou seu pai.

— É — ele engoliu com dificuldade o nó que se formara em sua garganta. Não sabia por que se sentia tão estranho, já que não se importava com o que Jack pensava. Nathan estivera na oficina, mais cedo, por pura curiosidade. Só isso. Não se importava com o que ninguém pensava. — Eu soube.

— Bom, fico contente que ao menos para você ela não mentiu — Jack olhou para o relógio em seu pulso e tamborilou três vezes no carro. — Quer uma carona para casa?

— Pode ser.

Nathan esperou que Jack destravasse a porta e entrou. Sentou-se no macio couro bege do assento e seu estômago piorou um pouco mais. Ele não sabia quanto o carro valia, mas certamente muito mais do que a *minivan* preta que a mãe tinha em Seattle. Isso nem se discutia.

— Isto é um Shelby?

— É. Um GT 500 de 1967.

Nathan não entendia muito de Mustangs, mas sabia que, se era para ter um, este era o quente.

— Qual a motorização? — Perguntou, enquanto fechava a porta.

— O 428 Police Interceptor original.

— Louco.

— Eu gosto — Jack engatou, olhou pelo retrovisor e conduziu o carro para a rua.

— A que velocidade chega?

— Duzentos e doze. Claro que não é muito, se comparado com o Daytona. Quanto você disse que ele faz, em circuito fechado?

— Trezentos e vinte. Duzentos e noventa ao sair do *showroom* em 1969.

Jack riu e levou a mão do volante ao câmbio, para mudar a marcha de novo.

— Sabe, o Billy bem que precisa de uma ajuda com o Barracuda que está na oficina. Já que você vai ficar aqui por um tempo e como vai ter um Daytona um dia, talvez queira dar uma mãozinha lá com aquele motor Hemi.

Será que ele estava brincando? Nathan era capaz de se borrar todo só de *encostar* em um Hemi.

— Acho que seria legal, mas não sei quanto tempo vou ficar na cidade.

Jack olhou para ele e a sombra de seu chapéu desceu até o meio do nariz.

— Vamos conversar com a sua mãe e ver quanto tempo você vai ficar — ele voltou a se concentrar no caminho e mudou a marcha para terceira. — Claro, só por você ser da família não quer dizer que podemos te pagar mais do que pagamos aos outros.

Pagar? Tipo, ganhar dinheiro para trabalhar em um Hemi? Ele se borraria *em dobro*. Nathan olhou para baixo, para a corrente que pendia do ilhós de sua calça. Ele limpou a garganta e moveu a cabeça afirmativamente algumas vezes.

— Maneiro.

— Começamos com sete e cinquenta por hora.

Ele tentou fazer o cálculo, mas algo que normalmente lhe era muito fácil neste momento se revelou impossível.

— Tá.

— Nathan?

Ele olhou para Jack.

— Quê?

— Eu deveria saber de você antes de hoje — ele disse, sem tirar os olhos do caminho.

Nathan concordava, mas não disse nada.

— Se eu soubesse, eu teria participado da sua vida. Ninguém teria me impedido.

Ele não soube o que responder a isso, então manteve-se calado. Jack continuou.

— Talvez, enquanto você estiver por aqui, nós possamos nos conhecer.

— Tá legal.

— E se não nos irritarmos até a morte, você poderia pensar em ficar durante o verão.

O verão inteiro? Nesta cidadezinha de merda? Nem a pau.

— Quando o Cuda ficar pronto, vou precisar de alguém para dirigir e fazer uns testes. Você poderia fazer isso?

Ele mordeu o lado de dentro do *piercing* para evitar de sorrir. *Cara!*

— Poderia.

— Você tem carteira de habilitação, certo?

A excitação dele evaporou.

— Não. Eu só tenho quinze anos, e precisa ter dezesseis.

— No Texas, não. Aqui você pode ter com quinze.

— Sério?

— Sim. Você precisa ter habilitação para testar o Cuda para mim. É uma regra da empresa, por causa de questões com o seguro. Isso significa que você precisa se inscrever em um curso para aprender a dirigir. E isso tomaria cerca de metade do verão.

Nathan sonhava em tirar carteira de motorista desde que se entendia por gente.

— Você não precisa responder hoje. Pensa e depois me diz.

Se ele ficasse no Texas durante o verão, isso aconteceria mais cedo. Fora que trabalharia em um Hemi e ganharia um dinheiro de verdade. Ele remexeu na corrente do pescoço.

— Vou ter que pedir para a minha mãe.

E ela não ia gostar nem um pouco da ideia. Estava sempre lhe negando coisas. Ela não queria que ele se divertisse nem que crescesse. Queria que ele ficasse entediado e fosse uma criancinha para sempre.

— Eu converso com ela por você.

— Você faria isso?

— Sem dúvida — ele sorriu, exibindo os dentes brancos. — O prazer será todo meu.

Treze

— Você se lembra da Azelea Lingo, não é?

— Não — Daisy respondeu, distraída, olhando para fora pela janela frontal da casa da mãe.

— Claro que se lembra, é aquela que comprou meio aspirador de pó de presente de casamento para a Lily — Louella continuou, como se Daisy tivesse estado no casamento de Lily, o que não era o caso.

— Como alguém compra meio aspirador de pó como presente de casamento? — Daisy perguntou, embora no fundo não desse a menor importância ao assunto naquele momento. Fazia mais de uma hora que Jack tinha vindo e ido embora. Mais de uma hora, e desde então ela não vira nem pálida sombra dele ou de Nathan.

— Ela reservou a peça e pagou metade do valor, e a mercadoria só poderia sair da loja mediante pagamento do saldo. Então a Lily teve de pagar para retirar. Ela desembolsou cinquenta dólares por um aspirador de noventa. E a Azelea não é pobre, você sabe. Ela é tão gorda que precisa se sentar em turnos, um glúteo de cada vez, portanto, não é como se não pudesse comprar um aspirador inteiro.

Uma dúzia de vezes Daisy fizera menção de sair, para, afinal, se deixar ficar, decidindo que manter a calma era o melhor a fazer.

— Enfim, seja como for, o marido da Azelea, Bud, saiu de casa alguns anos atrás e se casou com uma menina de Amarillo. Só que a menina de Amarillo nem imagina que todo esse tempo Bud tem voltado a Lovett para umas temporadas de amor com Azelea.

Daisy massageou a ruga profunda que havia se formado entre suas sobrancelhas. A cabeça parecia prestes a explodir.

— O que foi, amorzinho? — Louella fez uma pausa em sua narrativa para perguntar a Pippen. — Ah, você quer seu chapéu? Daisy, querida, onde está o chapéu do Pippen?

Daisy estava tão tensa que sentia como se fosse preciso destravar o maxilar para conseguir abrir a boca.

— Provavelmente no seu quarto.

— Vá ver na cama da vovó.

— Você vai — ele ordenou, com vozinha infantil.

— Vamos juntos.

Daisy continuou olhando pela janela quando os dois saíram da sala. Ela afastou um bocado da cortina de veludo azul da mãe e pressionou a testa contra o vidro. Como Nathan não tinha voltado, ela calculava que Jack o havia encontrado, e todo tipo de cenário passava por sua mente. Desde imaginar os dois sentados em algum lugar, conversando, até Jack sequestrando Nathan e fugindo para um lugar onde ela nunca mais os encontraria. Esta última hipótese não era muito provável, na verdade, mas, com Jack, nunca se podia ter certeza.

Ela abriu a porta da frente e pôs a cabeça para fora, olhando para os dois lados da rua. Não havia sinal de nenhum dos dois.

— Você está deixando todo o ar frio escapar. Fecha isso — sua mãe disse, quando voltou.

Daisy olhou para trás e viu a mãe, que estava usando uma blusa cor-de-rosa com pérolas falsas costuradas, e uma saia *jeans* de pregas. Pippen estava ao lado dela, com o chapéu de rabo e pele falsa de animal e fraldas estampadas do Garibaldo, da *Vila Sésamo*.

— Hoje à tarde, eu estava saindo do hospital quando trouxeram o Bud Lingo — a mãe retomou a história do ponto onde havia parado. — Parece que ele teve um troço no coração enquanto estava com a Azelea. Eu não pude ficar, mas estou morrendo de curiosidade de saber o que vai acontecer quando a mulher do Bud aparecer aqui, direto de Amarillo — Louella foi até o armário onde guardava as fitas VHS e o abriu. — E a filha mais nova deles, Bonnie, estava lá também. A Bonnie é aquela que deu à luz um bebê horroroso no último Dia de São Valentim. Deus do céu, quando ergui o cobertor do rosto da criança na igreja, eu mesma quase tive um troço no coração. Ela era careca e cor-de--rosa e magra como um rato recém-nascido, coitada. Claro, eu menti e falei que era uma belezinha. Você se lembra da Bonnie, não? Baixa, cabelo escuro...

Sua mãe estava determinada a fazer a cabeça de Daisy explodir. Daisy saiu para o pórtico e fechou a porta atrás de si. Sentou-se no primeiro degrau e apoiou a cabeça na coluna que sustentava o telhado. Seus nervos estavam em frangalhos. O coração batia acelerado e sua paciência abandonara o barco já havia algum tempo. Ainda era uma da tarde, e ela sabia que o dia poderia piorar muito. Jack a detestava, agora, e faria de sua vida um inferno, tal como prometera na primeira noite em que ela fora visitá-lo. Se por um lado Daisy compreendia a raiva dele, por outro não podia deixar que as coisas descambassem. Porque, se isso acontecesse, o único inocente da história toda seria quem mais iria sofrer. Nathan.

Ela baixou a cabeça e olhou para os pés e as unhas pintadas de vermelho. Pela primeira vez, notou as manchas em perfeito formato de dedo em suas coxas. Ela não precisava parar para pensar como as havia conseguido. Jack. Ele deixara suas marcas nela por muito tempo depois de terem feito amor.

Era coerente, ela supunha. Jack também deixara sua marca nela muitos anos antes, e ela não estava pensando em Nathan. Ele a marcara onde ninguém podia ver. Deixara uma marca indelével em seu coração e em sua alma. Uma marca que, independentemente de quanto ela se afastasse, quanto tempo ficasse longe ou quanto se escondesse, não havia se atenuado nem perto do que ela imaginara.

Apesar dos sentimentos dele por ela, ela estava com medo de estar se apaixonando por Jack de novo. Ela sabia quais eram os sinais, tanto quanto sabia que era melhor não deixar que aquilo acontecesse.

Quanto mais cedo ela pegasse Nathan e saísse da cidade, melhor. Jack já sabia que tinha um filho. Ele poderia telefonar, escrever ou visitar Seattle em algum momento no futuro. Lily estava se recuperando e logo estaria em casa, embora ainda fosse um caso perdido do ponto de vista psíquico. Fosse como fosse, Daisy tinhas os próprios problemas, e precisava ir embora antes que sua vida ficasse totalmente em pedaços.

A meio quarteirão de distância, ela ouviu o inconfundível barulho do motor do Mustang de Jack. Ela ergueu a cabeça e concentrou sua atenção no carro preto que se aproximava. Conforme ela se levantou, o carro parou junto ao meio-fio em frente à casa de sua mãe. Jack desligou o motor e se virou para olhar para ela. Na distância, seus olhares se encontraram: o dele, furioso; o dela, resignado. Daisy esticou o pescoço para o lado e olhou para Nathan, sentado além de Jack. Seu filho estava no banco de passageiros e mantinha o olhar fixo no colo. Ele disse alguma coisa, e os dois saíram do Mustang. Ambos bateram as portas ao mesmo tempo, e Jack esperou por Nathan na frente do carro. O sol quente do Texas estava cozinhando os ombros de Daisy, e ela precisou usar até a última gota de seu autocontrole para manter os pés firmes no degrau, e não sair correndo em direção ao filho.

Os dois subiram na calçada em passos perfeitamente coordenados. As mãos de Nathan pendiam ao lado do corpo; seu andar dizia tenho-quinze-anos-e-estou-tentando-desesperadamente-parecer-calmo. Os olhos azuis estavam atentos. Ele estava tentando entender se estava encrencado ou não.

Jack estava com uma mão enfiada até o meio dos dedos no bolso frontal da Levi's, e a outra solta ao lado do corpo. Como sempre, ele se mexia como se não tivesse pressa nenhuma de chegar aonde quer que fosse.

— Onde você estava, Nathan? — Ela perguntou, quando ele parou na frente dela. Daisy precisava lutar com todas as forças contra a urgência de atirar os braços em volta dele e dizer que tudo ficaria bem. — Eu fiquei preocupada com você. Você sabe que não gosto quando você sai e não me diz a que horas vai voltar.

— Nós fomos dar um passeio — Jack respondeu.

Uma ruga apareceu entre as sobrancelhas de Nathan e ela perguntou:

— Você está bem?

— Estou.

Mas ele não parecia nada bem. Parecia cansado e aborrecido e suas bochechas estavam vermelhas do calor.

— Está com fome?

— Um pouco.

— Por que você não entra e pede à sua avó para preparar alguma coisa para você?

Ele se voltou para Jack.

— Acho que te vejo depois.

— Pode apostar — Jack respondeu. — Eu te ligo depois de falar com o Billy.

— Legal.

Com as calças caídas e as correntes de cachorro chacoalhando, Nathan subiu os degraus.

— Onde você o encontrou? — Daisy perguntou, enquanto observava o filho fechar a porta.

— No colégio. Ele estava conversando com uma garota.

— E para onde você o levou depois disso?

Ela olhou para Jack. O sol abrasador atravessava a textura do chapéu e desenhava pequenos pontos de luz no nariz e na boca dele.

— Por aí.

— Por aí onde?

Ele sorriu.

— Por aí, simplesmente.

Ela pôs a mão perpendicularmente às sobrancelhas, protegendo os olhos do sol. Ele estava realmente se divertindo com aquilo.

— Sobre o que conversaram?

— Carros.

— E?

— E sobre ele trabalhar para mim no verão.

— Impossível — ela disse, afastando com a mão a simples sugestão daquela ideia. — Nós já temos planos.

— Pois mude. O Nathan falou que quer trabalhar para mim no verão.

Ela olhou para aqueles olhos verdes, rodeados pelos longos cílios de Jack.

— E você vai me dizer que ele teve essa ideia sozinho?

Ele abanou a cabeça, fazendo com que os pontos de luz dançassem ao longo de seu lábio superior.

— Não importa quem teve a ideia. É o que nós dois queremos.

— Nós não podemos ficar aqui o verão inteiro — ela sentiu uma linha de transpiração surgindo entre seus seios. — Eu já fiquei aqui mais do que tinha pretendido.

— Não há razão nenhuma para você ficar. Na verdade, pode ser até melhor que você vá.

— Eu não vou deixar meu filho aqui com você. Você o conhece há apenas uma hora e já o manipulou para ficar aqui.

— Eu simplesmente ofereci ao Nathan um trabalho ajudando o Billy a desmontar um motor Hemi 426. Ele se empolgou.

Ela espalmou as mãos no ar.

— É óbvio. O menino dormiu a vida inteira em lençóis com estampa de carro, e aos três anos escolheu o primeiro carro que teria. Um Porsche 911.

— Porra, você deixou meu filho escolher um carro europeu de merda?

Em outras circunstâncias, ela talvez tivesse dado risada.

— Que diferença isso faz?

— Ele é um Parrish — ele tirou o chapéu da cabeça e esfregou a testa na manga curta da camiseta. — Faz diferença para nós — ele passou os dedos por um dos lados da cabeça e recolocou o chapéu. — Se tivesse sido criado direito, ele saberia — acrescentou, em voz áspera.

Como ele se atrevia a criticar a maneira como ela criara Nathan? Talvez ela não tivesse sido sempre a melhor mãe do mundo, mas se empenhara muito e dera seu melhor. Ela seria capaz de matar qualquer um que tentasse machucá-lo.

— Se ele tivesse sido criado direito — Jack continuou —, ele não teria um anel espetado na boca nem coleiras de cachorro presas ao corpo.

Os nervos dela vieram abaixo e em um segundo ela esqueceu tudo quanto a tentar se dar bem com Jack pelo bem de Nathan. Ela já não se importava com o direito que Jack tinha de estar bravo; ele havia cruzado um limite e insultado o filho dela.

— Ele é um ótimo garoto — ela disse, enfiando o dedo no peito de Jack. — O que está do lado de fora não importa tanto quanto o que está do lado de dentro.

Jack baixou a cabeça, observou o dedo dela em seu peito e tornou a encará-la.

— Ele parece um porco-espinho.

— Muitos meninos têm essa aparência no lugar onde nós

moramos — ela espetou o peito dele duas vezes. — Seu caipira presunçoso.

Os olhos dele primeiro se arregalaram e depois se estreitaram. Ele envolveu o punho dela com a mão e afastou o dedo esticado contra seu peito.

— Você virou uma mulherzinha sem educação e com um péssimo sotaque.

Daisy engasgou e desta vez partiu com tudo para o ataque. Ela se pôs na ponta dos pés e disse:

— Vou tomar isso como um elogio, vindo de um mecanicozinho de quinta categoria e imundo de graxa.

— Sua vadia presunçosa.

Ele a agarrou pelos ombros como fazia quando eles tinham dez anos e brigavam sobre quem tinha a melhor bicicleta. Eles se agrediam com as piores palavras que conseguiam encontrar, mas jamais falavam mais alto do que um murmúrio.

— Você sempre achou que o sol só nasce para iluminar esta sua bunda magra — ele disse.

— E você sempre se achou um milagre de Deus vestido de *jeans* — ela pôs as mãos no peito dele e empurrou, mas ele não se moveu um milímetro. — Mas estou aqui para dizer, em nome de todas as mulheres, que o que você tem dentro da calça não é nem um pouco extraordinário.

— Você achava que era, no sábado, enquanto estava no porta-malas do Custom Lancer. Na verdade, você se desmanchou em lágrimas de tanto que gostou do que tenho dentro das calças.

— Não seja convencido. É só que fazia tempo demais. Poderia ter sido com qualquer um — ela sorriu, brava demais para sentir vergonha. — Você poderia ter sido Tucker Gooch — acrescentou, sabendo muito bem que Jack nunca gostara de Tucker.

Jack riu.

— O Tucker não tem o que é preciso para fazer você uivar como se tivesse numa conversão religiosa.

A porta da frente se abriu e Louella pôs a cabeça para fora.

— Vocês estão dando um espetáculo e tanto para os vizinhos.

Jack largou os ombros de Daisy e teve a decência de ficar constrangido.

— Boa tarde, senhora Brooks.

— Oi, Jackson. Então, está calor o suficiente para você?

— Mais quente do que comida mexicana roubada — Jack falou, tirando o chapéu e trocando gentilezas como se para mostrar que *ele* tinha sido educado direito.

— Fazia tempo que eu não via você.

— É verdade, *madama*, fazia mesmo.

— Como vai seu irmão?

— Está tudo bem, obrigada por perguntar.

— Diga a ele que mandei um abraço.

— Farei isso. E a senhora, como está?

Daisy se sentou no degrau de concreto. Apoiou a testa na mão e esperou que a mãe começasse a contar a interminável história sobre como quase enfartara ao ver o bebê horroroso da Bonnie Lingo. Pela primeira vez, Daisy estava agradecida, pois isso lhe daria tempo para se recompor. Porém, em vez disso, Louella disse:

— Estou bem, obrigada por perguntar.

Daisy sentia o olhar da mãe tão penetrante atrás de sua cabeça que era possível sentir um buraco surgindo. Como já se sentia idiota o suficiente por ter brigado com Jack no meio da rua, ela se recusou a virar para trás e ver de frente o olhar significativo da mãe.

— O Nathan escutou?

— Lá de dentro não dá para escutar, mas nós dois vimos vocês partindo para os fatos.

— Mas que ótimo — Daisy sussurrou.

Ouvindo quando a porta se fechou atrás da mãe que voltara para dentro, ela deixou cair a mão, olhou para cima e disse a Jack:

— Nós precisamos nos dar bem.

Ele balançou a cabeça. Mesmo com o cabelo achatado pelo chapéu, ele ainda conseguia ser lindo.

— Isso não vai acontecer.

— Então temos de fingir. Pelo bem do Nathan.

— Pois vou lhe dizer uma coisa, docinho — ele disse, empurrando o chapéu para trás. — Acho que eu não sou bom em mentir.

A recente mentira dele sobre a viagem a Tallahassee veio è mente.

— Sei.

Uma ruga surgiu entre as sobrancelhas dele:

— Não tão bom quanto você, pelo menos.

Ela se levantou e o encarou.

— E você acha que o Nathan vai querer ficar aqui com você, sabendo que você me odeia? — Ela não esperou pela resposta. — Ele gosta de se fazer de adulto, de pensar que eu o mimo e o estrago, mas a verdade é que ainda precisa de mim.

A ruga na testa dele se suavizou.

— Você está dizendo que vai deixá-lo ficar para o verão?

Daisy não achava que tinha escolha. Ela conversaria com Nathan e, se ele realmente quisesse trabalhar na garagem de Jack e conhecê-lo, ela não seria empecilho.

— Se for o que ele quer. Mas não vou deixar que fique aqui sozinho com você. Eu o deixei com parentes em Seattle por menos de duas semanas e ele não aguentou.

Ela deixou escapar um longo suspiro e pensou em voz alta.

— Ele só trouxe uma mochila de roupas. Eu só tenho uma mala pequena. Nenhum de nós vai sobreviver ao verão só com o que está aqui — ela teria de viajar até Seattle e pegar algumas coisas em casa.

Jack cruzou os braços em frente ao tórax largo e sorriu. Ele vencera aquele *round*, e sabia disso.

— Mas você tem que prometer: nada mais de brigas.

— De acordo.

— Nós temos de nos dar bem.

— Na frente do Nathan.

Mas Daisy ainda não tinha terminado:

— Você tem de fingir que gosta de mim.

Ele inclinou a cabeça para trás e a sombra do chapéu deslizou por seu nariz, pelos lábios e o queixo.

— Não abusa da sorte.

* * *

Daisy adicionou água ao vaso de lírios recém-colhidos e o colocou de volta na mesinha de cabeceira ao lado da cama de hospital de sua irmã. Daisy não gostava do cheiro enjoativo dos lírios. Fazia-a se lembrar de morte.

— Eu não vou estar aqui quando você for para casa amanhã — ela disse, e pegou o vaso com tulipas cor de pêssego e rosas brancas.

— Você e o Nathan estão voltando para casa? — Lily perguntou, enquanto pegava a gelatina de limão da bandeja do jantar.

— Só eu, por alguns dias — Daisy foi até a pia e colocou água no vaso. — Parece que vamos ficar para o verão.

Lily não disse nada e Daisy olhou para a irmã por sobre o ombro. Ela estava com um curativo branco sobre os pontos da testa. Um dos olhos estava preto e azul, o outro, verde e amarelo. O lábio superior ainda estava um pouco inchado, o braço esquerdo estava engessado. O tornozelo e o pé direito estavam em um tipo de suporte de tração.

— O que aconteceu? — Lily perguntou, finalmente. — Você contou ao Jack sobre o Nathan?

— Não exatamente — ela apoiou o vaso perto do outro e sentou em uma cadeira ao lado da cama de Lily. — O Nathan meio que contou para ele — ela respondeu, e contou o resto da história. — Eu tentei dizer ao Jack o quanto lamento, mas ele ainda não está pronto para me ouvir.

Lily girou a cabeça no travesseiro e seus olhos azuis se destacaram em meio a todas as demais cores de seu rosto.

— "Sinto muito" são apenas duas palavras, Daisy. Não significam nada a menos que você realmente sinta. O Ronnie dizia que sentia muito toda vez que me traía, mas o que ele realmente queria dizer é que lamentava ter sido pego de novo. Às vezes, um "eu lamento" não basta.

Fora do quarto, o doutor Williams foi chamado para a área quatro; Daisy viu de relance o sofrimento do outro lado, as pessoas que estavam nas piores condições.

— Sim, eu sei — ela fechou as mãos em torno dos braços de madeira da cadeira. — Isso é o principal motivo por que decidi ficar para o verão. Devo isso ao Jack. Posso ter agido movida pelas melhores intenções, mas não deveria ter esperado quinze anos para contar sobre o Nathan. Eu me sinto muito culpada em relação a isso.

— Não deixe que a culpa te leve à loucura — Lily devolveu a gelatina à bandeja. — Lembra a noite em que fomos ao Slim Clem's?

— Claro.

— Eu dormi com o Buddy Calhoun, naquela noite.

Daisy estava chocada demais para falar.

— Ele apareceu quando eu já estava em casa e nós ficamos juntos. Ele foi um amor e o sexo foi ótimo. Mas, quando ele foi embora, comecei a me sentir culpada, como se estivesse traindo meu casamento. O Ronnie me traiu durante anos, abandonou o Pippen e eu por outra mulher, e *eu* estava me sentindo culpada — ela coçou a testa perto do curativo. — Era loucura, e eu fiquei tão fora de mim que fui até a casa dele. Ele não estava, mas fiquei subindo e descendo a rua esperando que ele chegasse, ficando cada vez mais brava. Não me lembro muito depois disso, mas acho que fiquei tão zangada, tão furiosa, que enfiei o carro na sala dele.

— Lily — ela levantou e andou até a cama. — O que você está dizendo, exatamente? Para que eu não deixe que a culpa me enlouqueça a este ponto ou que eu deveria esperar que o Mustang do Jack entre na sala da mamãe?

— Nenhuma das duas coisas. Eu não sei. Só sei que quero me sentir normal de novo — ela afastou a bandeja. — Coça meu dedão?

Daisy foi ao fim da cama e coçou o dedão da irmã. O tornozelo de Lily estava imenso.

— O que você disse para a polícia sobre o acidente?

— Que eu ia falar com o Ronnie sobre a pensão para o Pippen, que devo ter tido uma daquelas minhas enxaquecas e acidentalmente pisado no acelerador, em lugar de pressionar o pedal do freio.

— E eles acreditaram?

Ela deu de ombros.

— Eu fui para a escola com o Neal Flegel. Ele nunca gostou muito do Ronnie. Ele me deu uma multa por excesso de velocidade. Meu seguro vai pagar pelos estragos da casa, mas tenho certeza de que a franquia vai ser tão alta que não vou poder dirigir por um bom tempo.

O que na opinião de Daisy era uma bênção.

— Você pensou na questão da ajuda profissional de um psiquiatra?

— Pensei. Pode ser bom — Lily alcançou os controles e baixou a cama. — Mas acho que ter entrado com o carro na casa do Ronnie foi um bom alerta.

Aquilo soava muito lúcido.

— Nenhum homem vale que eu me sinta mal em relação a mim mesma. Quando não estou sendo louca, eu sou uma pessoa bem bacana.

Daisy sorriu.

— Sem dúvida.

— O Ronnie não vale um peido, que dirá estar à minha altura.

— Exato.

— Vou me concentrar em ficar boa e em criar o Pippen. Ficar me sentindo mal por causa do Ronnie é assunto superado. Eu não preciso de um homem na minha vida para me sentir importante.

— É verdade.

Lily parecia estar realmente a caminho da completa sanidade mental.

— Por que eu deveria basear minha autoestima em um homem que considera cada ereção como crescimento pessoal?

Daisy riu.

— Você não deveria.

Lily tirou um pedaço de esparadrapo que segurava uma bola de algodão em seu cotovelo.

— Os homens são a escória do mundo e deveriam ser todos assassinados.

Bem, talvez uma sanidade mental ainda não muito completa.

Catorze

Jack observava o filho enquanto Billy lhe mostrava como remover o virabrequim do Hemi 426. Desde que buscara Nathan no colégio naquele primeiro dia, ele vinha tentando não encará-lo. Não queria assustar o menino de novo, mas, depois de tê-lo por três dias trabalhando na oficina, estava achando cada vez mais difícil não estudá-lo. Mesmo com o cabelo de ouriço e o *piercing* na boca, Nathan se parecia com os Parrish mais do que o próprio Jack.

Ele enrolou as mangas, apanhou um soquete e removeu os pinos ainda encaixados. Atualmente, já não trabalhava tanto na restauração quanto costumava. Passava a maior parte do tempo fechando negócios e viajando pelo país atrás de peças. Gerenciava a garagem enquanto Billy era responsável pelo trabalho em si. Porém, nos últimos três dias, Jack havia passado entre os mecânicos muito mais tempo do que o usual.

— Estão bobas — Billy falou, enquanto inspecionava as válvulas. — Exatamente como tínhamos imaginado.

— O que isso quer dizer? — Nathan perguntou.

— Que estão empenadas — ele respondeu.

— Significa que as válvulas ficam abertas por tempo demais ou de menos, e que o motor perde força — Jack acrescentou.

Nathan olhou para ele por cima do grande motor V8, e havia em seu olhar uma expressão de insegurança que Jack detestava ver. Ele manteve os olhos fixos no filho enquanto falava:

— A peça nova estará aqui até a hora em que você e o Billy estiverem prontos para remontar.

Meu filho.

Billy passou a peça para Nathan, que a segurou e analisou.

— E o que fazemos com a peça antiga?

— Joga na lixeira para resíduos de metal que eu te mostrei lá fora — Billy disse.

Enquanto Jack observava Nathan se afastando da oficina, com a larga calça azul folgada no traseiro, ele pensou que deveria sentir mais pelo garoto do que realmente sentia. Algo mais do que um nó na garganta e uma curiosidade ávida. Ele deveria sentir algum tipo de conexão, como a que tinha com o próprio pai. Mas não sentia.

Nathan estava em conexão com Billy, porém. Ao longo de toda a semana, Jack os observara trabalhando juntos. Nathan também parecia bem à vontade com os outros mecânicos. Perto de Jack, contudo, ele ficava mais quieto e reservado.

Naquela noite, tomando uma garrafa de Lone Star no quintal de Billy, ele abordou o assunto.

— Não acho que o Nathan goste muito de mim — ele disse, enquanto via Lacy e Amy Lynn trepando nos vários brinquedos que Billy construíra para elas no verão anterior. Eram cerca de sete da noite e a sombra de dois carvalhos se projetava pelo passeio e pelo pátio onde ele e Billy estavam. — Acho que ele gosta mais de você do que de mim.

— Acho que perto de você ele fica mais nervoso.

Os dois irmãos estavam sentados em cadeiras Adirondack, com as pernas esticadas à frente e as botas caubói cruzadas sobre os tornozelos. Jack usava uma camisa *jeans* com as mangas cortadas e Billy vestia uma regata de malha canelada. Rhonda tinha saído para um tipo de festa da maquiagem e levado o bebê consigo, deixando Billy encarregado das meninas mais velhas.

— Não sei o que posso fazer para deixá-lo mais à vontade — Jack disse, enquanto levava a garrafa aos lábios e tomava um gole.

— Seria um bom começo se você parasse de fuzilar a mãe dele com os olhos quando ela vem aqui buscá-lo, como você fez hoje.

Aquela tarde tinha sido a primeira vez que ele vira Daisy desde a briga em frente à casa da mãe dela. Daisy estivera em Seattle por alguns dias e Jack não sabia que ela estava de volta até que ela simplesmente apareceu. Também não sabia que olhava para ela de uma maneira específica.

— E você também pode parar de ficar tão bravo quando ele fala do pai — Billy continuou.

— O Steven não é o pai dele — Jack olhou para o irmão e acrescentou: — E nunca falo nada contra ele.

— Nem precisa. Cada vez que o Nathan traz o Steven à tona e você está por perto, seu olhar fica duro e você faz aquele som por entre os dentes, como se fosse uma mangueira — Billy se inclinou e gritou, em direção às filhas: — Lacy, não anda na frente da sua irmã desse jeito enquanto ela estiver balançando, ela pode te chutar na cabeça de novo.

Jack pousou a garrafa no braço da cadeira.

— O Nathan fala do Steven quando não estou por perto?

— Fala — Billy voltou a se recostar. — Parece que antes de o Steven adoecer eles faziam várias coisas juntos.

Jack se flagrou fazendo o ruído de mangueira que Billy mencionara pouco antes. Ele estava com ciúme. Com ciúme de um homem morto e com ciúme do próprio irmão. A sensação não era nada boa.

— Eu sei que você está bravo, e tem todo o direito de estar, mas você precisa lembrar que o Nathan amava o Steven. Certo ou errado, parece que o Steven era um bom pai para ele.

— O Steven não tinha o direito de ser um pai bom, ruim ou indiferente. Ele e Daisy fugiram juntos. Eles se casaram e mantiveram meu filho longe de mim por quinze anos.

— E o que te deixa com mais raiva? Que a Daisy não tenha contado sobre o Nathan ou que ela tenha escolhido o Steven e não você, na época?

— Que ela tenha levado o Nathan embora.

Claro que isso era pior, mas as duas coisas estavam tão relacionadas que Jack não conseguia separá-las muito bem.

— Hoje em dia você olha para ela como se a odiasse, mas eu vi como você a olhava na festinha de aniversário da Lacy. Você começou a devorá-la com os olhos no minuto em que se sentou conosco à mesa.

Ele tinha feito aquilo? Provavelmente.

— Eu gostava dela quando estávamos crescendo — ele confessou, enquanto observava Amy Lynn saltar e aterrissar com firmeza sobre os pés.

— Eu li a carta do Steven, e me pareceu que *vocês dois* "gostavam" da Daisy Brooks. Parece que vocês dois a amavam, isso sim.

Não fazia sentido negar.

— Desde o oitavo ano. Talvez antes — enquanto via Amy Lynn voltar ao balanço, seus pensamentos voltaram ao passado, para antes da noite em que Steven e Daisy tinham se casado. — Estar com ela era como... Como pegar a velha estrada voando a 240 por hora. Sabe aquela sensação de ver o ponteiro bater no limite? Quando seu coração bate na garganta e a adrenalina encharca sua pele e faz seu couro cabeludo arrepiar?

— Sim, eu sei como é.

— Era assim — Jack sacudiu a cabeça e apanhou a cerveja. Ele nunca antes falara com ninguém sobre Daisy. — Eu era louco por ela, mas nós brigávamos demais. Ela era muito ciumenta, e eu socava qualquer menino que simplesmente olhasse para ela.

Billy se inclinou na cadeira de novo.

— Amy Lynn, não balança tão alto — ele voltou a se encostar e disse: — Bom, vocês devem ter feito as pazes uma ou duas vezes, do contrário ela não teria engravidado.

Jack se recordava com perfeita clareza de todas as vezes em que tinha feito amor com Daisy no banco traseiro do carro; de pé, enquanto ela envolvia a cintura dele com as pernas; no quarto dela, quando Louella trabalhava até mais tarde.

— Acho que nós brigávamos só para fazer as pazes no banco de trás do meu Camaro.

— Parecem os hormônios da adolescência — Billy comentou, olhando para Jack com seus olhos azul-claros, como se as coisas tivessem sido assim tão simples.

— Era mais do que hormônios.

Jack estivera com outras garotas antes de Daisy, mas, com ela, era mais do que ejacular. O sábado anterior, na traseira do Custom Lancer, provara que ela ainda era capaz de fazê-lo sentir--se do mesmo jeito. Depois de todos estes anos. Claro, isso tinha sido antes que ele descobrisse a respeito do Nathan. Agora, o que sentia por ela era apenas uma fúria selvagem. Ele deu um gole e descansou a garrafa na coxa.

— Eu achava que ela era a mulher da minha vida. A Daisy era tudo o que eu pensava.

— Se você estava apaixonado, por que rompeu com ela?

— Como você sabe que eu rompi com ela?

— Estava na carta do Steven.

— Estava? — Ele se lembrava de muito pouco da carta, tirando a parte que falava do Nathan. — A mamãe e o papai tinham acabado de morrer e eu estava lidando, ou tentando lidar, com tudo aquilo — ele levantou um dedo da garrafa e o apontou para o irmão. — Você se lembra bem do inferno que foi.

— Lembro, claro.

— Mais ou menos na mesma época, a Daisy ficou ainda mais possessiva e emotiva do que já era. Parecia que ela estava sempre pendurada no meu pescoço. Quanto mais eu tentava fazê-la afrouxar a pressão, mais ela me esmagava. Eu não consegui lidar com isso e falei que deveríamos nos afastar por um tempo. Logo depois eu soube que ela estava casada com o meu melhor amigo.

— As mulheres ficam realmente muito estranhas quando engravidam. Pode acreditar, eu já passei por isso três vezes.

— Eu não sabia que ela estava grávida.

— É verdade. Ela contou ao Steven e não a você, porque você tinha rompido com ela.

— Eu não rompi com ela — pelo amor de Deus, o Billy estava começando a irritá-lo. — Eu só precisava de um tempo para pensar. Se eu soubesse, teria feito a coisa certa.

— Eu sei que teria.

Ah, finalmente um pouco de apoio de sua família.

— Mas ela se sentiu rejeitada do mesmo jeito, foi atrás do Steven e ele a ajudou, e você não.

— Mas que porra! Billy, você é meu irmão, teoricamente está do meu lado!

— E estou. Sempre. Mas você está cego de raiva, e acho que não está conseguindo ver as coisas com clareza. Compreendo como você se sente, mas alguém precisa te mostrar que você tem uma parcela de responsabilidade no fato de a Daisy ter se casado com o Steven.

— Talvez — ele concedeu, pelo bem da conversa, mas não estava muito seguro de acreditar realmente naquilo. — Mas isso não desculpa nenhum dos dois por não ter me contado sobre meu filho. Eu nunca vou perdoar a Daisy por isso.

— Bem, você sabe o que Tim McGraw diz sobre a palavra "nunca"?

Ele não dava a mínima para o que o cantor dizia sobre coisa nenhuma. Tim McGraw era casado com Faith Hill, e ela não fugira com os bebês dele e os manteve em segredo por quinze anos.

Billy pegou a cerveja e respondeu, mesmo assim.

— Tim diz que o problema é que "nunca" nunca funciona. Eu acho que há certa sabedoria nisso.

E Jack achava que Billy deveria ir devagar com a Lone Star.

— Eu estava pensando em talvez pegar o barco e levar o Nathan ao lago Meredith para pescar. Quem sabe para acampar por uma noite.

— Rhonda e eu levamos as meninas para acampar ao ar livre no último verão. Ficamos no *camping* Stanford-Yake, bem perto da marina. Tinha uma infraestrutura muito bacana para as garotas.

— Eu não ligo para a qualidade dos banheiros — Billy tinha de se importar, pois vivia com quatro mulheres que teriam um chilique por causa disso.

— Pensei que você poderia convidar a mãe do Nathan para ir junto.

Jack se levantou e saiu andando pelo pátio.

— Qual é o seu problema? — Ele queria conhecer o próprio filho sem ninguém mais por perto. Agora que ele sabia como vinha reagindo sempre que Nathan falava sobre Daisy ou Steven, saberia se controlar. — Você está sendo do contra só para me irritar?

Billy riu e ficou de pé também.

— Não, eu só achei que o Nathan ficaria mais à vontade se ela estivesse por perto. Ele poderia se abrir mais.

Podia até ser, mas dormir com Daisy na mesma tenda não iria acontecer. Não era nem mesmo uma opção. E não tinha nada a ver com sexo, tinha tudo a ver com ele talvez sufocá-la com o travesseiro durante o sono. Ele foi até a lixeira para resíduos de vidro ao lado da casa, abriu a tampa e atirou a garrafa lá dentro.

— Nós ficaremos bem, só os dois — ele manteve a tampa do coletor apertada com força. — Vamos pegar uns badejos e quem sabe alguns achigãs também.

— Parece bom.

— Ei, vocês duas — Jack gritou. — Venham me dar um abraço para que eu possa ir embora.

Lacy desceu pelo escorregador amarelo de plástico e alguns segundos depois Amy Lynn pulou do balanço. Ambas correram pelo caminho. Lacy corria com a cabeça baixa, como sempre, e Jack se ajoelhou, deslocando o saco para a segurança de uma altura não atingível pela menina.

Billy atravessou o pátio e jogou fora sua garrafa.

— Quem sabe, em algum momento da próxima semana, convidamos o Nathan para vir aqui, e assim ele pode conhecer as primas.

— Para conhecer suas duas bebezinhas de quintal? — Jack perguntou, enquanto suspendia Lucy para sentar em seu joelho.

— Eu não sou uma bebezinha de quintal — Amy Lynn protestou, mas mesmo assim colocou os braços em volta do pescoço dele e o beijou na bochecha.

— O que você é, então? Uma ave de quintal?

— O que é isso?

— Uma galinha.

— Eca.

— Juro. É assim que a vovó Parrish chamava as galinhas. Mas é porque ela foi criada em uma fazenda no Tennessee e eles tinham mesmo muitas galinhas no quintal — ele deu um beijo em Lacy e a colocou no chão, mas ainda estava com Amy Lynn agarrada ao pescoço.

— Não vai — ela pediu.

— Eu preciso — ele fez cócegas nos braços dela, ela riu e desceu para o chão. — Tenho grandes planos de pescaria para fazer.

— Vocês vão se divertir — Billy previu, enquanto pegava Lacy no colo e seguia Jack até o portão lateral da casa. — O Nathan é um bom menino. Dá para ver que foi bem criado.

Jack olhou sobre o ombro para o irmão.

— Você viu como ele é. Aquele anel na boca e aquele cabelo. Aquelas correntes de cachorro e aquelas calças folgadas mostrando o rego.

— Esta é a aparência de muitos moleques hoje em dia. Não significa que ele não tenha sido criado direito.

Era verdade, mas Jack não estava no espírito de dar a Daisy crédito por nada, especialmente porque Billy parecia disposto a fazer o papel de advogado do diabo.

— Quando tinha três anos, ele quis um Porsche 911.

Billy estancou de imediato.

— Ele é um Parrish.

Finalmente, ele conseguira demonstrar seu ponto.

* * *

Jack levantou a mão e bateu duas vezes na porta da frente de Louella. O sol começava a descer no horizonte, banhando o pórtico em uma luz cinzenta e sem graça.

A porta se abriu e ele se viu cara a cara com Daisy. O cabelo dela caía livremente até os ombros e estava meio bagunçado, como se ela tivesse acabado de sair da cama. Ela usava um vestido cor-de-rosa de amarrar na nuca, com um laço entre os seios. Estava descalça e absurdamente *sexy*. Uma mistura confusa de raiva e desejo espetou Jack no baixo-ventre.

— Oi, Jack.

— Oi. O Nathan está?

— O Nathan saiu com a minha mãe, mas... — As sobrancelhas dela baixaram e ela passou a língua nos lábios. — Que horas são?

Ele consultou seu relógio.

— Passa um pouco das oito.

— Ah. Bom, a minha mãe e o Nathan foram até a casa da Lily ajudar a preparar o jantar.

— Como está a sua irmã?

Ela esfregou a ponta dos dedos entre os olhos.

— Melhor. Ela saiu do hospital há dois dias.

— Eu acordei você?

— Acho que peguei no sono assistindo a uma reprise de *Frasier* — ela lhe deu um sorriso morno, sonolento. — O Nathan deve chegar a qualquer instante.

— Você se importa se eu esperar por ele?

— Você vai ser bonzinho?

Ela pronunciou a palavra como "bonziiinho". Daisy Lee estava de volta ao seu sotaque de origem.

— Razoavelmente.

Ela ponderou por um momento e então recuou um passo.

— Entra.

Ele a seguiu através da sala escura. A luz do televisor piscava em branco e azul e lançava fachos sobre as costas e os ombros dela. Ela o conduziu até a cozinha e acionou o interruptor.

Fazia muito tempo desde que ele estivera na cozinha de Louella Brooks.

— Você quer tomar alguma coisa? Chá, Coca, água? — Ela sorriu para ele por cima do ombro. — Uísque?

— Não, obrigado.

Ela passou os dedos pelo cabelo enquanto, com a mão livre, abria a geladeira e tirava uma garrafa azul de água. Os dedos dela percorreram as mechas da raiz até as pontas, enquanto ela abriu a tampa com o polegar e fechou a porta com o quadril.

— Como foi de viagem? — Ele perguntou.

— Muito triste, na verdade — as mechas do cabelo voltaram aos respectivos lugares, ela apoiou um dos ombros na geladeira e olhou para ele. — Eu finalmente embalei a maioria das coisas do Steven. Junie veio e pegou o que queria. O Exército de Salvação passou para retirar o resto.

Jack viu tristeza em seus olhos castanhos e disse a si mesmo que não se importava. Ela ergueu a garrafa até a boca e deu um grande gole. Quando a baixou, uma gota ficara em seu lábio superior.

— Tenho umas fotos para você.

A gota ficou ali por longos momentos, antes de escorrer e desaparecer entre os lábios dela.

— Que fotos?

Se fossem fotografias dela, de Steven e de Nathan em Seattle, Daisy podia ficar com elas.

— Fotos da maternidade quando o Nathan nasceu, dele dirigindo a primeira bicicleta, assoprando velinhas de aniversário, jogando bola. Coisas assim — ela levantou um dedo. — Já volto.

Ele não queria que ela fosse razoável. Dar fotos para ele ultrapassava fingir ser amável em público. Ele não queria que ela fosse amável em lugar nenhum. Não queria ficar vendo gotas de água suspensas nos lábios cor-de-rosa dela. E não queria observá-la se afastar e ficar olhando suas costas, o traseiro e a bainha do vestido roçando a parte de trás das coxas.

Quando ela voltou, trazia uma caixa de sapatos sob um dos braços.

— Tenho milhares de fotografias do Nathan, estas são só algumas que eu achei que você gostaria de ter.

Ela levou a caixa até a mesa e se sentou. Jack deslizou para o assento em frente. Ela tirou a tampa da caixa, pegou um punhado e entregou a ele.

— Esta é da maternidade. Estas manchas são porque tiveram de usar fórceps.

Jack olhou para a foto em sua mão. Mostrava um bebê miúdo com uma marca na bochecha. Os olhos estavam meio que inchados e a boca se franzia como se ele estivesse prestes a beijar alguém. A imagem seguinte era de Daisy tal como ele se lembrava dela na época de colégio. Como no dia em que ela o deixara. O cabelo estava comprido, e ela estava sentada em uma cama de hospital segurando um bebê embrulhado em um cobertor listrado. O garoto dele. A garota dele. Só que, naquela época, Daisy já não era mais sua garota.

— Eu não sabia se você iria querer esta porque eu apareço — ela disse —, mas estou em todas as que foram tiradas na maternidade — ela tirou mais algumas de dentro da caixa. — Qualquer uma destas que você não quiser, deixa comigo.

Desta vez, ao entregar as fotos para Jack, ela se debruçou sobre a mesa.

— Esta é do primeiro aniversário dele.

Ela apontou para um bebê de pé em uma cadeira de cozinha. Havia chocolate lambuzado por todo o rosto e subindo pelo cabelo, e ele exibia um sorriso imenso. Os restos esmagados do bolo eram visíveis na parte da mesa em frente ao menino.

— Eu tinha acabado de fazer este bolo e me virei para lavar a louça — Daisy explicou. — Quando virei de volta, ele estava de pé na cadeira e tinha roubado grandes nacos. Até eu buscar a câmera, ele tinha enfiado um monte na boca e espalhado na cabeça — Jack riu, ela levantou os olhos da foto e sorriu. — Ele era tão sapeca — comentou, e voltou a olhar para a foto.

O olhar de Jack deslizou pelo pescoço dela. Os seios estavam pressionados contra a mesa, subindo pelo decote do vestido. Se ele se inclinasse, conseguiria sentir o perfume do cabelo dela.

— Foi nessa época, mais ou menos, que precisamos começar a trancá-lo no nosso quarto.

Jack se afastou.

— Por quê?

Ela também se endireitou.

— Porque esse menino começou a escalar o berço e escapulir quando tinha sete meses. Nós tivemos de arranjar uma cama bem baixa, quase no chão, porque tínhamos medo que ele se machucasse. Daí, um dia, um pouco depois do aniversário de um ano, eu estava arrumando a cama dele e debaixo do travesseirinho de cetim encontrei três chaves de fenda — ela sacudiu a cabeça.

— A única coisa que consegui pensar foi que ele estava andando pela casa depois que o Steven e eu já estávamos dormindo. Então precisamos trancá-lo no nosso quarto.

Os três juntos em uma cama. Uma família feliz. Deveria ter sido ele. Deveria ser ele, ali, na cama com ela e Nathan. Mas ela havia escolhido Steven.

Ela deveria ter escolhido Jack. Deveria ter sido ele naquela cama, mas a verdade dura e crua era que ele não podia culpá-la pela escolha que fizera.

Não mais. Não quando ela havia escolhido Steven por ter dezoito anos e estar assustada. Porém, ter dezoito anos e estar assustada não a desculpava por ter mantido o filho afastado dele. Jack achava que jamais conseguiria perdoá-la por isso.

Ela espalhou mais algumas fotografias pela mesa.

— Tirei muitas fotos do Nathan ao longo dos anos. Ele é meu tema principal. Tenho algumas em preto e branco realmente lindas, que tirei alguns anos atrás, quando o levamos para fazer escalada nas rochas ao pé das Cataratas de Snoqualmie. O fato de ser em preto e branco valorizou lindamente o entorno — ela sorriu. — As cores teriam sido chamativas demais, e ele teria desaparecido no meio da imagem.

— Você fala como quem sabe muito sobre fotografar.

Ele próprio tinha uma dessas máquinas em que tudo era automático, e ainda assim se esquecia de levá-la às festas das sobrinhas.

— Eu sou fotógrafa. Era o que fazia para ganhar a vida.

Ele não sabia disso. Aliás, não sabia quase nada sobre a vida dela em Seattle.

— E é o que pretendo voltar a fazer. Vou abrir meu estúdio. Andei pesquisando empréstimos para pequenos negócios e conversei com um corretor sobre alugar um espaço em Belltown, que é no centro da cidade — ela vasculhou a caixa e entregou a Jack mais fotos. — Vai ser meio assustador no começo, mas, com o dinheiro da venda da casa, e com o que vou receber do seguro de vida do Steven, vamos ficar bem.

Ela estava seguindo em frente com a própria vida. Movendo-se adiante, enquanto ele se sentia firmemente preso ao passado. Incapaz de se mover.

Louella entrou na cozinha com Nathan seguindo-a de perto, usando ainda mais coleiras do que habitualmente e uma camiseta preta com a estampa de um *skatista* na frente.

Daisy deslizou de seu banco atrás da mesa e foi ao encontro dos dois.

— Nathan, o Jack veio conversar com você.

O olhar de Nathan encontrou o dele por cima da cabeça de Daisy. Jack pousou a foto na mesa e se pôs de pé. Ele voltou sua atenção para a mãe de Daisy. Ela estava com marcas azuladas sob os olhos e o cabelo penteado para a esquerda.

— Boa noite, senhora Brooks.

— B'noite, Jackson.

— Como a senhora está?

— Já estive melhor — ela respondeu. — Lily insiste em ficar em casa quando seria tão melhor se ela ficasse aqui — ela pousou a grande bolsa preta no aparador e se aproximou dele. — No ano passado, a filha mais nova da Tiny Barnett, Tammy, teve um problema feminino e precisou de cirurgia. Você soube o que houve com ela?

Jack não tinha certeza de Louella estar falando com ele. Ela olhava para ele, mas ele não conhecia ninguém chamada Tiny Barnett nem a filha dela, Tammy. Porém, evidentemente, uma resposta não se fazia necessária.

— Ela morreu porque foi do hospital para casa cedo demais.

— Mamãe — Daisy falou, com um suspiro. — A Lily não vai morrer.

— Isso foi o que a Tammy também pensou. E deixou um menino da idade do Pippen. E um marido, também. Ele pertencia a uma dessas confrarias dos estados do leste, e quando Tammy fez sua viagem celestial, ele catou o menino e partiu. A Tiny nunca mais viu nem pálida sombra do neto. E a Tiny é uma boa mulher. Continua firme com o Horace Barnett, tantos anos depois. E todo mundo sabe que aquele homem nasceu cansado e cresceu preguiçoso. Acho que ele nunca parou em um emprego por mais de um mês.

Ela fez uma pausa e tudo voltou repentinamente à lembrança de Jack. A razão pela qual Steven normalmente esperava por Daisy no pórtico. Quinze anos, e ela não mudara. Louella Brooks ainda falava pelos cotovelos.

— E ele tinha aquela irmã retardada mental, que Deus a abençoe. Ela costumava aparecer para o jantar e sempre pedia moela. Eu achava que...

Jack sentiu uma dor nascendo no fundo da cabeça e olhou para além de Louella, para Daisy e Nathan. Os dois estavam de pé, de perfil em relação a ele, Nathan alguns centímetros mais alto do que a mãe. Ele estreitou os olhos e olhou para Daisy, informando algo. Ela deu de ombros como se dissesse "Mas o que eu posso fazer?". Enquanto Louella tagarelava sobre moelas e filés de frango, Daisy e Nathan mantiveram toda uma conversação sem verbalizar uma só palavra. Mãe e filho.

Nathan inclinou o corpo para trás e cruzou o dedo sobre a garganta. Daisy cobriu a boca com a mão e começou a sacudir a cabeça. Eles eram uma família. Só eles dois. À vontade um com o outro. Relaxados, tranquilos. E Jack não fazia parte.

Ao sentir o olhar dele em si, Daisy olhou para Jack, e explodiu numa gargalhada.

— Meu Deus, Daisy, mas o que há com você? — Louella perguntou, virando-se para olhar para a filha.

— Ah, foi só uma coisa engraçada que me aconteceu hoje — ela arrumou o cabelo atrás da orelha e disse: — O Jack veio aqui para conversar com o Nathan, então talvez devêssemos deixá-los a sós.

— Na verdade, gostaria que você e o Nathan me acompanhassem até o carro.

— Maneiro.

— Claro.

Ele voltou sua atenção para Louella.

— Boa noite, *madama*. Da próxima vez que vir Lily, mande meus cumprimentos.

— Mando sim.

Os três atravessaram a sala e passaram pela porta, com Jack por último.

— Por que você não fez nada? — Nathan perguntou, assim que a porta se fechou atrás deles.

Eles avançaram pelo pórtico e desceram para a calçada. O fim do entardecer iluminava o céu com tons avermelhados e alaranjados, que se fundiam mais além a matizes de rosa e roxo. Quando a réstia de luz incidia nos cabelos de Daisy, suas mechas ficavam douradas.

— Ninguém consegue calar sua avó uma vez que ela tenha começado a falar — Daisy respondeu.

— Durante todo o caminho da casa da Lily até aqui ela não parou de falar de alguém chamado Cyrus.

— Cyrus é seu tio-avô que morreu com catorze anos, que Deus o abençoe.

— E eu me interesso porque o quê?

— Nathan!

Jack riu.

— Não incentive os maus modos dele, Jack — ela disse, quando eles chegaram ao fim da calçada.

— Não, de jeito nenhum — ele se voltou para o filho. — O que você acha de pescaria?

Ele deu de ombros.

— Meu pai e eu costumávamos pescar a toda hora.

Jack forçou um sorriso.

— Eu vou pescar neste fim de semana e gostaria que você viesse junto. Pensei em partirmos no sábado de manhã e voltarmos em algum momento do domingo.

Nathan olhou para Jack e depois para a mãe.

— Não temos planos para o fim de semana. Vá em frente. Vocês vão se divertir.

Nathan não respondeu nada e Jack falou, para preencher o silêncio. Ele abriu a boca e se ouviu dizendo:

— Daisy, você não gostaria de vir também?

Ele não pôde acreditar. A pressão na parte de trás de sua cabeça se moveu pelo crânio acima e espremeu seu cérebro. Ele tinha acabado de fazer exatamente o que antes o fizera se enfurecer com a sugestão de Billy.

Agora só poderia torcer feito louco para que ela recusasse.

Quinze

A brisa suave encrespava a superfície do lago Meredith e a luz do sol brilhava na água como retalhos de folha de estanho. Pássaros voavam em círculos, peixes saltavam, e as notas graves do baixo e o peso da bateria do Godsmack golpeavam o ar como um punho.

Daisy estava sentada de pernas cruzadas na parte dianteira do barco de Jack e olhava para Nathan através da lente da Fuji digital que ela trouxera consigo ao voltar de Seattle. Ela estava usando um maiô branco por baixo de uma regata vermelha e *shorts jeans*. Um grande chapéu de palha protegia seu rosto do sol.

Nathan aproximou a vara do corpo e lançou a isca, e ela tirou uma foto. Ele estava com um boné cuja aba se curvava bem para baixo, quase tocando o aro de seus óculos de sol Oakley em preto e prata. O *short* cáqui dele estava caído na parte de trás, revelando a cueca de listras vermelhas e brancas. Calçava tênis de *skatista*, sem meias. Suas bochechas estavam muito rosadas e ele havia tirado a camiseta, desobedecendo ao conselho de Daisy.

— Você me trata como um bebê — ele tinha reclamado, como um bebê, mas afinal cedera e permitira que a mãe passasse protetor solar em suas costas.

Ela direcionou a câmera para Jack, que estava na parte traseira da embarcação, em frente a Nathan, pescando do lado oposto. Ele baixara o chapéu de caubói até o meio da testa e usava óculos de sol de lentes espelhadas. Sua velha camiseta verde estava gasta em volta do pescoço e as mangas curtas pendiam, frouxas, dos músculos de seus bíceps. Mais cedo, ele tinha flagrado Daisy olhando para o furinho que havia no ombro, e explicara que aquela era sua camiseta da sorte para pescarias. Uma Levi's desbotada abraçava o quadril e as coxas dele. O cós estava puído, e os cinco botões do fecho acomodavam suas partes viris em um algodão azul-claro já esmaecido. Ela se perguntou quanta sorte aquela calça trazia a ele. Muita, provavelmente. Nos pés, botas de caubói. O que mais?

Ele olhou para ela de relance, por cima do ombro, e ela clicou. Uma ruga de irritação aproximou suas sobrancelhas e ele voltou a se concentrar na linha. Ela não sabia se ele estava irritado porque ela o estava fotografando ou porque o Godsmack tinha acabado de cantar um palavrão de novo. Embora ela tivesse certeza de que ele próprio também usava a palavra começada por F. *Eu vou foder você até você desmaiar* lhe veio à lembrança.

Jack fora buscar Daisy e Nathan naquela manhã em uma caminhonete Dodge Ram branca. Para a surpresa dela, não era um "clássico", mas um modelo bem novo, puxando um barco de 21 pés. No dia em que ele os convidara para pescar, Daisy imaginara um barco de alumínio com um motorzinho *puf-puf.* Mas deveria ter sabido: Jack não era o tipo de cara que teria *puf-puf* de espécie alguma.

O barco cinza e vermelho tinha consoles duplos e assentos que pareciam mais apropriados para um carro de corrida. Uma terceira cadeira de pesca fora instalada na popa, em uma plataforma elevada, por meio de uma engenhoca gigante. Abaixo do relógio no console amadeirado ficava o tocador de CD. Mais cedo, enquanto eles se arrumavam para partir, Nathan e Jack tinham feito um acordo. Eles alternariam as músicas. Jack começaria e depois seria a vez de Nathan. O problema era que Jack tinha uma caixa de CDs do tamanho de um ser humano, enquanto a caixa de Nathan tinha o tamanho da lista telefônica de Nova Iorque. Eles estavam preparados para vários dias de bate-estaca.

Nathan pescou o primeiro peixe, um badejo de trinta centímetros que trouxe a seus olhos a primeira centelha de alegria que ela via no rosto do filho em muito tempo. Jack o recolheu na cesta e ajudou Nathan a remover o anzol. Enquanto ambos estavam inclinados sobre o peixe, Daisy fez mais fotos. Ela estava muito longe e a música estava alta demais para que fosse possível ouvir o que eles diziam um ao outro, mas quando Nathan jogou a cabeça para trás e riu, o peito de Daisy reagiu. A pontada em seu coração, porém, não se devia exclusivamente ao riso do filho. Dizia respeito a Jack também. Ele estava se aproximando de Nathan, tentando estabelecer uma conexão com o filho. E, por alguma razão que Daisy não compreendia, isso a fazia amá-lo um pouco mais. Não como na loucura da adolescência. Não claro e quente como o relâmpago que ela tentara e falhara em segurar na mão. Isso era mais fácil. Uma brisa suave no coração, um *aahh* tranquilizador no peito. O que a assustava mais do que da primeira vez que se apaixonara por ele. Era um amor mais maduro. Ela própria também estava mais madura e, portanto, sabia exatamente o que fazer a respeito.

Absolutamente nada.

Matt Flegel havia telefonado na noite anterior convidando-a para jantar. Fazia tanto tempo desde a última vez que um homem a convidara para sair que ela ficara em choque. Ela então balbuciou qualquer coisa sobre ligar de volta quando chegasse da pescaria. Na hora, ela não quisera aceitar. Agora, já estava se perguntando se não seria uma boa ideia. Seria algo para desviar seus pensamentos de Jack e do que sentia por ele.

Ela tirou outra foto e através da lente ficou observando Jack enquanto ele apanhava a vara de novo. O sol brilhava na carretilha cromada enquanto o tambor girava e girava. O movimento dos braços e das mãos dele era calmo e preciso, e as botas estavam firmemente plantadas no chão, na mesma largura dos ombros. O CD chegou ao fim e ela conseguiu ouvir o tique-taque da carretilha. Seus batimentos cardíacos entraram no ritmo e ela clicou.

A luz clara do sol banhava um lado dele, enquanto o chapéu fazia padrões de sombra sobre o nariz e a boca. Ele aproximou a vara e esticou o braço para remover uma planta aquática do anzol. Em seguida, em um único e fluido movimento, soltou com o polegar a trava da carretilha, girou a vara e lançou a linha novamente. A isca pairou sobre a água e uma brisa curvou a linha, balançando-a em uma corrente de ar como se fosse uma teia de aranha e mantendo-a suspensa por um breve momento, antes que a isca afundasse na água com um *glup*, levando a linha junto.

Ela baixou a câmera e olhou para longe. Não conseguiria esconder por trás das lentes nem os próprios sentimentos nem os de Jack. Ele a odiava e jamais a perdoaria. Ele havia sido muitíssimo claro a respeito. Perto dela, ele se mantinha em alerta, reservado, e ela não compreendia por que ele a convidara para participar do passeio. Ele agia como se Daisy fosse um mal necessário, como os pesticidas. Ela iria embora no fim do verão e provavelmente não tornaria a vê-lo até o ano seguinte. Não havia futuro para ela e Jack. Ela apenas torcia para que, em algum momento, eles pudessem ser amigos de novo.

No entanto, não alimentaria essa expectativa.

Ela estava construindo um futuro para si mesma e para Nathan a 1.700 quilômetros dali, mais ou menos, em Washington. Ela conversara com Nathan sobre vender a casa, e ele havia concordado.

Tinha ficado triste, assim como ela. A casa guardava muitas lembranças, tanto boas quanto ruins, mas ele gostara da ideia de morar em um *loft* em Belltown, mesmo que isso significasse mudar de escola. Daisy já conversara com um corretor, amigo de Junie, que tinha posto a casa à venda. Junie sempre tivera uma chave extra, então pudera providenciar uma cópia para o corretor.

Daisy estava decididamente seguindo em frente com sua vida, agora. Nunca antes ela estivera sozinha. Jamais fora a única responsável por todas as decisões. Estava amedrontada. E, se pensasse demais nisso, tinha pequenos ataques de pânico. Mas sabia que as coisas dariam certo.

Passava bastante do meio-dia e todos estavam famintos quando retornaram ao acampamento. Enquanto os rapazes limpavam os peixes que haviam pescado, Daisy arrumou a mesa do piquenique com uma toalha xadrez vermelha e branca e pratos e talheres de plástico.

Quando ela conversou com Jack, na noite anterior, insistiu para que dividissem a responsabilidade sobre as refeições. Ele estava encarregado do jantar. Ela imaginou se ele apareceria com um pacote de cachorros-quentes e um saco de batatas fritas e consideraria que bastava.

Ela pôs sobre a mesa um frango assado, salada e um filão de pão de centeio. Quando acabou de fatiar o frango e de acrescentar frutas secas e molho à salada, Nathan e Jack estavam andando de volta da costa em direção a ela. Nathan havia posto a camiseta e trazia o boné na mão. Ela não pôde deixar de notar que, quando Nathan se esquecia de agir com indiferença, movia-se de um modo muito parecido com o de Jack. Mais lento e relaxado. Jack tirou os óculos de sol e esfregou a lateral do rosto contra o ombro de sua camiseta da sorte — que havia mais uma vez se provado ser da sorte mesmo, já que ele conseguira pescar dois achigãs de boca pequena e um *crappie*.

— Vou mudar de roupa e já volto — ele disse, jogando o

chapéu e os óculos na mesa. Ele foi até a barraca para quatro pessoas que haviam montado sob um algodoeiro. — E cuidado com as *miga-lav-os-pé* — alertou, engolindo as letras. — Vi um ninho perto dos banheiros.

Agarrou um punhado de tecido da camiseta e arrancou-a pela cabeça, enquanto fechava a tenda.

— Mãe — Nathan a chamou.

Daisy moveu o olhar da tenda para as costas de Jack, as omoplatas suaves e as injunções ao longo da coluna, o pedaço de elástico branco que emergia do cós azulado de seus *jeans*...

— *Mmm*...

— O que é "miga-lav-os-pé"? — Ele perguntou, em um tom de voz ligeiramente mais alto do que um cochicho.

— Formigas-lava-pés — ela respondeu, rindo. — São aquelas vermelhas que têm uma mordida que arde muito.

Nathan sorriu.

— Por que ele não disse isso, então?

— Ele acha que disse — ela serviu um pouco de frango e de salada em um prato e entregou-o a Nathan. Ela havia trazido uma garrafa térmica de chá gelado, colocou gelo em três copos e serviu. — Você está se divertindo? — Perguntou ao filho.

Ele se sentou e deu de ombros, como se isso fosse resposta suficiente. Em seguida acrescentou, imitando o sotaque arrastado do Texas:

— Estou me *diverrrtindo.*

— Não se deixe *contaminaaarrr* — ela respondeu.

Nathan jogou a cabeça para trás e gargalhou seu típico *he-he-he.*

— Do que vocês dois estão rindo? — Jack perguntou, enquanto caminhava na direção deles abotoando a camisa. Era bege, em estilo caubói, e com as mangas cortadas.

— O Nathan estava dizendo que está se *diverrrtindo* muito.

Jack levantou os olhos e encarou Daisy do outro lado da mesa.

— Que bom — ele pegou um prato e se serviu de algumas

fatias de frango. — O que é isto? — Perguntou, olhando para o conteúdo da travessa de salada.

— Salada.

Ele franziu o rosto.

— Parece comida de galinha. Pétalas, sementes e frutas ressecadas.

Nathan riu e Daisy fez uma careta de reprovação.

— Está muito boa.

— Aceito sua palavra quanto a isso — ele pôs três pedaços de pão no prato e olhou-a por sobre a mesa. — Manteiga?

— Você ainda come manteiga? — Fazia tanto tempo que ela não usava manteiga que nem lhe ocorrera trazer. — Tem *cream cheese.*

Ele sacudiu a cabeça e se afastou. Foi até a traseira da caminhonete, baixou a portinhola e vasculhou a geladeira portátil. Quando voltou, trazia um pacote de manteiga. Ele abriu a embalagem e a depositou na mesa.

— Você está vivendo no norte há tempo demais, Daisy Lee — ele tirou um canivete do bolso e cortou tiras finíssimas. — Você quer um pouco disto? — Perguntou a Nathan.

Ele aceitou, Jack espetou algumas tiras com a faca do canivete e o passou a Nathan. Nathan arrumou as camadas de manteiga sobre as fatias de pão e levou um tempo observando o canivete antes de devolvê-lo a Jack.

— E você, Daisy?

— Quando foi a última vez que você lavou esta faca?

— Hum... — Ele finalmente se sentou e fingiu estar raciocinando. — Foi no ano passado... Não, retrasado. Isso mesmo, logo depois de abrir um tatu.

Nathan riu e deu uma grande mordida no pão. Daisy tinha certeza de que Jack estava mentindo. Bem, quase certeza.

— Não, obrigada — respondeu.

— Fresca — ele disse, antes de mergulhar os dentes no pão coberto de pequenos quadrados de manteiga amarela.

Ela deu uma garfada generosa na salada.

— Cagão. Com medo de uma rúcula e um molho de frutas.

— Bom, sabe como é — ele disse, e pequenas rugas se formaram nos cantos de seus olhos verdes. — Um homem começa comendo essas coisas e logo está usando roupa cor-de-rosa e amarrando uma malha nos ombros.

Nathan levantou a mão espalmada para batê-la contra a de Jack.

— Eu pensei que você gostasse da minha salada com frutas secas.

— Não — Nathan disse. — É que estou com fome.

Daisy não acreditava nele. Jack o estava transformando em um traidor. Em um cara como ele próprio.

— Então, o que você trouxe para o jantar? — Ela perguntou.

Jack usou o canivete de abrir tatu para cortar o frango.

— Arroz selvagem.

— Só?

— Não. Trouxe também alface de verdade e molho de queijo.

— E nós vamos jantar arroz selvagem e molho?

Ele a encarou como se pensasse que ninguém no mundo podia ser bobo a tal ponto.

— E o peixe.

— Você estava tão seguro de que conseguiria pescar nosso jantar que não trouxe mais nada?

— Claro, ora bolas. Eu ia usar a minha camiseta da sorte.

Daisy se concentrou em Nathan, que observava tudo com grande prazer. Jack deu um longo gole no chá e pousou o copo na mesa.

— Vou passar o peixe na farinha de trigo e fritar.

— Parece bom — Nathan disse.

Jack ergueu um dedo e o apontou para o filho.

— É o tipo de refeição que bota pelos no saco de chá de um cara.

A confusão de Daisy deve ter ficado explícita em seu rosto, porque Nathan esclareceu as coisas para ela.

— Testículos.

Deus do céu, ela poderia ter passado o fim de semana sem saber daquilo.

— Mas — ela protestou, sem muita convicção — eu não sou um cara.

— E nem tem um saco de chá — seu filho observou, desnecessariamente.

Ela abanou a cabeça e pousou a mão entre os seios.

— E sinceramente não quero ter. Jamais.

— É o que todas dizem, antes de provar um — Jack respondeu, com um sorriso, e ele e Nathan explodiram em uma gargalhada, como se dividissem uma piada secreta da qual ela não participava.

Olhando para o filho do outro lado da mesa, Daisy se sentiu excluída. Excluída do clube do bolinha, mas era isto que ela queria, não era? Desde que viera para cá, algumas semanas antes? Que Jack e Nathan se conhecessem? Que Nathan conhecesse seu pai biológico? Sacos de chá e canivetes de abrir tatu e todo o resto?

Sim, mas não à custa do sacrifício dela. Ela não queria ser excluída. Queria ser membro do clube do saco de chá, também. Não era justo ser deixada de lado apenas porque não possuía o equipamento certo. Enquanto eles cresciam, Jack usava a mesma tática para deixá-la de fora de várias coisas.

— Eu sei o que você está fazendo, Jack — ela falou.

Ele olhou para ela.

— Você está tentando me excluir, do mesmo jeito que você e o Steven faziam quando não me queriam por perto.

As sobrancelhas dele baixaram, mas ele manteve o sorriso fixo.

— Do que você está falando, docinho?

— Lembra de como você me excluiu do seu clube de televisão? Você criou uma regra que dizia que, para fazer parte, a pessoa tinha que fazer xixi de pé em uma árvore.

— Disso eu me lembro, mas não sei nada sobre televisão nenhuma.

Ela pensou por um momento.

— Era Clube CPR ou um nome parecido.

Ele pensou por um instante e em seguida disse, com um grande sorriso:

— Ah! Você quer dizer o CPRP. Eu tinha esquecido. Você achava que era um clube de televisão?

— Achava.

Ele sacudiu a cabeça e riu.

— Aquele era o Clube dos Peitos e Rabos Pelados. Era onde nos reuníamos para ver pornografia.

— Maneiro.

— Vocês olhavam pornografia? Vocês estavam no sexto ano, pelo amor do santíssimo Deus! — Ela estava estupefata. — Vocês eram uns tarados juvenis e eu nunca soube!

O sorriso dele lhe dizia que ela não sabia da missa a metade.

Dezesseis

Depois do almoço, Daisy arrastou uma espreguiçadeira para perto da água e tirou o *short*. Ela estava de óculos de sol e com um maiô branco, bem cavado no quadril, com enchimento no busto e tiras fininhas. Os rapazes tinham saído para pescar de novo, e ela preferira ficar. Ela pegou o último número da *Studio Photography & Design* e se esticou na espreguiçadeira. Leu um artigo sobre a Hasselblad V-System e ficou sonhando acordada com as fotos espetaculares que poderia fazer com uma câmera daquelas. Depois deve ter adormecido de verdade, pois sonhou que ganhara o primeiro lugar em um concurso de fotografia da Kodak no qual não havia sequer se inscrito. No sonho, ela estava no palco, blefando sobre uma foto que ela não se lembrava de haver tirado, e Steven estava assistindo a tudo da primeira fila.

Daisy sonhava com Steven com bastante frequência, e em seus sonhos ele sempre tinha a aparência anterior à doença, saudável e feliz. Ela sempre ficava contente por vê-lo. Ele nunca dizia nada, apenas dava a Daisy um sorriso que significava que ele estava bem, e que ela estava bem também.

Um ruído de uma máquina distante a acordou, e ela abriu os olhos. Seus óculos de sol ainda estavam no rosto, mas a revista deslizara para o chão. Ela se sentou e tentou calcular por quanto tempo dormira. Gingou os pés para a lateral e tirou os óculos. O sol estava decididamente mais baixo, embora ainda faltasse bastante até que se pusesse por completo. Sua pele estava avermelhada. Ela pagaria um preço por ter adormecido sob o sol do Texas.

Ela jogou os óculos e a revista na espreguiçadeira e se pôs de pé. Foi até a beira da água enquanto o barco de Jack se aproximava, rasgando a superfície com o nariz pontudo. Daisy levou uma mão até a testa, protegendo os olhos contra a claridade. Jack estava de pé na proa; a camisa de caubói desabotoada, as pontas batendo contra o peito nu e a barriga dele. Nathan ocupava o assento do barqueiro, o olhar fixo em Jack.

— Desliga o motor e suspende — Jack comandou.

Nathan olhou para baixo e o barulho do motor ficou mais alto quando a peça saiu da água, e em seguida parou. O barco chegou mais perto e deu um baque suave junto à costa.

Jack olhou por cima do ombro e cumprimentou Nathan pelo excelente trabalho. Virou-se de costas e se ajoelhou para pegar a corda amarrada à frente do barco.

— Você se queimou enquanto estávamos fora — Jack disse, levantando lentamente os olhos para ela.

Daisy olhou para baixo e pressionou os dedos no peito, acima do maiô. Os dedos deixaram marcas brancas na pele rosada.

— Eu adormeci.

Pela lateral do barco, Jack lançou a âncora na água rasa, então pulou da proa e parou em frente a Daisy, bloqueando o sol.

— Você queimou a sua mordida de amor.

De novo ela baixou os olhos para se ver. Visível logo acima do maiô, sua marca de nascença estava um pouco mais escura do que o restante da pele.

— O que você está fazendo, olhando para a minha marca?

Os cantos da boca dele se curvaram em um sorriso lento e sensual.

— Só estou jogando conversa fora, docinho — ele disse.

Mencionar a mordida de amor não tinha sido um acaso. Da última vez que ele tocara no assunto, ambos estavam nus. O calor nos olhos dele revelaram a ela que ele também estava se lembrando daquela ocasião.

Daisy engoliu com dificuldade o súbito nó que se formou em sua garganta. Ela deslizou o olhar pelo rosto dele, descendo dos olhos para a boca e dali para a estreita faixa de pelos que ia do peito, passava pela barriga plana e chegava ao umbigo. Ela se lembrava perfeitamente de como a pele dele era, ao toque de suas mãos.

— Mãe, adivinha!

Daisy voltou a olhar para os olhos de Jack, para o desejo que ele sentia e não conseguia esconder.

— O quê?

— Eu peguei um achigã — Nathan saltou do barco e parou junto a Jack.

— É uma beleza — Jack confirmou, e seu olhar se concentrou na boca de Daisy.

Ela dirigiu a atenção para o filho. Fosse o que fosse que havia entre ela e Jack, era melhor deixar quieto.

— Mostra, quero ver.

Nathan pulou de volta para a proa do barco e de lá andou para a popa. Daisy passou por Jack e entrou na água até a altura do quadril. Ela se apoiou na parte de fora da embarcação enquanto Nathan abria o samburá, o cesto onde fica a carga viva, e de lá puxou uma linha.

Jack observava enquanto seu filho segurava o peixe para a mãe. Ele se debatia bem perto do rosto de Daisy, e ela pulou para trás.

— Você é tão mulherzinha — Nathan disse, com uma risada desafiadora.

Jack se virou e avançou até o *camping*. Ele e Nathan haviam se divertido durante a pescaria. Ele se sentia mais próximo do filho agora do que antes de virem para o lago. Enquanto pescavam, Nathan contara sobre sua vida, e Steven tivera grande participação nela.

— Antes de parar de jogar, eu era zagueiro do clube Optimist — ele contara a Jack. — Meu pai contou que vocês também jogavam, na juventude.

O pai dele. Jack tomara o maior cuidado para não demonstrar nenhuma emoção.

— Jogávamos — ele respondeu, por cima do amargor em sua boca. — Fui zagueiro até parar, no final do segundo ano.

Nathan assentiu.

— Foi o que ele falou. Ele disse que você precisou parar para ir trabalhar com o seu pai, e que foi assim que ele se tornou zagueiro nos dois últimos anos de escola e conseguiu todas as garotas bonitas.

— Seu pai era um cara bem agradável, nunca teve dificuldade com as garotas.

Quanto mais eles falavam sobre Steven, mais fácil a conversa ia ficando. Mais fácil ficava engolir a amargura. Jack se lembrou de como era perder um pai, a confusão e a solidão. Por algumas horas, ele conseguiu se esquecer de toda a raiva e toda a traição, e conversar com Nathan sobre como tinha sido crescer ao lado de Steven Monroe.

No fim, surpreendeu-se ao descobrir que, quanto mais falava de Steven, mais conhecia Nathan. E quanto mais conhecia seu filho, mas queria conhecer. Ele ainda não se sentia um pai, apesar de não saber como é que um pai deveria se sentir.

Jack despejou água em uma bacia e lavou com sabonete líquido as mãos sujas de peixe. Ele levantou a cabeça para olhar quando Nathan arrancou os sapatos e a camiseta e pulou no lago perto de onde Daisy estava. Ela gritou o nome dele, reclamando, enquanto ele jogava água nela.

Para Jack, os sentimentos de Nathan pela mãe estavam muito claros. Ele poderia reclamar que ela o tratava como criança, mas sem dúvida a amava. Ele podia ter um cabelo de ouriço e um anel na boca, mas Billy estava certo. Daisy e Steven haviam feito um bom trabalho na educação de Nathan. Ele era um bom garoto.

E ele não tivera participação nenhuma naquilo. Pegou uma toalha e secou as mãos. Tentou não deixar que a amargura que escondera de Nathan viesse à tona e cavasse um buraco em seu peito. Ele vinha tendo sucesso em mantê-la trancafiada lá no fundo, perto de onde estava enterrado o desejo ardente que sentia por Daisy Lee, e que o estava deixando parcialmente louco.

Como era possível que ainda a desejasse? Que quisesse tocá-la e selar-lhe os lábios com os seus? Sentir as mechas douradas do cabelo dela enroladas em seus dedos, e o calor de sua pele contra a palma das mãos? Inspirar o perfume de seu pescoço e mergulhar naqueles olhos castanhos enquanto fazia amor com ela? Como ele podia querer tudo isso e ao mesmo tempo, querer chacoalhar Daisy e feri-la tal como ela o havia ferido? Não fazia o mais remoto sentido, para ele.

Jack jogou a toalha em cima de um ombro e observou enquanto Nathan mergulhava ao lado de Daisy. Ela gritou e ele a puxou por baixo. Jack sorriu contra a própria vontade. Daisy tinha um jeito de fazê-lo rir mesmo que ele não quisesse. Um jeito de fazê-lo se lembrar de coisas que lhe traziam um sorriso aos lábios antes mesmo que ele percebesse o que ela estava fazendo. De lembrá-lo das muitas coisas boas que tinham vivido juntos no passado, antes que tudo desandasse.

Se ele fechasse os olhos, conseguia se lembrar da sensação de tê-la nos braços. Do peso do corpo dela deitado sobre o seu.

Da textura do cabelo dela quando ele descansava o queixo no alto de sua cabeça. Do som da voz dela dizendo seu nome com raiva ou em êxtase. Dos sabores e texturas de Daisy Lee. Ele se lembrava de tudo isso e desejava infinitamente não se lembrar.

Jack acendeu o carvão vegetal na cavidade cercada de pedras que servia de forno no *camping* e pegou o fogareiro. Pôs um CD de Jimmy Buffett para tocar no aparelho de som portátil e misturou farinha de trigo, sal e pimenta para o peixe. Enquanto Jimmy cantava a respeito de umas barbatanas nadando em círculos, Jack não conseguia tirar os olhos de certo maiô branco pulando e mergulhando no lago. Voltando à superfície e parecendo quase transparente, mas sem ficar, de verdade.

Quando ele e Nathan voltaram pela segunda vez, Jack ficara de pé na proa observando enquanto Daisy se aproximava da água. Em direção a ele, parecendo uma daquelas modelos de *lingerie* dentro de um *body* rendado e bem cavado no quadril. *Sexy* como o diabo. Como um sonho que se tornasse uma realidade viva e molhada. Por alguns segundos, ele imaginou como seria ter uma vida assim. Voltar de um dia fora com o filho e ter Daisy à espera de ambos. Agarrá-la e apertá-la contra o peito. Tocá-la onde ele quisesse. Na hora em que quisesse. Em qualquer lugar em que quisesse. Por uns breves instantes, a ideia de uma vida assim quase o fez cair de joelhos.

Mas essa não era sua vida. Não era a realidade, e ele não tinha nada que ficar fantasiando a respeito disso.

Jack rolou o peixe sobre a farinha de trigo e começou a cozinhar o arroz no fogareiro. Daisy e Nathan voltaram do lago e se revezaram na barraca para mudar de roupa. Quando Daisy saiu, vestia uma malha azul e macia com GAP escrito na frente, combinando com calças de moletom leves e um par de Nikes brancos com o símbolo em azul. O cabelo estava puxado para trás e preso com uma daquelas fivelas. Ela pôs a mesa enquanto Jack preparava o peixe em uma frigideira sobre o carvão. Eles jantaram como uma família. Conversando e rindo. Jack precisou lembrar a si mesmo que nada daquilo era real.

Depois de comer, eles jogaram pôquer fazendo apostas com palitos de fósforo. Quando escureceu, Jack acendeu as lamparinas que havia trazido, e eles continuaram jogando até que Nathan bocejou e anunciou que ia para a cama.

— Ainda é cedo — Jack falou, e jogou as cartas.

— Sou um campista cansado — Nathan respondeu, encaminhando-se para a tenda.

— Às vezes ele faz isso — Daisy explicou. — Alguns dias atrás, foi se deitar logo depois do jantar e dormiu direto até o café da manhã — ela reuniu as cartas e guardou-as na caixa. — Acho que ele está crescendo tão rápido que fica esgotado de dentro para fora.

Jack se levantou e saiu do círculo de luz em direção à caminhonete. Pegou uma jaqueta *jeans* na cabine e andou até o forno de pedra. O imenso céu do Texas estava coalhado de estrelas. Ele remexeu o carvão vegetal, atirou mais alguns pedaços e se acomodou em uma das cadeiras dobráveis que havia colocado perto do forno. Esticou as pernas para a frente e observou o fogo. Pensou no arranjo que haviam feito para dormir e se perguntou se deveria ter pedido uma barraca extra a Billy. Dormir na mesma não ia ser nada fácil. Jack jamais dormira tão perto de uma mulher a menos que ambos estivessem nus. Esta seria a primeira vez, e graças a Deus que Nathan estaria entre ele e Daisy. Porque de uns tempos para cá seus pensamentos a respeito dela vinham se tornando mais e mais carnais, e ele odiaria adormecer e, ao acordar, descobrir-se com o nariz enfiado entre os peitos dela.

— Fazia muito tempo que o Nathan e eu precisávamos dar uma escapada para relaxar — Daisy falou, e sentou-se em uma cadeira perto dele. — Obrigada, Jack.

— De nada.

Ele entrelaçou os dedos sobre a barriga, cruzou as botas

sobre o tornozelo e afastou todos os pensamentos sobre os seios de Daisy. O carvão estalava e o fogo crepitava. Entre intervalos confortáveis de silêncio, Daisy lhe contou mais sobre os planos de vender a casa onde morara com Steven e de abrir o próprio estúdio fotográfico. Ela estava pronta para seguir adiante com sua vida, e ansiosa por começar.

Eles conversaram sobre Billy e a família dele, e Daisy o atualizou sobre as notícias de Lily. O divórcio sairia em poucos dias. De acordo com Daisy, Lily estava chegando ao equilíbrio psíquico. Jack tinha lá suas dúvidas, mas não falou nada.

— Estar de volta ao Texas me traz muitas recordações — ela disse. — Boas, em sua maioria.

Ele conseguia sentir o olhar dela em si, e por cima do ombro olhou-a de volta. A luz do fogo dançava nos cabelos de Daisy e iluminava o rosto dela. Tocava seus lábios e atraía o olhar de Jack para lá.

— Lembra quando você, eu e o Steven fizemos uma cápsula do tempo com uma lata de café, e enterramos no seu jardim? — Ela perguntou.

Sim, ele se lembrava, mas negou com a cabeça e ergueu os olhos para o céu, onde as estrelas brilhavam na escuridão. Ele torceu para que ela deixasse o assunto morrer, mas é claro que estava enganado.

— Nós pusemos nossos tesouros mais valiosos em uma lata de café, que deveríamos desenterrar dali a cinquenta anos.

Ela riu e Jack olhou para ela.

— Não consigo me lembrar do que coloquei lá — ela pensou por um momento e então estalou os dedos. — Ah, já sei. Um anel com diamante falso que você ganhou para mim em um parque de diversões. Uma tiara cor-de-rosa toda felpuda que o Steven me deu. Você colocou uns carrinhos da Matchbox e o Steven pôs uns soldados verdes — ela olhou para ele e franziu as sobrancelhas. — Tinha mais alguma coisa...

— Seu diário — ele disse.

— Isso mesmo — ela começou a rir, mas o riso morreu em seus lábios. — Como foi que você se lembrou disso?

Ele apenas deu de ombros e se levantou para mexer no carvão.

— Acho que tenho boa memória.

— Você desenterrou? — Ele não respondeu e ela foi até ele. — Jack?

Ele mexeu em um carvão com a ponta da bota. Ele estalou e as bordas incandescentes brilharam na escuridão.

— Eu e o Steve.

— Quando? — Ela quis saber.

— Mais ou menos uma semana depois que enterramos. Nós precisávamos saber o que havia no seu diário, aquilo estava nos matando.

Ela engasgou.

— Vocês invadiram a minha privacidade. Abusaram da minha confiança. Vocês foram horríveis!

— E o pior é que, pelo que me lembro, seu diário era de um enfado supremo. O Steven e eu achamos que íamos ler todo tipo de coisa instigante. Como, por exemplo, por quem você sentia atração, ou se você tinha beijado algum menino. Ou o que acontecia de verdade naqueles encontros só de garotas que você costumava frequentar — ele enfiou a mão no bolso da frente da Levi's e apoiou o peso na perna oposta. — Só que, se estou bem lembrado, a maioria das páginas só falava do seu maldito gato.

— O senhor Skittle? — Ela ficou boquiaberta, agarrou o braço dele por cima da jaqueta e o virou para si. — Vocês leram meus pensamentos particulares a respeito do senhor Skittle?

— Eu odiava aquele gato. Toda vez que eu entrava na sua casa ele se arrepiava e sibilava para mim.

— Isso é porque ele sabia das suas más intenções.

Jack riu e olhou para baixo, para o rosto dela à luz do fogo, que dançava em suas bochechas e no nariz. No que dizia respeito a Daisy Lee, ele sempre tivera as piores intenções. Jack pôs a mão sobre a de Daisy para tirá-la de seu braço. No último instante, ao invés de removê-la, ele a agarrou.

— Você não sabe da missa a metade.

— A Sylvia me disse que te mostrou o traseiro no quinto ano.

Ele vira diversos traseiros no quinto ano.

— Não era bonito como o seu — ele levou a mão dela até a boca e beijou as juntas dos dedos. Então a encarou: — O seu foi sempre o melhor.

Ela piscou e suas pálpebras se fecharam pela metade. Sua boca se entreabriu. Ela o desejava tanto quanto ele a desejava. Teria sido tão fácil colocar sua outra mão atrás da cabeça dela e puxar seus lábios para os dele. Ele sentia na virilha pequenos choques de excitação, e a urgência de agarrá-la e pressioná-la contra si. Ele soltou a mão dela.

— Eu senti sua falta, Jack — ela disse. — Eu nem sabia quanto, até voltar para cá — ela deu um passo à frente e se pôs na ponta dos pés. Passou as mãos pela jaqueta dele acima, até o pescoço. — Você alguma vez sentiu a minha falta? — Ela delicadamente pousou os lábios nos dele. — Nem que apenas um pouquinho?

Ele permaneceu totalmente imóvel, olhando fundo nos olhos escuros dela. O peito dele queimava enquanto ele sorvia a respiração dela.

— Mesmo quando você não queria sentir minha falta?

Por dentro da Levi's, o desejo dele palpitava com força e em alta velocidade, mas ele a pegou pelos ombros e a afastou.

— Não faça isso, Daisy.

Ela olhou para ele.

— Matt Flegel me convidou para sair.

Merda.

— O Inseto?

— Ele nunca gostou que você o chamasse assim.

— E você vai sair com ele?

— E você se importa?

Ele olhou bem dentro dos olhos dela e respondeu como se não quisesse socar a cara do Inseto, o maldito.

— Não. Eu não ligo para o que você faz.

— Então provavelmente eu vou sair com ele.

Ela girou sobre os calcanhares e por cima do ombro desejou boa-noite a Jack, como se não tivesse acabado de tentar beijá-lo e criar um clima. Ele a observou desaparecer dentro da tenda e se voltou para o fogo.

Ela podia fazer o que quisesse, Jack disse a si mesmo, tornando a sentar-se. E ele também podia. Ele não fizera sexo com ninguém desde que fizera com ela no porta-malas do Lancer. Talvez esse fosse o problema. Talvez precisasse transar com alguém para tirar Daisy da cabeça.

Ele esperou até que o carvão virasse cinza antes de entrar na barraca. Quando seus olhos se acostumaram à escuridão, ele descobriu que Nathan havia ocupado o saco de dormir da ponta, o que deixava Daisy no meio. O que ela achava de dormir tão perto de Jack ele não sabia. Mas devia sentir-se à vontade, porque dormia profundamente.

Jack tirou as botas e a jaqueta e engatinhou até o saco de dormir. Ele posicionou as mãos atrás da cabeça e encarou o teto da tenda. Ele quase podia ouvir Daisy respirando, quase conseguia escutar o sopro suave do hálito dela passando pelos lábios.

Ele virou a cabeça e olhou na direção dela através da escuridão. Ela estava de costas para ele e o cabelo se espalhava no travesseiro. Ele fizera amor com ela. Ele fizera um filho com ela, mas nunca passara a noite com ela. Jamais a vira dormir.

Antes de adormecer, a última coisa que Jack pensou foi o que ela faria se ele enganchasse o braço na cintura dela e a puxasse para si.

Quando ele acordou, o teto da barraca filtrava a luz suave do amanhecer. Ele calculou que dormira por umas cinco horas.

Pegou a jaqueta, enfiou os pés nas botas e saiu. As sombras do início da manhã se projetavam sobre o *camping* e pelos montes ao redor do lago. Ele acendeu o fogo e fez café. O sol já batia na água quando ele se serviu da primeira caneca. Nathan foi o primeiro a se juntar a ele. O cabelo do filho estava todo espetado na parte de trás, e ele estava vestindo um moletom imenso, calças *jeans* e tênis. Nathan pegou uma garrafa de suco e uma embalagem de Chips Ahoy, e os dois andaram juntos até a água.

— Hoje, antes de irmos embora — Jack disse, soprando o café —, vamos atrás de uns bagres.

— Uma vez, meu pai e eu fizemos pesca submarina — Nathan abriu a embalagem e a estendeu para Jack, oferecendo-lhe um biscoito. — Você já fez isso?

— Obrigado — Jack pegou um biscoito de chocolate e o mordeu. — Eu tento ir ao golfo ao menos uma vez por ano. Da próxima vez que eu for, quem sabe você vem junto.

— Maneiro — Nathan encaixou a embalagem sob o braço e devorou dois biscoitos antes de falar de novo. — O meu pai e eu costumávamos conversar sobre umas coisas.

Jack deu um gole e olhou para o lago, para o sol batendo na superfície que parecia de vidro. Ele se perguntou se Daisy teria contado a Nathan que tinha um encontro com o Inseto. Mas não lhe cabia perguntar.

— Que tipo de coisas?

— Do tipo que um cara não pode conversar com a mãe.

— Como o quê? — Jack perguntou, e comeu o biscoito.

— Garotas.

Ah.

— Você tem algo específico em mente?

Nathan assentiu e deu um gole no suco.

— Quem sabe eu consigo te ajudar. Já estive com uma ou duas garotas.

Nathan olhou para a ponta dos pés e suas bochechas ficaram vermelhas.

— Garotas são complicadas. Garotos, nem tanto.

— É verdade. Mulher é um bicho contraditório. Elas dizem uma coisa e esperam que você entenda o oposto.

Ele ergueu a cabeça e olhou para Jack.

— Você disse que você e o meu pai costumavam ver pornografia. Então, o que eu quero saber é... — Ele piscou algumas vezes e então perguntou: — Onde é que se toca uma garota? Eu vi um desenho na aula de saúde humana, mas era meio confuso. Garotos não são confusos, tudo o que temos está simplesmente pendurado ali.

Eita!

— Nós não estamos conversando sobre os sentimentos das garotas, estamos?

Ele sacudiu a cabeça.

— Um amigo meu roubou o livro sobre sexo que a mãe dele tem. Parece que você precisa tocar uma garota em todos os lugares ao mesmo tempo.

Nathan estava tão sério. E viera até Jack. Não procurara Daisy.

— Tem alguma garota em particular que você esteja pensando em tocar?

— Não. Eu só queria ter tudo resolvido na cabeça antes da minha primeira vez.

— Você quer ser um especialista já no primeiro salto — Jack primeiro pensou que Nathan era jovem demais para se preocupar com sexo, mas depois se lembrou no CPRP e concluiu que não era jovem coisa nenhuma.

— É. Já vai ser tenso o bastante da primeira vez para ainda por cima eu ter que me preocupar em não estragar tudo.

Jack se apoiou nos saltos das botas e mediu cautelosamente as palavras. Ele *realmente* não queria estragar tudo. Um calor se espalhou por seu corpo e apertou seu peito como um murro direto no coração. De repente, pela primeira vez na vida, ele se sentiu pai. Seu filho viera até ele com dúvidas sobre sexo, exatamente como incontáveis outros filhos foram até os respectivos pais. Como ele próprio tinha ido.

— A primeira coisa que você precisa aprender é que qualquer idiota pode transar, mas é preciso ser homem de verdade para fazer amor. Se você não sente alguma coisa pela garota, não tem nada que baixar as calças dela.

— Certo.

— E você tem que usar camisinha. Sempre. Se você não tem maturidade para proteger a si mesmo e a sua parceira, também não tem maturidade suficiente para transar.

Enquanto falava, Jack se perguntava se Nathan havia captado a ironia daquela conversa. Ele esperou que o garoto comentasse que Jack não havia sempre praticado o que estava pregando, e tomou um gole do café para pensar em uma boa resposta. Ele obviamente teria de admitir que nem sempre fora tão responsável, mas é que...

— Eu sei sobre sexo seguro — Nathan falou, interrompendo seus pensamentos.

Jack engoliu.

— Que bom.

Jack sorriu para o filho, imensamente aliviado porque não haveria perguntas incômodas sobre a sua vida sexual.

— O que quero saber é... — Nathan olhou de esguelha em direção à barraca. — Onde fica o clitóris, exatamente?

O sorriso de Jack desapareceu e ele abriu a boca. Nenhuma palavra saiu, porém, então ele a fechou.

Nathan, por sua vez, não tinha dificuldade para se expressar.

— E que diabos é ponto G?

Dezessete

Dirigir não era tão fácil quanto Nathan havia imaginado. Em seu segundo dia de aula, ele teve de dirigir um Saturn. Não era exatamente a ideia que fazia de um carro maneiro, mas a outra turma ficou com uma perua. Na terceira semana, ele dominou o Saturn perfeitamente, e pensou que estava pronto para dar uma volta em seu novo automóvel dos sonhos. O Shelby Mustang de Jack. Jack ainda não sabia, mas Nathan queria muito dirigir o Mustang. *Muito.*

Depois da primeira semana, ele havia feito amigos entre os outros rapazes do curso. Eles não montavam a cavalo nem escutavam música brega. Alguns mascavam tabaco, porém, mas isso não era um problema para Nathan.

Nos dias de aula, sua mãe o deixava na frente da escola. Na saída, ele geralmente ia até a casa de Jack, a poucos quarteirões de distância. Fazia um mês que estava em Lovett, e já não achava a cidade tão ruim quanto achara nos primeiros dias. Gostava de trabalhar na garagem de Jack e gostava de jogar conversa fora com os outros mecânicos — ia pensando, enquanto andava para os fundos da escola.

Jack lhe mostrara o lado gerencial da administração de um negócio como a Parrish American Classics, e ele havia achado bem bacana. Talvez ele pudesse trabalhar lá de novo no verão seguinte e, quando se formasse no Ensino Médio, quem sabe poderia trabalhar com Jack e Billy em tempo integral.

Isso sim seria maneiro, mas a mãe teria um ataque. Ela queria que ele fosse para a faculdade, como o pai. Falava sobre isso como se o próprio Nathan não tivesse direito a dar uma palavra sobre o assunto. Ela tentava conduzir a vida dele como se ele ainda fosse uma criancinha.

Nathan pegou uma pedra e a atirou contra a tabela de basquete, como havia feito no dia em que conhecera Jack. A pedra caiu no chão e ele a chutou.

Ele não sabia mais como chamar Jack. Chamá-lo pelo nome era estranho, mas também não dava para chamá-lo de "pai". Seu pai era Steven Monroe. Mas Jack estava se tornando meio que um pai, também. Eles estavam se dando muito bem. Algumas vezes, depois do trabalho, saíam juntos e conversavam sobre carros e coisas assim. Fora isso, Nathan estivera na casa de Billy e conhecera o restante da família. As filhinhas dele gritaram e riram muito, e a do meio corria com a cabeça baixa e era você que tinha de ficar esperto com ela.

Jack normalmente convidava Daisy para se juntar a eles, e era como se eles formassem uma família, só que não. De vez em quando Nathan pegava Jack olhando para sua mãe como se a amasse. Mas daí ele piscava, ou desviava os olhos, e Nathan achava que tinha sido apenas sua imaginação. Se Jack estivesse apaixonado por sua mãe, Nathan não sabia como iria se sentir a respeito. Talvez fosse tudo bem, já que Jack era seu pai, ou mais ou menos um tipo de pai.

Apenas uma vez Jack o havia tirado do sério. Nathan ficara bravo com sua mãe no Quatro de Julho e havia gritado com ela porque ela queria saber aonde ele estava indo, com quem e fazer o quê. Jack tinha lhe dado um olhar realmente duro e dito: "Não fale com sua mãe desse jeito. Pede desculpas. Agora".

Ele teria pedido desculpas de qualquer forma. A mãe o irritava às vezes, mas ele a amava. Odiava ver como ela ficava triste quando ele gritava. Dava a impressão de que um buraco se abria em seu peito, mas ele nunca percebia o que estava fazendo *enquanto* estava fazendo, só quando era tarde demais.

Nathan atravessou o campo até a abertura na cerca. Era sábado, e ele não ia trabalhar. Talvez tirasse um cochilo ou jogasse no XBOX, que a mãe trouxera quando voltara de Seattle.

Ele diminuiu o passo quando viu Brandy Jo avançando pela passagem e vindo em sua direção. Ela estava com um vestido vermelho de alças bem fininhas e um chinelo de solado grosso.

— Ei, Nathan. Faz tempo que não te vejo. O que tem feito?

— Aulas de direção.

Ele se endireitou e enfiou as mãos nos bolsos. Brandy Jo era provavelmente a garota mais bonita que ele já vira. Mesmo com aquele chinelo alto, a cabeça dela mal chegava ao queixo dele. Nathan teve aquela sensação de buraco no peito, só que agora isso não tinha nada a ver com sua mãe.

— E você, o que está fazendo aqui num sábado?

— Esqueci meu casaco na escola.

O sol bateu em seus cabelos escuros, e quando ela passou a língua pelos lábios rosados o estômago dele se contorceu.

— Precisa de ajuda? — Nathan perguntou, e quase gemeu alto. É óbvio que ela não precisa de ajuda.

— De ajuda não, mas gostaria que você viesse junto.

Ele engoliu e tentou não sorrir. Apenas assentiu e respondeu:

— Maneiro.

— Quando você vai tirar a habilitação? — Ela perguntou, enquanto ambos contornavam a escola.

— O teste não deve demorar.

O braço nu dela encostou no dele bem abaixo da manga da camiseta, e o ombro dele estremeceu.

— Eu tirei a minha no mês passado — disse Brandy Jo.

— Você tem carro?

Ela balançou a cabeça e os cabelos roçaram a parte de cima de seus ombros.

— Você tem?

— O Jack vai me deixar dirigir o dele — ele encostou o braço no dela, para ver o que acontecia, e o estremecimento cruzou seu peito.

— Quem é Jack?

— Ele é... Tipo, meu pai.

Ela virou para ele seus grandes olhos castanhos.

— Como assim, "tipo seu pai"? Ele é seu padrasto?

— Não. Ele é meu pai de verdade, mas eu só o conheci há um mês.

Ela estancou em seus chinelões.

— Você acabou de conhecer seu pai? — Ela perguntou, com aquele sotaque que ele estava começando a achar realmente uma graça.

— É. Eu sempre soube dele, mas quando meu pai morreu... Quando meu primeiro pai... Outro pai... — Ele suspirou. — É meio confuso.

— A minha mãe teve três casamentos — Brandy Jo falou, enquanto eles retomavam a caminhada. — Meu pai morreu, mas o pai do meu meio-irmãozinho mora em Fort Worth. Tenho outro padrasto agora, mas a coisa não parece estar indo muito bem. Toda família é um pouco confusa por uma razão ou outra.

Eles entraram no prédio lado a lado, roçando os braços e fingindo que era sem querer nem perceber. Brandy Jo encontrou o casaco na sala de artes e de alguma forma, quando eles andaram para fora, Nathan tomou a mão dela na sua. A garganta dele se fechou, então ela olhou para ele e sorriu, e ele sentiu a pulsação parar. Seu coração se contraiu e ele receou desmaiar bem ali, perto da pedra idiota que trazia as palavras "Garanhões de Lovett" escavadas. Bem ali, sob o sol escaldante do Texas. Bem ali, na frente da garota mais linda que já vira. E ele não queria desmaiar *mesmo.*

Nathan baixou o olhar em direção a Brandy Jo enquanto ela falava sobre sua família. Ele apertou a mão dela e ela se aproximou até que os braços de ambos se tocassem. O coração dele inchou como um balão no peito, e era bom e horrível e esmagador. Ele nunca se apaixonara antes. Bem, exceto pela Nicole Kidman, mas essa vez não contava. Mas naquele dia, sob o infinito céu azul sobre sua cabeça, Nathan Monroe se apaixonou pela primeira vez.

* * *

Daisy baixou o polegar no gatilho da mangueira e jogou água no capô do Cadillac de sua mãe. Em seguida, mergulhou a esponja em um balde cheio de água com sabão e lavou a sujeira do carro. O sol quente da tarde estava castigando, e ela sentia os ombros, o peito e as costas queimando acima do decote da regata.

Ela passara a maior parte do dia na casa de Lily, fazendo limpeza e lavando a roupa, enquanto a irmã descansava no sofá com o gesso apoiado sobre almofadas. O processo de divórcio terminara, e o advogado de Lily viera visitar. Ele havia mostrado ao juiz os extratos bancários anteriores às retiradas que Ronnie fizera, e o juiz ordenara que Ronnie pagasse 10 mil dólares para Lily, e pensão e plano de saúde para Pippen.

A mãe delas ainda estava na casa de Lily, arrumando, cuidando e tomando providências variadas. Daisy sabia que, desde que voltara do hospital, Lily tinha dificuldade para fazer até as coisas mais simples. Ela não se importava de ajudar, mas a vida desregrada e confusa da irmã a havia deixado em um tremendo mau humor.

Na verdade, era mais do que mero mau humor. Ela estava inquieta, mas a participação de Lily nesse sentimento era bem pequena. Ultimamente, o humor de Daisy tinha mais a ver com a soma de todos os aspectos de sua vida do que com apenas uma parte dela. Estava ansiosa para seguir com a vida, ainda assim assustada e insegura. A casa em Washington ainda não tinha sido vendida, mas também só fora anunciada um mês antes. Ela estava levando adiante os planos de abrir o próprio estúdio fotográfico, mas, ainda assim, dava-lhe um nó no estômago pensar em sair do Texas. Daisy tinha a sensação de que em um momento o que ela queria estava claro e cristalino, apenas para se tornar confuso e embaçado no momento seguinte.

Ela saíra duas vezes com Matt e tinha se divertido. Porém, quando ele a beijou, ela soube que não haveria uma terceira vez. Estava apaixonada por outra pessoa, e não seria correto com Matt.

Daisy se esticou tanto quanto possível sobre o capô do Caddy e esfregou uma sujeira que tinha lhe escapado. Ela olhou para o lado quando uma das maiores razões para sua confusão estacionou o Mustang paralelamente à guia em frente à casa de Louella.

Jack saiu do carro e atravessou o jardim em direção a ela. Um cacho de cabelo escuro pendia em frente à testa dele, e pela primeira vez ele não estava de chapéu. A luz do sol se refletia nas lentes dos óculos dele. Vestia uma camisa verde de botões e uma Levi's desbotada. Era sábado, e ele não havia se barbeado. O sombreado cinzento em seu rosto chamava a atenção para o formato sensual da boca. Toda vez que ela o via, seu coração se apertava um pouco, enquanto sua mente ordenava que ela saísse correndo aos berros na direção oposta.

— Ei, oi! — Ela disse, enquanto se endireitava e enxaguava o sabão do capô. — Que bons ventos o trazem?

— Estou procurando o Nathan. Achei que ele iria até a minha casa quando saísse da autoescola, mas ele não apareceu.

— Ele ainda não chegou — ela disse, e podia sentir o olhar dele por trás dos óculos de sol. — Mas não deve demorar, caso você queira esperar.

— Vou esperar um pouco — ele disse, e olhou para o fim da rua.

Ele vinha fazendo muito isso desde que tinham voltado do passeio ao lago, um mês antes. Ele a despia com os olhos e depois desviava a atenção. Claro que era totalmente possível que ele não a estivesse observando com mais interesse do que dedicaria a um inseto. Era totalmente possível que ela estivesse imaginando tudo aquilo. Como se fosse uma torcida, uma fantasia. O que a tornava não apenas triste e patética e totalmente doida, mas tão doida quanto o restante de sua família. Um pensamento assustador.

Ela apanhou o balde e a mangueira e foi para o outro lado do carro, oposto ao qual Jack estava.

— Amanhã à noite, o Billy e outros caras vão se reunir para jogar futebol no parque Horizon View — ele apoiou o peso em um dos pés e olhou para ela. — Outro dia eu falei com o Nathan a respeito e ele ficou de me dar uma resposta se poderia.

— Não temos nada planejado, não me oponho a que ele vá — Daisy pousou o balde no chão e elevou a mangueira até a altura do teto do carro. — A partida vai ser na modalidade tradicional ou na suave?

— Futebol suave é para fracotes — ele resmungou. — E para meninas.

Ela decidiu que deixaria passar a provocação.

— Não quero que ele jogue sem capacete e caneleiras.

— Vamos garantir que ele receba todo o equipamento necessário — ele inclinou a cabeça de lado como se a estivesse analisando. — Por que você também não vem, em um daqueles seus antigos uniformes de líder de torcida? Você podia dar os giros e rodopios que costumava dar — os cantos de sua boca se elevaram em um sorriso puramente carnal. — Ou aqueles saltos de pernas abertas em que os pés sobem até o meio do corpo e tocam as mãos. Você costumava ter uma bela extensão de virilha.

O polegar de Daisy encontrou a extremidade da mangueira de novo e a água se espalhou pelo teto do carro, atingiu o peito e os ombros de Jack e espirrou em seus óculos de sol.

— Oops! — Ela disse, e retirou o dedo.

As sobrancelhas dele baixaram até desaparecer por trás das lentes.

— Você fez isso de propósito.

Ela engasgou. Escandalizada.

— Não fiz, não.

— Fez — ele disse, muito lentamente. — Fez sim.

— Erraaado — ela abanou a cabeça, pressionou o gatilho de novo e o atingiu em cheio no centro do peito, bem no meio dos ombros. A água espirrou para cima até o queixo e molhou sua camisa até em baixo. — Agora — ela disse, tirando o dedo —, *isto* sim foi de propósito.

— Você tem alguma ideia — ele disse, tirando e guardando os óculos no bolso da camisa ensopada — do que eu vou fazer com você?

— Nada.

O olhar dele prometia vingança, enquanto ele contornava o carro.

— Erraaado — ele a imitou.

Ela recuou um passo.

— Pode ficar bem aí onde você está.

— Assustada?

— Não — ela disse, e recuou mais um passo.

— Pois deveria estar, mocinha.

— O que você vai fazer?

— Para de se mexer e você vai descobrir.

Ela ficou imóvel, mas ergueu a mangueira e o atingiu na cabeça com um esguicho. Jack se abaixou. Antes que Daisy conseguisse pensar em correr, ele já estava em cima dela, pressionando-a contra a porta do carro e arrancando a mangueira de suas mãos.

— Jack, não! — Ela começou a rir. — Eu nunca mais vou fazer isso. Juro.

Ele olhou para o rosto dela. Água escorria do cacho pendente em sua testa e pingava pela bochecha. Os longos cílios dele estavam molhados e unidos nas pontas.

— Eu sei que não vai — ele disse, enquanto afastava o decote da regata dela e enfiava a mangueira lá dentro.

— Ai, isto está gelado! Aaaai! — Ela agarrou a mão dele e tentou afastar a mangueira de seu decote.

— Divirta-se, engraçadinha — ele pressionou o corpo contra o dela e ficou quase tão encharcado quanto Daisy.

— Para! — A água corria entre os seios e descia pela barriga. Seus mamilos ficaram duros com o frio. — Que gelo!

Com o rosto bem próximo do dela, ele disse:

— Agora pede desculpas.

Daisy ria tanto que mal conseguia falar.

— Descuuuulpa — ela afinal verbalizou, enquanto tentava escapulir da pressão que ele exercia. Mas ele usava o quadril para mantê-la bem presa exatamente onde ele queria.

— Só assim não basta — ele tirou a mangueira da camiseta dela e jogou no chão. — Mostra — ele disse, com voz rouca.

A risada de Daisy morreu em seus lábios e ela o encarou. Encarou mesmo, absorvendo o desejo que brilhava através daqueles olhos verdes. Os pés de Jack estavam nas laterais externas dos dela. Suas coxas, quadril e abdome estavam comprimidos contra ela, e Daisy subitamente se deu conta de que ao menos vinte centímetros dele estavam bem felizes por vê-la. Uma linha de calor se enrodilhou dentro dela. Seu coração lhe dizia para ficar e sua cabeça gritava para que saísse correndo.

— Como?

— Você sabe — ele baixou o olhar para os lábios dela. — E capricha.

As mãos geladas dela percorreram o peito e os ombros molhados dele, subindo até o cabelo. Ela levantou o rosto e deslizou a mão para a nuca dele. Muito de leve, encostou a boca na dele. Sentiu o coração inchar, preenchendo seu peito inteiro e tornando a respiração muito difícil. Não havia como negar do que se tratava. Ela já sentira isso antes. Só que desta vez era mais forte. Menos confuso. Como girar o anel de foco da câmera fotográfica até que tudo ficasse perfeitamente nítido.

Ela estava apaixonada por Jack Parrish. De novo. Seu coração havia vencido este *round*.

Um ínfimo raio de sol separava a boca de ambos. Os dois contiveram a respiração; seus olhares se sustentaram. Cada um esperando que o outro tomasse a iniciativa.

Daisy lhe deu um selinho.

— Assim está bom?

Os lábios dele roçaram os dela quando ele sacudiu a cabeça.

— Tenta de novo.

— Que tal assim?

Ela entreabriu os lábios e com a ponta da língua tocou a fresta entre os lábios fechados dele. Ele inspirou profundamente e sua voz estava rouca quando perguntou:

— Isto é o melhor que você consegue fazer?

Daisy levou a mão até o rosto dele e passou os dedos na barba que crescia no queixo.

— Não, mas acho que você não aguenta o meu melhor.

— Tenta.

Daisy fechou os olhos e aproximou o corpo do dele um pouco mais. Roçou os seios na camisa dele e seus mamilos se endureceram de mais do que só o frio. Uma onda de calor varreu seu corpo e se instalou entre suas pernas. Ela pressionou a boca aberta contra a dele e o beijou. No começo, deu apenas beijos suaves e provocantes, que levaram Jack a perseguir sua língua em busca de mais. Um gemido de frustração escapou de seu peito, e então ele inclinou a cabeça de lado e deixou a temperatura subir. Forçou a boca de Daisy e dominou a situação.

Enquanto estavam com os lábios firmemente unidos, ele pôs o braço em volta dela e deu um passo para trás, afastando-a do carro. Com as grandes mãos, pegou-a pelo traseiro e a puxou para cima até que ela ficasse na ponta dos pés.

Jack afastou o rosto e a encarou.

— Você é uma delícia — bem lentamente, ele deixou que o corpo dela deslizasse contra o seu, e em seguida suspendeu-a de novo. — Não tem ninguém tão gostosa como você.

Ele cobriu os lábios dela de novo. A água fria da mangueira corria por entre os dedos de seus pés, enquanto o beijo dele ficava mais quente.

De algum ponto atrás de sua cabeça, Daisy ouviu alguém pigarrear, uma fração de segundo antes que a voz de Nathan invadisse seu momento de tesão.

— Hum-hum. Mãe?

Jack ergueu o rosto e a largou, e ela caiu sobre os calcanhares e girou:

— Nathan!

Ela levou alguns segundos antes de perceber que ele não estava sozinho. Uma adolescente estava ao lado dele. Nathan olhava da mãe para Jack e ficava cada vez mais vermelho.

— Há quanto tempo você está parado aí? — Jack perguntou, com uma voz surpreendentemente firme e calma para alguém que, um segundo antes, estava com a mão no traseiro de Daisy, esfregando o corpo dela para cima e para baixo contra o seu.

— Nós vimos vocês lá do fim da rua — Nathan disse, e olhou para Daisy. Ele não disse mais nada e ela não sabia o que ele estava pensando.

Daisy forçou um sorriso e falou:

— Você vai apresentar a sua amiga?

— Esta é a Brandy Jo — ele apontou para Daisy. — Esta é a minha mãe e ele é o Jack.

— É um prazer conhecer vocês.

Daisy fez menção de dar um passo à frente, mas a mão de Jack no cós de seu *short* manteve-a em frente a ele. Ela olhou para ele, por cima do ombro; ele ergueu uma sobrancelha, e ela entendeu tudo. Jack a estava usando como escudo. Ela sentiu o calor queimar-lhe o pescoço e as bochechas. Ficou vermelha, tal como Nathan. A única pessoa que não parecia constrangida era Jack.

Ela focou sua atenção em Nathan e Brandy Jo.

— Você mora aqui perto? — Perguntou, tentando quebrar o silêncio desconfortável.

— Em Taft — Brandy Jo olhou para Nathan. — No dia em que eu conheci o Nathan eu falei para ele que somos quase parentes. Minha tia Jessica é casada com o Bull, primo do Ronnie Darlington.

Ufa, ao menos ela não era parente de sangue do Ronnie.

— Faz poucas semanas que saiu o divórcio da Lily e do Ronnie — Daisy falou.

— Ah. Eu não sabia — Brandy Jo sorriu e disse, quase num cochicho: — Aquele Ronnie é um cachorro e ninguém nunca entendeu o que a Lily via nele.

Brandy Jo era obviamente uma garota esperta.

— Eu passei aqui para conversar com você sobre o futebol de amanhã à noite — Jack disse.

— E você não encontrou nada para fazer enquanto eu não chegava, então decidiu partir para cima da minha mãe na frente de casa?

Daisy ficou boquiaberta.

Jack deu uma gargalhada.

— É, pareceu um bom jeito de passar o tempo.

Daisy se virou e olhou para ele.

— Que foi? — Ele perguntou, sorrindo com ironia. — Você também achou.

Dezoito

Daisy vivera os últimos quinze anos no Noroeste do país, mas nunca se esquecera de quão a sério os texanos levam o futebol. Fosse no Estádio Texas, em Dallas, em uma escola do Ensino Médio em Houston ou em um campinho em Lovett, o futebol era considerado uma segunda religião, tão adorado quanto.

Amém.

O que Daisy não sabia era que este jogo em particular era um evento especial, uma reunião anual em que homens crescidos se encontravam para transpirar, trombar e comparar as feridas da batalha. Não havia linhas intermediárias no campo. Nenhuma referência. Nenhuma trave. Apenas duas linhas laterais e duas de fundo pintadas com tinta fluorescente cor de laranja, e alguém com uma bandeirinha. O time de Jack jogava de uniforme vermelho, e o outro usava azul.

Cada time trouxera um suprimento de pedregulhos e de cusparadas e o desejo de arrancar a cabeça do adversário, tudo em nome da diversão. Isso era futebol em seu estado mais puro e selvagem, e Nathan Monroe seria o único jogador a usar protetores e capacete, fato que o irritara no último grau.

Daisy tentara acalmá-lo explicando que ele tinha apenas quinze anos e iria jogar com homens bem maiores e mais velhos. Mas ele parecia não se importar com o risco de ser ferido, apenas com o fato de parecer um fracote.

— Nathan, eu gastei 5 mil dólares para endireitar seus dentes — ela lhe dissera. — Você não vai destruí-los.

Só mais tarde, quando Brandy Jo apareceu e disse que gostava de sua aparência com protetores e capacete, o humor dele melhorou um pouco.

Ela e Nathan pegaram uma carona com Jack até o parque e, enquanto os três se aproximavam do campo da partida, Jack deu uma boa olhada no vestido de Daisy.

— Isto não se parece nem um pouco com a sua roupa de líder de torcida — ele disse, quando Nathan se afastou até Billy para pegar seu uniforme.

Daisy havia ignorado a sugestão de Jack para que ela vestisse a saia e a blusa de líder de torcida e escolhera, em lugar disso, um vestido creme, estilo avental, de amarrar em cruz nas costas. Ela olhou para a bainha do vestido, logo acima dos joelhos.

— Está comprido demais?

— E não tem costas.

— Acho que não vou fazer nenhuma daquelas piruetas das quais você aparentemente era tão fã, na escola.

O olhar dele percorreu o time reunido no centro do campo.

— Nisto que está vestindo, você provavelmente machucaria seus pompons. E seria uma tragédia.

— Você não precisa se preocupar com os meus pompons — ela disse, e parou na lateral do time vermelho. — Eles estão bem.

— Estão ótimos — Jack disse por sobre os ombros, enquanto continuava a andar ao encontro do time.

Daisy o encarou e sorriu. Ele não estava vestindo nada por baixo da malha de jérsei, e a pele bronzeada era visível através dos furinhos. Seu olhar desceu pelas coxas dele e para as calças de futebol que se agarravam ao traseiro. Jack Parrish estava poderoso e deslumbrante. As calças envolviam suas pernas logo abaixo dos joelhos, e ele estava usando meias de futebol e tênis com cravos nas solas. Movia-se como se não tivesse uma só preocupação nesta vida. Como se não estivesse prestes a passar a próxima hora sendo atropelado, interrompido e bloqueado.

Tucker Gooch a chamou e acenou para ela do meio do time azul. Ela acenou de volta para ele e notou um monte de gente com quem tinha estudado. Cal Turner e Marvin Ferrell. Lester Crandall e Leon Kribs. Eddy Dean Jones e vários dos meninos Calhoun, incluindo Jimmy e Buddy. Ela se perguntou se Buddy sabia que, depois de ter feito sexo com ele, Lily tinha enlouquecido e entrado com o carro na sala da frente de Ronnie.

Provavelmente não.

Reconheceu vários outros rostos, de pessoas com quem convivera enquanto crescia, em Lovett. Penny Kribs e a pequena Shay Calhoun. A esposa de Marvin, Mary Alice, e Gina Brown.

O ciúme provocou um nó no estômago de Daisy. Ela se perguntou se Gina e Jack teriam ficado juntos no último mês. Provavelmente sim. O ciúme subiu do estômago para o coração. Daisy conhecia bem aquela sensação e a reconheceu facilmente. Sentira-a quinze anos antes, quando a simples ideia de Jack com outra pessoa costumava atormentá-la e fazer seu ciúme ferver até as borbulhas.

Mas Jack não lhe pertencia e ela não era mais uma criança. Daisy sabia o que fazer com o ciúme, agora. Não o combateu nem fingiu que não existia. Entregou-se a ele e sentiu cada pontada que ele lhe deu. E então deixou-o passar, da melhor maneira que conseguiu.

Sua cabeça havia vencido este *round*. Ela se sentou em uma cadeira dobrável, na lateral do campo, perto de Rhonda e as meninas. As três vestiam uniformes vermelhos de líderes de torcida e saltavam de um lado para outro como se tivessem molas nas pernas.

— No ano passado o Billy estirou um músculo na virilha — Rhonda contou a Daisy, enquanto descalçava as meias de Tanya para que a pequena pudesse brincar com os dedos dos pés. — Passou três semanas choramingando.

— E o Marvin quebrou o polegar — Mary Alice acrescentou, inclinando-se na cadeira.

Virilhas e polegares não eram protegidos por capacetes ou caneleiras. Daisy se pôs de pé, pronta para arrastar Nathan para fora dali, mas voltou a se sentar. Ele nunca a perdoaria se ela fizesse uma coisa dessas. Portanto, só lhe restava cruzar os dedos.

O jogo teve início às sete e meia. Fazia mais de trinta graus à sombra, e o suor jorrava dos jogadores. Jack era o zagueiro do time vermelho. Daisy já nem se lembrava mais de como adorava vê-lo jogar. Toda vez que ele erguia o braço para lançar a bola, a camisa de jérsei levantava, e Daisy era presenteada com a visão de sua barriga plana e do umbigo, logo acima do cós da calça. Em outros movimentos, ela conseguia ver o peito.

Em breve, o parque Horizon View estaria cheio de homens gritando uns com os outros, de tênis batendo com força contra o campo e de músculos se chocando com músculos. De corpos atingindo o chão com pancadas audíveis seguidas dos gritos de incentivo e de zombaria dos torcedores nas arquibancadas laterais.

Nos primeiros quinze minutos, Jack fez um passe curto para Nathan, que pegou a bola e correu por cerca de dez metros antes de ser derrubado. Daisy prendeu a respiração até que o filho se levantou e removeu um pouco da grama que se prendera ao capacete. Pouco depois, Jimmy Calhoun fez um ponto para o time vermelho. Infelizmente, ele foi derrubado na linha de fundo, e a queda foi feia. Quando ele finalmente conseguiu ficar de pé, foi mancando até o carro, e Shay o levou para o hospital. Todo mundo achava que o joelho tinha sido atingido. Buddy torcia para que não fosse uma lesão permanente.

— A Shay quer formar uma família grande — ele disse, enquanto observava o irmão, que se afastava lentamente. — Espero que ele não tenha se machucado em nenhuma parte *vital*.

Durante o intervalo, Daisy ajudou Rhonda e Gina a passar garrafas de água para os jogadores dos dois times. Cada um parecia pior que o outro, e ainda faltava metade do jogo. Na equipe azul, Leon Krib estava com o olho esquerdo inchado, e Marvin Ferrell estava sangrando no lábio. Enquanto enfaixava o tornozelo, Tucker Gooch pediu seu número de telefone.

Ela não lhe deu.

Daisy pediu licença e foi conversar com Nathan para se certificar de que tudo estava bem. Billy o pegou pela nuca e passou a mão na cabeça dele. Ao invés de ficar bravo, como Daisy achou que ele ficaria, Nathan riu e deu um soco na barriga de Billy.

— O Billy queria muito um filho — Rhonda lhe disse. — Mas vai ter que se contentar em brincar com o Nathan.

Billy teria apenas mais três semanas, antes que ela e Nathan fossem para Seattle. Ela se perguntou como o filho estaria se sentindo em relação a esse retorno. Se ele ainda estaria animado com a possibilidade de voltar para casa.

E ela, estava? Uma fisgada de ansiedade se transformou em um puxão nervoso em reação a este pensamento, e ela receou muito que a resposta fosse negativa. No dia anterior, ela e Nathan estavam passando de carro pelo pequeno centro de Lovett e ela notara um imóvel vazio ao lado da Presentes Donna, na rua Cinco. Antes de perceber o que estava fazendo, Daisy estava se imaginando instalada ali. Uma placa pendurada abaixo do toldo listrado. "Daisy Monroe — Fotografia", ou talvez ela desse ao estúdio o nome de Docinho, ou...

Seu coração e sua cabeça estavam em guerra, e era melhor que ela resolvesse o conflito antes de assinar um contrato em Seattle.

Ela entregou uma água para Eddy Dean, cujas mãos sangravam nas juntas, e para Cal Turner, que já estava mancando. Mas estar mancando não o impediu de convidá-la para ir com ele ao Slim's, mais tarde, naquela mesma noite. Daisy olhou de relance para Jack, alguns metros adiante, conversando com Gina. Ele estava de pé, com as mãos no quadril e uma toalha branca pendurada no ombro. Gina apontou para a esquerda, mas o olhar de Jack estava em Daisy. Ela se aproximou dele.

— Falo com você mais tarde — Gina disse, e se afastou para a lateral.

— Ei, obrigado — Jack pegou duas garrafas de água e abriu uma delas.

Ele tinha uma mancha de sangue no ombro esquerdo e a calça, antes branca, estava agora toda manchada do verde da grama. Ele tomou metade da garrafa e jogou o resto na cabeça.

— Você vai sair com o Cal hoje à noite? — Ele perguntou, enxugando o rosto com a toalha.

Daisy se perguntou se ele teria ouvido o convite de Cal.

— Isso incomodaria você?

Ele olhou para ela por cima do algodão branco, e em seguida pendurou a toalha na nuca.

— Faria diferença se me incomodasse?

Ela olhou para Gina.

— Faria.

Jack pôs os dedos na bochecha de Daisy e virou o rosto dela de frente para si.

— Sim, isso me incomodaria. Não saia com o Cal, com o Inseto nem com mais ninguém.

— Eu não vou sair com o Cal nem com mais ninguém — ela olhou para os próprios pés e então de volta para ele, passando pelo cordão de amarrar da calça, pela camisa vermelha de jérsei e então para os olhos verdes. — Você ainda está saindo com a Gina.

Ele se aproximou até ficar tão perto que os dois estavam quase se encostando, e ajeitou uma mecha do cabelo dela para trás da orelha.

— Eu não saí com mais ninguém — disse, em um sussurro — desde que pus você no Custom Lancer.

— Sério?

— Sério — os dedos dele deslizaram pelo pescoço dela. — E você?

Ela sorriu, simplesmente porque não conseguiu evitar.

— Claro que não.

Ele sorriu também.

— Que bom — ele disse, antes de lhe dar um selinho e voltar a se reunir com a equipe.

Como beijo, propriamente dito, mal contava. Aquele selinho mal era um beijo, de verdade, mas tinha sido molhado o bastante para deixar o gosto dele nos lábios dela, quente o suficiente para entrar nela e acender o fogo em seu coração.

Na primeira metade do segundo tempo, o time azul marcou um ponto, mas Daisy não estava prestando muita atenção ao jogo. Tinha preocupações maiores em que pensar. Estava apaixonada por Jack, já não podia ignorar isso. Tinha vindo a Lovett para contar a ele sobre Nathan. Não planejara se apaixonar por ele de novo, mas tinha acontecido e agora ela precisava decidir o que fazer. Quinze anos antes, ela fugira da dor de Jack não a amar. Desta vez, não fugiria. Se e quando partisse, saberia o que Jack sentia por ela.

O último quarto do jogo tinha começado fazia apenas três minutos quando Jack foi esmagado por Marvin Ferrell, que tinha pelo menos quarenta e cinco quilos a mais do que ele. Jack caiu com um *ufffff*, e o coração de Daisy falhou. Ele ficou deitado de costas por longos e aflitivos momentos, até que Marvin o ajudou a ficar de pé. Jack mexeu a cabeça de um lado para o outro como se para livrar-se de câibras, e lentamente voltou ao grupo. Seu lance seguinte foi um torpedo de quinze metros para Nathan, que percorreu o campo todo em alta velocidade até fazer o ponto. Nathan arrancou o capacete e o enterrou no chão. Ele pulava para todo lado, espalmando mãos e trocando socos com os companheiros de equipe. Jack pôs o braço em gancho nos ombros de Nathan. Pai e filho, as cabeças grudadas enquanto eles conversavam e andavam até a lateral, ambos sorrindo como se tivessem acabado de ganhar 1 milhão na loteria.

Depois do jogo, Nathan ainda estava tão excitado que relaxou e deu a Daisy um abraço que a tirou do chão.

— Você viu aquele ponto? — Ele perguntou, e a soltou.

— Claro que vi. Foi incrível.

Nathan puxou e tirou as ombreiras. Brandy Jo e um grupo de adolescentes se aproximaram. Eles todos pareciam muito impressionados por um garoto de quinze anos ter sido convidado a jogar com os adultos.

— Fui aceito porque o Jack e o Billy jogam na equipe vermelha — ele disse.

Um garoto usando a camiseta dos Weezer perguntou:

— Quem são Jack e Billy?

— Billy é meu tio — Nathan fez uma pausa e olhou por cima da cabeça de Daisy. — E Jack é o meu pai.

Ela sentiu Jack atrás de si uma fração de segundo antes que ele apertasse seus ombros. Ela encarou os olhos insondáveis dele e o grande sorriso satisfeito, e então focou sua atenção em Nathan. Os dois homens de sua vida pareciam ter chegado a um acordo não verbal. Nada de chororô emocionado ou de soluços no colo um do outro. Simplesmente um reconhecimento, como o cumprimento de mãos espalmadas ou a troca de socos.

Em vez de ir para casa celebrar com ela e Jack, Nathan perguntou se podia sair com os novos amigos. Pelo jeito como ele olhava para Brandy Jo, Daisy soube que acabara de ser usurpada da vida do filho por uma garota de quinze anos com longos cabelos castanhos e um sotaque forte do Texas. Ela sentiu uma inesperada pontada de ciúme. Nathan estava crescendo rápido demais, e ela sentia saudade do menininho que costumava pegar em sua mão e olhar para ela como se ela fosse a coisa mais importante do mundo dele.

— Você está pronta para irmos? — Jack baixou o rosto até o topo da cabeça dela. — Quero tirar você daqui antes que o Cal venha te paquerar de novo.

Ele não a estava enganando, havia realmente um traço de dor em sua voz.

— O que está doendo?

— Meu ombro — ele disse, enquanto andavam para a saída. — Doendo pra cacete.

— Eu não entendo por que vocês não usam protetores — ela disse, mas logo ergueu a mão. — Não diz. Eu sei. Ombreiras são para os fracotes.

Jack abriu a porta do passageiro para Daisy. Ela já ia entrando, mas parou para dar uma última espiada em Nathan, do outro lado do campo.

— Ele está crescendo tão depressa — ela disse, observando-o andar na direção oposta, levando Brandy Jo pelo braço. — Ele sempre foi tão agitado e independente. Eu não podia levá-lo a lugar nenhum que ele fugia. Então, uma vez, eu arranjei uma daquelas correias que você atrela às crianças pequenas de modo a não perdê-las de vista. Era só dar um puxão e o Nathan aparecia, vindo de fosse lá onde fosse que ele estivesse se escondendo de mim — ela agarrou a quina da porta, que separava seu corpo do de Jack. — Gostaria de poder dar um puxãozinho agora e dizer a ele que se mantenha longe de encrencas.

Jack pôs suas mãos sobre as dela.

— O Nathan é um bom garoto, Daisy. Ele vai ficar bem.

Ela o olhou nos olhos e ele se inclinou, delicadamente colando os lábios aos dela, transformando esse contato em um beijo muito lento e doce que pareceu derreter o coração de Daisy. Jack cheirava a suor, grama e Jack. Os polegares dele acariciavam as costas das mãos dela, enquanto a ponta da língua tocava a de Daisy. Ele não apressou as coisas, e o beijo foi se tornando profundamente íntimo, alcançando lugares recônditos da alma de

Daisy que reconheciam aquele toque. Isso era muito mais do que a junção de duas bocas. Muito mais do que a urgência ardente do sexo exigindo ser satisfeita.

Quando ele se afastou, olhou para ela da maneira como costumava olhar anteriormente, tantos anos antes. Com a guarda baixa. Sem vigilância. Os desejos, os anseios e as vontades explícitos em seus olhos verdes.

— Vem para casa comigo — ele disse, movendo as mãos quentes para encobrir as dela.

Daisy engoliu seco e sua boca se curvou. Ela não precisava perguntar o que ele tinha em mente.

— Achei que seu ombro estava doendo.

— Não está tão ruim...

— Eu poderia fazer uma massagem nele.

Mas Jack sacudiu a cabeça.

— Você vai precisar economizar energia para massagear outras coisas.

Dezenove

Daisy deslizou as mãos pelos ombros macios de Jack e pressionou os dedos contra sua musculatura contraída. Ela massageou as costas dele e escorregou os polegares para cima e para baixo ao longo de todas as injunções da coluna vertebral. Um fio de água escorreu dos cabelos molhados dele, desceu pelas costas e foi absorvido pela grossa toalha azul presa um pouco abaixo de seu quadril.

O caminho entre o parque e a casa dele havia levado menos de dez minutos. Em geral seriam quinze, mas ele havia ignorado vários avisos de "pare" e furado um sinal vermelho.

No momento, ele estava sentado a cavalo em uma cadeira de cozinha com encosto de ripas, ao lado da mesa da sala de jantar. As pernas estavam escarrapachadas à frente e os braços se apoiavam na ripa superior. Jack insistira em tomar banho e livrar-se da sujeira antes de permitir que ela o tocasse. Quando ele saiu do chuveiro usando nada além de uma toalha, por pouco ela não o agarrou ali mesmo, na hora.

— Isso está bom? — Ela perguntou, deslizando as mãos pelos músculos enrijecidos dele, para baixo e para cima.

— Digamos que eu poderia receber isso todo dia.

O calor da pele dele havia aquecido suas mãos. Daisy sentiu os contornos e texturas, voltando a aprender tudo sobre as definições de Jack.

— Daisy?

Ela olhou para baixo, para a parte de trás da cabeça dele. A luz da sala de jantar brilhava em seu cabelo escuro, aqui e ali iluminando mechas cor de café.

— Mmm?

— Quando estávamos no lago Meredith, você disse que tinha sentido a minha falta — ele prendeu o punho dela. — É verdade?

Jack olhou para Daisy por sobre o ombro. A intensidade de seu olhar dava uma boa indicação da importância que a resposta tinha para ele.

— É, Jack. É verdade.

Ele puxou o braço dela para a frente de seu peito e disse, perto da bochecha dela:

— Eu senti sua falta também, Daisy Lee. Durante todos esses anos, senti sua falta mais do que eu sabia — ele pôs a mão livre no rosto dela. — Mais do que eu queria que você soubesse.

O peito dele se contraiu e doeu. Ela aproximou a boca da dele e sussurrou, em seus lábios:

— Eu te amo, Jack.

Ele fechou os olhos e soltou a respiração. Permaneceu em silêncio por longos momentos e então disse:

— Eu sempre amei você. Mesmo quando não queria.

— Vira — ela murmurou.

Ele abriu os olhos.

— O quê?

— Fica de pé.

Assim que ele levantou e se virou de frente para ela, ela pôs a mão em seus ombros e o empurrou sentado de novo.

— Eu não sei o que vai acontecer conosco — ela disse, suspendendo o vestido e sentando no colo de Jack, de frente para ele. Ele afastou as coxas e o traseiro dela encostou no assento. Ela acomodou os pés nos braços da cadeira. — Mas, seja lá o que for, eu sempre vou te amar. Não consigo evitar.

As mãos dele deslizaram sobre as coxas dela e ele a observou através dos longos cílios.

— Eu vou te mostrar o que vai acontecer.

Ele moveu as mãos até a cintura dela e seus dedos procuraram o fecho na lateral do vestido. Ela se ajeitou melhor entre as pernas dele e perguntou:

— Isto é um pau de armar barraca ou você está feliz em me ver?

Um sorriso descaradamente sexual curvou para cima os cantos da boca dele.

— Ambos. Quer ver?

— Só se for agora.

Ela deslizou as mãos dos ombros dele para o peito. Cobriu os mamilos dele e se inclinou para beijar a lateral de seu pescoço. Uma toalha grossa e sua calcinha fina separavam os dois.

Jack soltou o fecho e o vestido dela se abriu.

— Levanta os braços — ele disse.

Ela fez como ele pediu, e ele puxou o vestido dela para a cintura e depois por cima da cabeça. O cabelo dela caiu livremente sobre os ombros nus. Jack olhou profundamente para os olhos castanhos dela, para a paixão que o encarava de volta. Ele atirou o vestido ao chão e lhe cobriu os seios. Os mamilos estavam duros contra a palma de suas mãos, e ele os alisou com o polegar. Ela baixou os olhos e passou a língua na boca. Ele a conhecia. Conhecia o peso dela em seu colo e os batimentos do coração dela em sua mão. Conhecia o suspiro de prazer que escapava dos lábios dela e reconhecia o cheiro da pele dela.

Esta era a Daisy. A sua Daisy.

— Tem certeza de que seu ombro não está doendo?

Ombro? Ele estava cagando para o ombro. A única dor que sentia era na virilha.

— Nada dói tanto quanto desejar você.

Todas as fantasias que ele já tivera começavam e terminavam com Daisy Lee. E agora ali estava ela. Nua em seu colo, exceto por um pedaço de calcinha de seda. Se as coisas corressem como ele esperava, ela nunca mais partiria.

A mão macia dela deslizou pela barriga dele, e ela afrouxou a toalha em torno de sua cintura. Ela o desembrulhou como a um presente de Natal, então enfiou a mão e a fechou em torno da ereção dele. Estava tão duro que pulsava. Jack inspirou ruidosamente. Ele olhou para o rosto de Daisy e foi descendo, passou por seus mamilos rosados, pelo abdome bronzeado e para o umbigo, até chegar à calcinha minúscula. Com sua mãozinha, ela segurava o grosso mastro dele. Passou o polegar pela cabeça. A excitação fechou a garganta dele e Jack achou bem difícil levar ar até seus pulmões. Ele pôs a própria mão por cima da dela e moveu-a para cima e para baixo, fazendo deslizar a palma dela, macia como veludo. Ela se inclinou e beijou o pescoço dele. A língua úmida dela deixando um rastro de fogo.

Ele ergueu o rosto dela até o seu e a beijou com uma boca voraz. Deu-lhe beijos ardentes e selvagens; não havia nada de carinhoso ou suave, desta vez. No momento em que a boca de Jack tocou a de Daisy, foi com urgência, e começou uma enlouquecedora perseguição, avanços e recuos escorregadios de línguas e lábios quentes. Ela se arqueou, apertando os mamilos duros contra o peito dele, e pressionando as virilhas contra sua ereção.

Ele desejava isso. Desejara isso cada maldito dia de sua vida. Queria a língua dela em sua boca, o peso dela em seus braços, o aperto no peito que sentia quando mergulhava em seus olhos castanhos ou enterrava o nariz em seu pescoço.

Ele a desejava. Toda ela. Para sempre. Ele a amava. Amara-a desde sempre.

Jack ficou de pé e a toalha caiu no chão. Ele acomodou Daisy na mesa e olhou profundamente para ela.

— Deita, docinho.

Ela se apoiou nos cotovelos e observou enquanto ele beijava seus seios e sugava os mamilos enrijecidos. Ele a lambeu e mordiscou até que a respiração dela ficou entrecortada, e então rumou para o sul. Ele sugou um trecho de pele perto do umbigo dela e pegou a cadeira que ficara atrás de si. Ele arrancou a calcinha dela e se sentou entre suas coxas.

— Jack — ela disse, em um sussurro rouco. — O que você está fazendo?

Ele pôs os pés dela sobre os ombros e beijou cada tornozelo.

— Estou descendo.

Ele mordiscou o interior da coxa dela e roçou o polegar em seu clitóris, enquanto enfiava um dedo bem fundo no ponto em que ela estava muito quente e muito molhada. Ele apartou sua carne escorregadia e posicionou a mão sob seu traseiro. Ele a suspendeu e ao mesmo tempo levou a boca para baixo até tocá-la.

Daisy tinha gosto de Daisy. Era bom. Como sexo e tesão e tudo que ele sempre desejara.

Ela gemeu e tombou a cabeça para trás. Ele a beijou entre as pernas. No mesmo lugar que a beijara quinze anos antes; só que, agora, ele era muito melhor. Melhor em saber usar a língua e com quanta pressão sugar. Ele a chupou e provocou até que ela usou os pés para afastá-lo.

Daisy se levantou da mesa e ficou de pé na frente dele, um pouco sem equilíbrio.

— Eu quero você, Jack.

Ele pegou a toalha do chão e secou a boca.

— Preciso pegar um preservativo.

Ela o encarou como se não soubesse do que ele estava falando. Em seguida falou, com a voz grave de paixão:

— Quanto tempo faz desde que você transou sem camisinha pela última vez?

Fazia tanto tempo que ele não se lembrava.

— Provavelmente a última vez que estive com você, quinze anos atrás.

Ela sorriu, pegou a toalha e a jogou para o lado. Ela se apoiou nos ombros dele, pôs um dos pés no assento e ficou de pé na cadeira. Ele a enlaçou pela cintura e beijou sua barriga.

— Eu menstruei na semana passada — ela disse, enquanto descia para o colo dele. — Não vou ficar grávida desta vez.

Ele poderia ter protestado. Poderia tê-la questionado, mas a cabeça de seu pênis tocou a virilha úmida dela, e ele deslizou para dentro daquele corpo quente e molhado. E depois disso não houve mais pensamentos sobre protestos.

Um gemido partiu o peito de Jack ao meio. O interior ardente dela o envolveu, e um arrepio subiu por suas costas. Os lábios de Daisy estavam entreabertos; a respiração, ofegante; as bochechas, vermelhas. A fome em seus olhos castanhos se concentrava em Jack como se ele fosse o único homem capaz de dar a ela exatamente o que ela queria.

Ela apertou seus músculos internos em volta dele e ele sentiu cada nervura da estreita passagem. Jack lutava para não ter um orgasmo imediatamente. Todas as células de seu corpo estavam focadas nela. No interior rugoso dela. No calor dos músculos contraídos dela. E também na dor aguda que o fisgava nas próprias virilhas.

— Puta que pariu — ele xingou, colocando as mãos no quadril dela. — Você é tão gostosa.

Ele a suspendeu e a baixou de novo. Era como ser mergulhado em um líquido quente e branco, e ele achou que jamais havia experimentado nada tão bom quanto o interior de Daisy.

Ela ergueu as mãos até as laterais da cabeça dele e aproximou a boca de Jack da sua.

— Eu te amo, Jack.

Eles se mexiam juntos, construindo a pouco e pouco um lento movimento rítmico que se transformou em uma febre. Ele a pegou por trás e a puxou para baixo com força, de novo e de novo. Movendo-se para cima enquanto a trazia para baixo, e as coisas ficaram muito mais quentes e ainda mais selvagens. A respiração de ambos se tornou irregular, em contraste com as investidas cadenciadas do quadril dele. Ela se agarrou aos ombros de Jack enquanto as paredes internas de seu corpo pulsavam em torno dele. Mais rápido, com mais força, cada arremetida mais e mais intensa, de novo e de novo, até que o ar escapou ruidosamente dos pulmões dele.

Daisy gemeu e o apertou com força, pulsando e se contraindo em volta dele. As poderosas contrações do orgasmo dela liberaram nele um alívio relaxante que ele sentiu até o peito. Ele penetrou o mais profundamente possível onde ela era mais quente e molhada, e enquanto investia ainda uma última vez, ele já sabia que queria mais.

Ele queria aquilo para sempre.

* * *

Daisy não caiu no choro, desta vez. Mas foi por pouco, na vez seguinte. Jack a tomou pela mão e a conduziu até a cama, onde eles fizeram amor de novo. Ele foi tão doce e tão amoroso e prolongou a tortura até que ela teve um orgasmo múltiplo. Foi o primeiro de sua vida, e a deixou se sentindo meio chorosa.

Ela estava deitada de bruços sobre os lençóis azuis. O restante da amarrotada roupa de cama estava enroscada em seus pés. Jack estava meio deitado sobre ela, com um dos braços em sua cintura, uma perna entre as suas. A virilha dele pressionada contra seu traseiro e quadril. Uma luminária banhava a cama com sua luz amarela e quente e o único som no quarto era o da respiração pesada e sonora de ambos. A pele deles estava colada e uma vibração incandescente, de pós-coito, tomava conta de Daisy. Ela não se sentia assim tão feliz e satisfeita havia muito tempo. Jack a amava. Ela amava Jack. As coisas dariam certo para eles desta vez.

Ela achou que Jack tinha adormecido, mas então ele suspirou.

— Meu Deus, isso fica cada vez melhor. Eu achei que nada poderia superar o da cadeira.

Daisy sorriu.

— E você gozou duas vezes?

— Gozei. Obrigada.

— De nada.

A mão dele percorreu a cintura dela como se ele estivesse tentando levantá-la, mas não tivesse forças. Cuidadosamente, ela se virou e o encarou. O cabelo dele estava grudado na testa e os olhos estavam fechados.

— Que horas são? — Ela perguntou.

As pálpebras dele se entreabriram, ele ergueu o braço e olhou para o relógio em seu pulso.

— Cedo.

Ela puxou o pulso dele e olhou para o mostrador digital.

— Tenho que ir andando, antes que o Nathan chegue em casa.

Jack rolou para o lado e pousou a mão espalmada sobre o estômago dela, logo abaixo dos seios.

— Não vá embora — ele murmurou, e lhe deu um beijo no ombro.

— Tenho que ir — ela se sentou na cama e tirou o cabelo do rosto. — Mas eu volto para o café da manhã.

— Não vá embora de Lovett — ele se virou e se apoiou no cotovelo. — Você e o Nathan deveriam vir morar aqui.

Ela vinha pensando a mesma coisa, apenas não sabia que ele também pensava assim.

— Quando foi que você decidiu isso? — Ela perguntou, olhando em seus olhos verdes.

— Pela primeira vez, provavelmente, quando fomos pescar, mas a sério mesmo foi ontem, quando estávamos fazendo guerra de água na frente da casa da sua mãe e eu não me importei com quem pudesse estar assistindo — ele se sentou e tomou as mãos dela nas suas. — Eu quis que as pessoas olhassem. Quis que nos vissem juntos. Quis que as pessoas vissem quando nos beijamos, hoje. Quero que todo mundo saiba que você é minha — ele beijou a ponta dos dedos dela. — Eu quero toda uma vida com você e o nosso filho.

Era exatamente o que ela também queria. Ouvi-lo dizer aquilo tornava as coisas menos assustadoras.

— Eu te amo, Daisy Lee. Eu te amei durante toda a minha vida.

Ela observou a dor e o desejo no olhar dele.

— Eu também te amo, Jack.

Porém, uma vozinha no fundo de sua cabeça disse: *será que isso vai bastar, desta vez? Porque, da última, não foi suficiente.*

Ela pediu licença para ir ao banheiro e, quando voltou, Jack tinha vestido uma calça *jeans*. Enquanto ela estivera no banheiro, ele também havia resgatado o vestido e a calcinha dela, que agora repousavam na cama bagunçada. Ela vestiu a calcinha e ele a ajudou com o vestido.

— E então, o que você vai me dar de café da manhã? — Ele perguntou, arrumando uma alça nas costas dela.

— Vou pensar em alguma coisa bem gostosa.

— Alguma coisa bem cremosa?

Ela ajeitou as alças.

— E uma cereja.

Ele pôs os braços em volta dela e a puxou contra o peito.

— Eu amo cereja — disse, na lateral do pescoço dela.

Seu peito nu aquecia a pele de Daisy e ela precisou fazer muita força para não retribuir os beijos. Se retribuísse, não chegaria em casa antes de Nathan.

— Jack, eu quero que as coisas funcionem para nós, desta vez.

Ele a apertou com força.

— Vão funcionar.

Ele parecia tão confiante que ela quase acreditou.

— Vamos juntos conversar sobre isso com o Nathan.

— Faremos como você quiser.

— Eu não sei o que ele pensa de se mudar para Lovett, e não quero que ele ache que estamos indo rápido demais — ela saiu do abraço dele e alisou as pregas do vestido amarrotado. — Não faz nem um ano desde que o Steven morreu, e eu não quero que ele fique incomodado com o fato de nós dois estarmos juntos — ela olhou de um lado para o outro do chão, perguntando a si mesma se Jack teria se lembrado de levar os sapatos também. — Não me importo com o que as outras pessoas podem pensar, mas não quero que o Nathan pense que estamos juntos só para substituir o pai dele — os sapatos deveriam estar na cozinha ainda, e ela focou sua atenção em Jack.

O homem amoroso que acabara de abraçá-la e assegurar que tudo daria certo desta vez havia se transformado em pedra bem diante dos olhos dela. Os ombros dele se elevaram. Seu maxilar se contraiu e seu olhar endureceu.

Ele cruzou o quarto, passando em frente à luminária e provocando sombras cinzentas.

— Por quanto tempo vamos chamar Steven de "pai do Nathan"?

Daisy observou as costas nuas dele e respondeu:

— Eu achei que você já estava começando a superar isso.

— É, eu também achei — ele puxou uma gaveta com força, escancarando-a, e pegou uma camiseta. — Mas acho que nunca vou conseguir esquecer o que aquele imbecil roubou de mim.

Ela fechou os olhos e levou vários angustiantes momentos antes de dizer:

— Não fala do Steven desse jeito.

Ele riu, sem nenhuma alegria.

— Mas que beleza — ele enfiou os braços nas mangas. — Você defendendo o Steven Monroe para mim.

— Eu não estou defendendo o Steven.

Ele passou a camiseta pela cabeça e baixou o tecido até cobrir a barriga.

— Então está fazendo o quê?

— Eu amei o Steven a maior parte da minha vida. Ele não era só meu marido, era meu melhor amigo. Nós rimos e choramos juntos. Eu podia conversar com ele sobre qualquer coisa.

— Você podia conversar com ele sobre o que sentia por mim?

Quase dera certo, desta vez. Quase, mas estava escorrendo por entre seus dedos como areia.

— Sobre as profundezas do seu ser, que se contraem só de pensar em estar comigo? — Ele cruzou o quarto de volta e parou a centímetros dela. — Você conversou sobre isso com ele?

— Não, mas ele sabia — ela o encarou intensamente, olhou para a paixão e o ressentimento que transbordavam de seus olhos verdes. A mesma paixão e o mesmo ressentimento que ela vira na primeira noite em que o encontrara. — Estar com o Steven não era *minimamente* parecido com estar com você. Era diferente. Era...

— O quê?

— Tranquilo. Não era assustador. Não machucava. Perto dele, eu conseguia respirar. Eu não achava que poderia morrer se não pudesse tocar nele. Como se uma parte de mim pertencesse a outra pessoa.

— Mas não é assim que deve ser? Não é certo que eu queira apertar você contra mim até poder continuar te sentindo, mesmo depois que você se afastar? — Ele a pegou pelos ombros e deslizou a mão pelas bochechas dela. — Respirar o mesmo ar, e sentir a mesma pulsação, enquanto você me faz derreter?

Lágrimas surgiram nos olhos dela e ela nem tentou impedi-las. Seu coração estava estilhaçado e seus sonhos estavam escorrendo por entre seus dedos. De novo.

— Não basta, Jack. Não bastou da última vez e não basta agora também.

— Mas o que é que falta, então? Eu te amo. Eu nunca amei ninguém como amo você.

Daisy acreditava nele.

— Perdoar — ela disse, enquanto as lágrimas corriam. — Você tem que me perdoar, Jack. Você tem que perdoar a mim e ao Steven também.

Ele tirou as mãos do rosto dela e deu um passo para trás.

— Isso é pedir bastante, Daisy.

— É pedir demais?

— No que diz respeito ao Steven, sim.

— E quanto a mim?

Ele olhou para ela e seu silêncio foi a resposta.

— Como podemos ficar juntos se você não consegue me desculpar pelo passado?

— É só não pensarmos nisso — ele pegou as botas e enfiou os pés.

— Por quanto tempo? Por quanto tempo vamos "não pensar", até que o assunto venha à tona de novo? Até amanhã? Próxima semana? Ano que vem? Você acha mesmo que podemos viver com isso entre nós?

— Eu amo você, Daisy — ele disse, sem olhar para ela. — Isto basta.

— Você também me odeia.

— Não — ele sacudiu a cabeça e olhou para ela. — Não. Eu odeio o que você fez. Como eu poderia não odiar o fato de você ter mantido meu filho longe de mim?

— O que fiz foi errado — ela limpou as lágrimas. — Eu admito. Devia ter te contado sobre o Nathan. Eu estava assustada e fui covarde. Um dia virou um ano e um ano se transformou em dois. Quanto mais eu adiava, mais difícil ficava. Não há desculpa — ela esticou o braço na direção dele, mas deixou-o cair ao longo do corpo. — Você tem que entender. O Steven...

— Ah, mas eu entendo o Steven — ele a interrompeu. — Eu entendi o Steven perfeitamente, na mesma noite em que vocês apareceram e me contaram que tinham se casado. Entendi que ele te amava tanto quanto eu e que, assim que viu uma oportunidade de tirar você de mim, ele tirou. E tirou meu filho também. O que você tem que entender é que não posso simplesmente esquecer uma coisa dessas.

— Eu não estou pedindo que você esqueça, mas se você e eu queremos um futuro, você precisa superar o passado.

— Você fala como se fosse fácil.

— É o único jeito.

— Não sei se eu consigo. Especialmente no que diz respeito ao Steven.

— Então nós não podemos ficar juntos. Não iria funcionar nunca.

— E é assim? Você decide? — Ele apontou o dedo para ela e abanou a mão no ar. — Você me diz "supera ou sai da minha vida"? É você quem vai me dizer como eu devo me sentir?

Ela balançou a cabeça e olhou para ele através da cortina de lágrimas em seus olhos. Respirou com grande dificuldade através da dor cortante que sentia no peito. Ela sabia que Jack sentia a mesma coisa. Estava ali, no olhar duro dele, e, assim como da última vez, não havia como deter.

— Não. Estou dizendo que você tem direito de sentir raiva. Você tem esse direito pelo resto da vida. Mas para mim esta parece ser uma escolha muito solitária, quando você poderia ter muito mais, se de alguma forma conseguisse simplesmente deixar isso para trás.

Vinte

Durante o caminho até a casa de Daisy, nenhum dos dois falou. O ronronado do motor Shelby era o único som a preencher o interior escuro do Mustang. Jack encostou o carro junto à guia, e pela última vez, através da densidade negra como tinta, Daisy olhou para ele. Dando-lhe uma última chance de modificar coisas que ele não tinha como modificar. De dizer coisas que ele não tinha como dizer.

Como ela podia pedir a ele que esquecesse e perdoasse? Como se fosse fácil. Como se aquilo não tivesse aberto um buraco eterno nas entranhas dele. Como se não estivesse sempre ali, logo abaixo da superfície.

Então ele a observou se afastar para dentro da casa da mãe. Ligou o carro e dirigiu para casa. Desta vez, ele não tentara impedi-la. Não haveria briga. Nem um único soco.

Mas a dor era a mesma de quinze anos antes. Não, ele pensou, enquanto entrava em casa. Desta vez era pior. Agora que ele sabia como poderia ter sido. Agora que ele tinha sentido o gostinho daquela vida.

A cadeira onde ele se sentara enquanto fazia amor com Daisy ainda estava afastada da mesa. A mesa onde ela se deitara enquanto ele a possuía pela boca. Ele ficou olhando, enquanto o buraco dentro de si queimava com mais força. Queimava subindo, chegou ao peito e à garganta, e Jack quase se asfixiou nele.

Ele pegou a cadeira, carregou-a até a porta dos fundos e a atirou na densa escuridão do jardim. Então voltou e observou a pesada mesa de madeira que havia pertencido à sua mãe. Na qual eles tinham comido juntos em família.

Na qual ele tinha comido Daisy.

Em seu atual estado de espírito, ele provavelmente teria erguido a maldita mesa e a atirado fora junto com a cadeira, mas ela não passava pela porta. Jack foi ao galpão e pegou suas ferramentas. Ao voltar, virou a mesa com uma só mão. Ela bateu no chão com um estrondo alto e muito gratificante. Ele abriu uma cerveja, ligou sua Black & Decker e começou a trabalhar.

Quando terminou com a mesa, ela estava no jardim, aos pedaços, junto com a cadeira. Quando terminou com o engradado de seis cervejas, ele abriu uma garrafa de uísque Johnny Walker. Jack nunca fora de beber muito. Nunca acreditara que isso resolvesse coisa nenhuma. Mas nesta noite ele só queria amortizar a dor.

Com o copo na mão, ele foi da sala de jantar para o quarto. Passou pela lâmpada, que ainda iluminava os lençóis revirados que, ele tinha certeza, ainda guardavam o perfume da pele dela. Ele voltou para a sala e secou o copo de uma vez. Não se deu ao trabalho de acender a luz. Sentou-se no sofá de couro preto. No escuro. Sozinho.

A luz da cozinha vazava pelo corredor e chegava quase até o bico de suas botas. Ele estava cansado e dolorido do jogo e de Daisy, mas sabia que não iria dormir. Ele dissera que a amava e ela respondera que não bastava. Ela queria mais.

Ele fechou os olhos e a sala começou a girar. Sentiu a fisgada e o enjoo no estômago. Ele estragara tudo. Permitira que ela entrasse em sua vida. Deveria ter sabido. Sabido que ela o deixaria em frangalhos de novo como se ele tivesse um grande alvo no peito. E ele abrira os braços, facilitando o ataque dela.

Eu estou dizendo que você tem direito de sentir raiva. Você tem esse direito pelo resto da vida, ela havia dito. *Mas para mim esta parece ser uma escolha muito solitária, quando você poderia ter muito mais, se de alguma forma conseguisse simplesmente deixar isso para trás.*

Jack era um homem acostumado a consertar coisas. De trabalhar até que tudo estivesse tão próximo da perfeição quanto possível. Mas também conhecia as próprias limitações. Ele reconhecia o impossível, quando o via.

E o que Daisy estava pedindo dele era impossível.

* * *

Jack nem se dera conta de que havia adormecido no sofá, até que a voz de Billy o despertou.

— Mas que diabos...?

Os olhos de Jack se abriram e se apertaram em reação à claridade. Billy estava de pé à sua frente vestindo o macacão de trabalho.

— O que... — Sua boca parecia cheia de algodão, e ele engoliu com dificuldade. — O que você está fazendo aqui?

— São quase dez, a loja está aberta faz uma hora.

Jack estava esparramado no sofá, com os pés sobre a mesa de centro, e havia dormido de botas. Ele pegou a cabeça com as duas mãos e a suspendeu do encosto do sofá, e sentiu como se tivesse sido atingido com um tijolo.

— Meu Deus.

— Você andou bebendo?

— É.

— Sozinho?

Jack levantou e seu estômago embrulhou.

— Na hora pareceu uma boa ideia.

Ele foi até a cozinha e pegou uma garrafa de suco de laranja. Levou-a à boca e bebeu até que sua garganta não parecesse mais tão seca.

— Por que só há cinco cadeiras onde a mesa costumava ficar? — Billy perguntou, olhando pelo corredor em direção à sala de jantar.

— Estou redecorando.

Billy olhou para Jack e de volta para as cinco cadeiras.

— Onde está a mesa?

— No quintal, junto com a cadeira faltante.

— Por quê?

— Eu gosto assim.

Billy foi até a porta dos fundos e olhou para fora. Ele deixou escapar um assobio e disse:

— Problemas com mulher?

Jack foi até um armário e pegou um frasco de aspirinas. "Problemas com mulher" soava como algo corrigível. Como uma briga ou uma discussão.

— Daisy Lee?

— É. Ela volta para minha vida, estraga tudo e larga assim.

— Tem certeza que está tudo estragado?

— Tenho, tenho certeza — ele engoliu quatro aspirinas. — O Nathan já apareceu?

— Já. Pontualmente.

— Me dá uns minutos para tomar banho, fazer a barba e melhorar, e eu já chego.

— Talvez você devesse tirar o dia de folga.

— Não dá. O Nathan vai embora daqui a poucas semanas, e quero passar o maior tempo possível com ele.

Jack precisou de uns bons quarenta e cinco minutos para se arrumar o suficiente para aparecer na garagem. Seu corpo doía e sua cabeça latejava.

Nathan olhou para ele e suas sobrancelhas caíram.

— Você está bem?

— Sim — Jack assentiu cautelosamente e se sentou na cadeira atrás de sua escrivaninha.

— Você levou muita porrada no jogo de ontem?

— Algumas — as piores ele havia tomado depois da partida. — O que você vai fazer hoje à noite?

— Jogar boliche com a Brandy Jo — ele mudou o peso do corpo de um pé para o outro e sugou o *piercing*. — Eu estava pensando em beijá-la. Acho que ela quer que eu beije, mas não quero fazer errado — ele encarou Jack e perguntou: — Como você aprendeu a beijar?

Jack sorriu e a dor de cabeça cedeu um pouco.

— Praticando bastante. Não se preocupe se não der perfeitamente certo logo de cara. Se a Brandy Jo gostar mesmo de você, vai querer praticar.

Nathan concordou com a cabeça como se aquela explicação fizesse todo o sentido do mundo.

— Você praticava com a minha mãe?

Jack fingiu que pensava a respeito, mas a verdade era que a lembrança da primeira vez que ele beijara Daisy, em frente à casa da mãe dela, estava esculpida em sua memória, corroendo seu cérebro como se fosse ácido.

— Não, eu já era profissional antes de sair com a sua mãe.

Nathan se sentou e eles conversaram sobre garotas e sobre o que garotas gostavam de fazer, além de se maquiar e ir às compras. Jack gostou de ouvir que Nathan estava pensando em mais do que simplesmente ficar com Brandy Jo. Ele queria comprar um presente bacana para ela, fazer coisas bacanas por ela.

Eles conversaram sobre carros e Jack se surpreendeu ao saber que Nathan tinha superado a obsessão pelo Dodge Daytona. Agora ele queria comprar um Mustang como o Shelby de Jack. Nathan obteria sua habilitação na semana seguinte. Jack farejou o truque a quilômetros de distância. Ele deixaria que Nathan dirigisse o Shelby. Não havia problema nenhum, desde que Jack estivesse no carro.

Jack passou o resto do dia à escrivaninha, tentando controlar a irritação com os guinchos e rangidos que as máquinas faziam. Às duas da tarde sua cabeça parou de latejar, mas a dor e a raiva no peito continuavam ali, como um lembrete constante do que ele quase tivera e do que perdera.

Quando Nathan foi trabalhar na quinta-feira seguinte, as coisas pioraram muito. Ele comentou que Daisy partiria para Seattle na segunda. A casa deles fora vendida.

Naquela noite, quando Jack finalmente foi dar um jeito na bagunça de seu quintal, ele não conseguia evitar de pensar em Daisy e em como ela estava indo em frente com a própria vida. Seguindo adiante, enquanto ele parecia preso ao passado para sempre.

Ele colocou todos os pedaços da mesa da mãe no galpão na lateral da casa e enfiou a cadeira lá também. Talvez ele devesse mudar de casa. Já pensara nisso uma ou duas vezes. Pensara em transformar a casa em um escritório mais espaçoso. O que, por sua vez, liberaria espaço na oficina.

Jack se sentou no pórtico traseiro e olhou para o quintal. Não podia simplesmente destruir tudo. A casa retinha muitas lembranças para ele e para Billy. Era o local onde ele e Steven haviam desenterrado a cápsula do tempo e lido o diário de Daisy. No canto, debaixo do bordo, exatamente sob aquela árvore. E onde o haviam enterrado de volta.

Ele levantou e, antes de dar a si mesmo o tempo necessário para pensar melhor no assunto, foi até o galpão e pegou uma pá. A terra estava solidamente compactada. O suor escorria pelos dois lados de seu rosto e ele cavou por mais de uma hora. Era mais ou menos sete e meia e o sol ainda brilhava quando a ponta da pá finalmente bateu na velha lata vermelha. Ele a exumou de seu esconderijo de vinte e um anos. A tinta estava desbotada e havia sinais de ferrugem. O plástico da tampa era de um amarelo esmaecido, mas ainda estava intacto.

Jack levou a lata para o pórtico traseiro, sentou-se no degrau de cima e a abriu. Soldadinhos verdes, os personagens de *Star Wars* Hans Solo e princesa Leia, e um pente dobrável de bolso foram as primeiras coisas a cair. Em seguida, um carrinho Matchbox de Jack, o Dukes of Hazzard, um apito e um pacote de chicletes que deixavam a língua roxa. O diário de Daisy, uma tiara cor-de-rosa felpuda e um anel vagabundo, com um pedaço de vidro de aproximadamente três quilates, caíram por cima de tudo. Ela dissera que ele havia lhe dado aquele anel. Mas ele não se lembrava.

Ele apanhou o anel e guardou no bolso da camisa. Em seguida pegou o caderninho branco com uma rosa amarela na capa, o fecho arrebentado da última vez que o tivera em mãos. As páginas estavam amareladas e a tinta desbotara um pouco. Ele se inclinou, apoiou os antebraços sobre os joelhos e leu:

Hoje o senhor Skittles mordeu a Lily no nariz. Acho que ela estava tentando beijar ele, Daisy escrevera, quando eles todos estavam na sexta série. *Minha mãe colocou uma Branca de Neve idiota no jardim da frente. Ai que vergooooonha.* Jack sorriu e saltou as demais referências ao gato e à decoração do jardim. Parou quando viu o próprio nome.

O Jack se meteu em encrenca por trepar no telhado da escola. Ele teve de ficar até mais tarde e acho que levou uns tabefes. Ele falou que nem ligava, mas parecia triste. Eu fiquei triste também. O Steven e eu fomos para casa sem ele. O Steven falou que o Jack vai ficar bem.

Jack se lembrava daquilo. Ninguém batera nele, mas ele precisara lavar todas as janelas da escola. Seu olhar saltou mais histórias envolvendo o gato, o que havia para jantar e as mudanças do clima.

Hoje o Jack gritou comigo. Ele me chamou de idiota e me mandou ir pra casa. Eu chorei e o Steven me falou que o Jack não quis realmente dizer aquilo.

Daquilo Jack não se lembrava, mas, se ele havia gritado com ela, provavelmente era porque já gostava dela e não sabia o que fazer a respeito.

O Steven me deu um adesivo para a minha bicicleta. É de arco-íris. Ele falou que é muito de menina para a bicicleta dele. O Jack falou que era bizarro. Às vezes ele me magoa. O Steven diz que ele não faz de propósito, é só que o Jack não tem irmãs.

Ele nunca soube que ela era tão sensível. Bem, certo, talvez ele tenha sabido. Mas nunca soubera que ela se chateava por coisas tão sem importância quanto ele dizer que um adesivo era bizarro.

Ontem foi Dia das Bruxas. Minha mãe me vestiu de Annie Oakley de novo, porque a fantasia ridícula do ano passado ainda me serve. O Jack foi de Darth Vader, e o Steven, de princesa Leia. Ele colocou um pão doce de cada lado da cabeça para ficar parecido com ela, e eu ri tanto que quase fiz xixi na calça.

Jack riu. Ele se lembrava daquela fantasia, mas havia se esquecido de quase todas as outras coisas sobre as quais Daisy escrevera. Também já não lembrava que Steven amava contar piadas, muitas das quais Daisy havia anotado no diário. Ele se esquecera de que Steven era um cara muito divertido e que os dois passavam horas rindo juntos da senhora Jansen levando seu velho cão para passear, e do episódio favorito de ambos do *Andy Griffith Show*.

Eu não sei por que eles falam tanto deste programa de televisão, Daisy escrevera. *É idiota. O Love Boat é tãããããão mais legal.*

Ah, claro, e Jack se lembrava de ele e Steven rindo de se contorcer daquele *Love Boat*, pelas costas de Daisy.

Quanto mais Jack lia, mais ria alto das coisas que eles três costumavam fazer. E, quanto mais ria, mais sentia a raiva diminuir — o que o surpreendeu muitíssimo.

Quanto mais ele lia, mais enxergava o padrão de Daisy recorrer a Steven quando estava aborrecida com alguma coisa ou quando Jack, sem saber, feria seus sentimentos. No domingo à noite, ela dissera que Steven não era apenas seu marido, mas também o melhor amigo dela. Dissera que podia conversar sobre qualquer coisa com ele. Que ela e Steven haviam rido e chorado juntos.

Jack não era o tipo de cara que chorava. Em vez disso, ele enterrava as coisas bem lá no fundo, até que elas desaparecessem. Só que elas *não* desapareciam. Daisy estava certa. Eles não poderiam ficar juntos se Jack não superasse a raiva. Sim, ele estava certo por sentir raiva, mas ter razão podia ser realmente muito solitário.

Jack fechou o diário e olhou para seu quintal. Ele tinha duas opções. Poderia passar o resto da vida com o peito cheio de raiva e amargura. Sozinho. Ou podia seguir em frente. Como Daisy havia dito. No momento em que ela dissera não lhe parecera possível. Mas agora ele sentia a luzinha de alguma coisa bem no fundo de sua alma.

Sim, Daisy e Steven haviam mantido segredo sobre o filho dele. Sim, era terrível, mas Jack não podia deixar que isso continuasse a consumi-lo. Tinha de colocar isso para trás ou receava que morreria sozinho, um velho amargurado. Ele não conhecera Nathan durante os primeiros quinze anos da vida dele, mas Jack achava que ainda lhe restavam uns bons cinquenta anos de vida, e tinha de decidir como queria viver este período.

Ele levantou e guardou tudo de volta na velha lata de café. Entrou em casa e tirou a carta de Steven da gaveta onde a enfiara. Desta vez, quando a leu, viu uma coisa que perdera da primeira vez. Steven havia escrito sobre eles dois e sobre quanto sentira a falta de Jack ao longo dos anos. Ele falou sobre amar Daisy e Nathan. Terminou pedindo que Jack o perdoasse. Pedia a Jack que deixasse de lado o ressentimento e que seguisse em frente com sua vida. E, pela primeira vez em quinze anos, Jack tentaria fazer exatamente isso.

Ele não tinha um plano. Apenas pensou em sua vida sem tentar bloquear as lembranças. Fossem boas ou más. Ele não as sufocou nem enterrou.

Sentiu cada uma, e todas elas.

Na sexta-feira, depois do expediente, pediu a Nathan que o seguisse até o escritório. Estavam de pé, bem perto um do outro, quando Jack pegou a lata de café e entregou a Nathan o pente dobrável.

— Isto era do seu pai quando ele estava na sexta série — ele disse, sem um traço de raiva na voz. — Achei que você poderia gostar de ter.

Nathan pressionou o botão no cabo e, surpreendentemente, o pente se abriu. Ele penteou a lateral do cabelo.

— Maneiro.

Nathan ficou com os bonecos do *Star Wars*, mas não quis os soldadinhos verdes.

— Você vai pegar sua habilitação na segunda-feira, certo?

— É. Minha mãe falou que eu posso dirigir a Caravan dela de vez em quando — ele franziu o rosto. — Mas eu disse que de jeito nenhum.

— É difícil ser maneiro em uma Caravan — Jack tentou, mas não conseguiu conter um sorriso. — Caravans não estão com nada.

Nathan balançou a cabeça.

— É, mas ela não entende.

Jack abraçou a lata de café e pôs o outro braço sobre os ombros de Nathan. Juntos, eles saíram do escritório.

— Nem vai entender.

— Por ser mulher.

— Não, filho. Porque ela não é uma Parrish.

Ao menos, não por enquanto.

* * *

— Mãe! Adivinha! — Nathan disse, no segundo em que entrou na casa pela porta de trás. — O Jack me deixou dirigir o Shelby. Que maneiro!

Daisy estava até os cotovelos de mistura para bolo. Ela estava preparando uma festinha para Pippen, que tinha passado três dias sem fazer xixi na roupa.

— O quê? Você vai se matar!

— Ele foi muito cuidadoso — Jack disse, da porta. — Ele até *me* lembrou de colocar o cinto de segurança.

Ao vê-lo parado ali, de calça cáqui e camisa branca com as mangas enroladas até em cima, Daisy sentiu o coração ao mesmo tempo se apertar e crescer.

O olhar de Jack encontrou o dela e alguma coisa quente e vital brilhava nos olhos dele. Quando ele falou, foi com a voz baixa e um tom sensual.

— Boa noite, Daisy Lee — ele disse, e o veludo em sua voz pareceu acariciá-la do outro lado da cozinha.

Definitivamente, havia algo diferente nele naquela noite, mas, antes que ela pudesse responder, Lily manquitolou para dentro da cozinha apoiada em muletas.

— Oi, Jack. Tudo bem?

Ele se virou para Lily e, fosse lá o que tinha surgido entre Daisy e Jack, evaporou como uma miragem.

— Ei, Lily. Então, está calor o suficiente para você?

— Nem me fale. Está mais quente do que em uma suíte de lua de mel.

Ela foi até o aparador, olhou para a tigela com a massa de bolo e perguntou:

— Você veio para a festinha do Pippen?

Lily enfiou o dedo na mistura e lambeu.

— Sem dúvida, Jackson, você tem de ficar — Louella insistiu, ao entrar na cozinha vinda do quarto. — Nós compramos chapéu de rabo e pele falsa para todo mundo, e vamos comer bolo do trenzinho Thomas.

Nathan gemeu como se estivesse sofrendo de uma dor aguda, e Jack olhou para o filho com simpatia. Mas disse:

— Eu vou adorar ficar, *madama* Brooks. Obrigado.

Ele foi até o aparador onde Daisy estava, e a manga de sua camisa roçou no braço dela enquanto ele provava a massa. Ele chupou o dedo e olhou para ela.

— *Mmm.* Isto está uma delícia, docinho — então, ele se inclinou e sussurrou na orelha dela, "Eu quero lamber isso nas suas coxas".

— Jack!

Ele riu e pegou a mão dela.

— Se vocês me dão licença, preciso conversar com a Daisy.

Ele a arrastou atrás de si rumo à saída. Assim que a porta fechou atrás deles, ele a puxou e baixou os lábios até os dela. O beijo foi tão doce, delicado e envolvente que ela se afastou.

— Senti sua falta, Daisy — ele disse.

— Jack, não. Tem sido tão difícil para mim.

Ele pressionou o dedo contra os lábios dela.

— Eu não terminei.

Ele baixou a mão para o pescoço dela e a olhou profundamente.

— Estou apaixonado por você. Parece que estive apaixonado por você durante toda a minha vida. Você é o que eu quero da vida, Daisy, sempre foi — o polegar dele passou de leve pelo queixo dela. — Ao longo dos anos, agarrei-me à quota máxima de raiva e ressentimento. Culpei você e o Steven por tudo, quando a verdade é que também tive minha parcela de responsabilidade no que aconteceu conosco. Ainda não gosto da ideia de não ter estado por perto quando o Nathan estava crescendo, mas preciso acreditar que as coisas aconteceram do modo como aconteceram por uma razão. Eu não posso lutar contra isso, discutir com isso ou me agarrar a isso. Estou simplesmente deixando para trás. Como você falou.

— Tem certeza que consegue?

— Estou cansado de ter raiva de você — ele disse, e parecia verdade. — E estou cansado de sentir raiva do Steven também. Eu amava o Steven quando nós éramos crianças. Nós éramos companheiros. Na carta, ele pergunta se eu alguma vez senti saudade dele — Jack tomou um longo fôlego e limpou a garganta. — Todos os dias eu senti saudade do Steven com quem eu cresci. Ele se foi, e eu não posso odiar um homem morto — ele fez uma pausa e com os olhos percorreu o rosto dela. — Lembra da primeira noite em que você foi até a minha casa, e eu falei que ia tornar a sua vida um inferno?

Ela sorriu. Ele havia quebrado seu coração, e agora estava consertando.

— Lembro.

— Quero que você esqueça que eu disse isso, porque eu quero passar o resto da vida tentando fazer você feliz.

Ele vasculhou o bolso da camisa e de lá tirou um anelzinho vagabundo. O dourado estava descascado e o diamante de vidro tinha perdido o brilho. Ele pegou a mão dela e o depositou no centro da palma.

— Eu te dei este anel quando nós estávamos na sexta série. Se você me aceitar, Daisy, eu vou te dar um de verdade.

Ela ficou boquiaberta.

— Este é o anel que eu coloquei na cápsula do tempo!

— É. Eu cavei de novo, outro dia. E estou com o seu diário também — os dedos dele deslizaram pelo pescoço dela. — Casa comigo, Daisy Lee.

Ela assentiu.

— Eu te amo com todo o meu coração, Jack Parrish. Eu sempre amei você, e acredito que seja meu destino te amar para sempre.

Ele deixou escapar um suspiro de alívio como se tivesse duvidado. Ele a puxou para um abraço que a deixou na ponta dos pés.

— Obrigado — ele disse, e pressionou seu sorriso contra o dela.

A porta traseira se abriu e Nathan apareceu.

— Mãe, você tem que entrar, a vovó... — Ele se interrompeu quando percebeu o que estava acontecendo.

Jack devolveu Daisy aos próprios pés e se virou para o filho. Jack pôs os braços em volta dela e a puxou contra o peito. Nathan ficou olhando de um para o outro até que seus olhos pararam em Daisy.

— Sua avó o quê? — Daisy perguntou.

— Está de novo tagarelando sobre gente que não conheço e nem quero conhecer — ele respondeu, distraído pela visão dos dois. Ele olhou para Jack. — O que está havendo?

— Eu pedi a sua mãe em casamento.

Nathan permaneceu perfeitamente imóvel enquanto digeria o significado daquilo.

— Eu amo a sua mãe desde o segundo ano, quando olhei para o canto oposto do parquinho da escola e a vi de pé, ali, com uma tiara vermelha ridícula na cabeça — enquanto falava, Jack fazia carinho na barriga de Daisy. — Eu a deixei ir embora uma vez, mas não vou cometer esse erro de novo — ele a apertou com mais força contra o peito. — Quero que vocês dois se mudem para cá e morem comigo.

— Para Lovett?

— É. O que você acha?

Daisy não se lembrava de ele ter perguntado o que *ela* achava.

Nathan olhava para os dois enquanto avaliava suas opções.

— Eu fico com o Shelby?

Por longos e aflitivos momentos, Daisy temeu que Jack diria que sim.

— Não, mas você pode ficar com a Caravan da sua mãe.

— Não tem graça.

— Talvez possamos pensar em alguma coisa.

Nathan sorriu, assentiu e voltou para dentro da casa.

— Maneiro — ele disse.

Jack se inclinou e cochichou no ouvido dela:

— Podemos escapulir da festinha do Pippen?

— Não — ela se virou e pôs os braços em volta dele, respirando o perfume dele e o da camisa. — Mas não precisamos ficar muito.

Ela o sentiu sorrir acima de sua cabeça.

— Maneiro.

Sobre a autora

RACHEL GIBSON mora em Idaho com o marido, três filhos, dois gatos e um cachorro de origem misteriosa. Começou sua carreira na ficção aos dezesseis anos, quando bateu com o carro na lateral de um morro, juntou o para-choque e foi até um estacionamento, onde espalhou estrategicamente estilhaços de vidro do carro por todos os lados. Contou aos pais que alguém havia batido em seu carro e fugido, e eles acreditaram nela. Vem inventando histórias desde então, embora hoje em dia ganhe mais por elas.

LEIA TAMBÉM, DA MESMA AUTORA

SERÁ O DINHEIRO MAIS FORTE QUE A PAIXÃO?

De volta à sua cidadezinha para comparecer ao funeral de seu padrasto Henry, a bela cabeleireira Delaney é surpreendida com uma cláusula do testamento dele: se quiser receber a sua herança, ela deverá permanecer durante um ano inteiro na cidade e não ter "contato sexual" algum com o *bad boy* Nick, filho bastardo de Henry. Acontece que, dez anos antes, ela e Nick viveram uma paixão e, embora ele seja um mulherengo incorrigível, a proximidade de ambos reacende a antiga chama. Será Delaney capaz de resistir ao motoqueiro de conversa fiada?

LEIA TAMBÉM, DA MESMA AUTORA

O QUE A PAIXÃO UNIU O HOMEM NÃO PODE SEPARAR.

A belíssima Georgeanne deixa o noivo no altar ao perceber que não pode se casar com um homem velho o suficiente para ser seu avô, mesmo riquíssimo. O astro do hóquei John Kowalsky, sem saber, ajuda-a a escapar e só percebe que está ajudando a noiva do seu chefe quando já é tarde. Os dois passam a noite juntos, mas no dia seguinte, John dispensa Georgeanne, deixando-a com o coração partido e sem rumo. Sete anos depois, os dois se reencontram e John fica sabendo que sua única noite de amor produziu uma filha, de cuja vida ele quer fazer parte. A paixão dele por Georgeanne renasce; mas será que ele vai se arriscar, outra vez, a incorrer na cólera do seu patrão? E ela? Vai aceitá-lo, depois de ter levado um fora dele?

LEIA TAMBÉM, DA MESMA AUTORA

Neste *Sem clima para o amor*, Clare Wingate, uma jovem e atraente escritora, sofre por ter sido traída pelo noivo (com o técnico da máquina de lavar roupa!) e o que mais queria era ficar em casa curtindo sua tristeza. No entanto, durante o casamento de sua melhor amiga, reencontra Sebastian, uma paixão de infância, que se tornou um jornalista famoso e sexy. Ele a quer para si de qualquer forma, mas Clare só quer curtir sua dor. Começa aqui uma história divertida e cheia de surpresas, que conquistou milhões de leitores em vários países e levou o livro para o topo da lista dos mais vendidos.

INFORMAÇÕES SOBRE A

GERAÇÃO EDITORIAL

Para saber mais sobre os títulos e autores
da **GERAÇÃO EDITORIAL**,
visite o site www.geracaoeditorial.com.br
e curta as nossas redes sociais.

Além de informações sobre os próximos lançamentos,
você terá acesso a conteúdos exclusivos
e poderá participar de promoções e sorteios.

geracaoeditorial.com.br

/geracaoeditorial

@geracaobooks

@geracaoeditorial

Se quiser receber informações por e-mail,
basta se cadastrar diretamente no nosso site
ou enviar uma mensagem para
midias@geracaoeditorial.com.br

GERAÇÃO EDITORIAL

Rua Gomes Freire, 225 – Lapa
CEP: 05075-010 – São Paulo – SP
Telefax: (+ 55 11) 3256-4444
E-mail: geracaoeditorial@geracaoeditorial.com.br